FLORET
READING

小花阅读

我们只写有爱的故事

青春阅读　幸得相见

大鱼

有爱的青春陪伴者

萌混过关

正月初三 / 著

广东旅游出版社
GUANGDONG TRAVEL & TOURISM PRESS

中国·广州

图书在版编目（ＣＩＰ）数据

萌混过关 / 正月初三著. — 广州 ：广东旅游出版
社，2020.4
ISBN 978-7-5570-2126-9

Ⅰ. ①萌… Ⅱ. ①正… Ⅲ. ①言情小说－中国－当代
Ⅳ. ①I247.5

中国版本图书馆CIP数据核字(2020)第028546号

萌混过关

Meng Hun Guo Guan

正月初三 / 著

◎出版人：刘志松　◎总策划：苏瑶　◎责任编辑：何方
◎策划：娄薇　◎设计：颜小曼　西楼　◎封面绘制：一颗菜菜

出版发行：广东旅游出版社
地址：广东省广州市环市东路338号银政大厦西楼12楼
邮编：510060
电话：020-87347732
印刷：长沙鸿发印务实业有限公司
地址：长沙黄花工业园三号
邮编：410137
开本：889毫米×1194毫米　1/32
印张：9
字数：233千字
版次：2020年4月第1版
印次：2020年4月第1次
定价：36.80元

目录 / contents

目 录 / contents /

楔 子

不知道还能不能再遇见

天儿挺好。

九月的风还挺有架势，把云都吹跑了，剩下一片蓝汪汪的天，还有像透明玻璃似的阳光。

"我已经到学校了，放心吧，没跑。"秦锐把落到自己腿上的树叶弹开，"您每年为这学校捐献这么多钱，我不待着，多浪费啊。"

秦锐在和自己爷爷打电话。

"我都安生上到现在大四了，至于在这个关头撂挑子不干吗？"

秦锐眼睛盯着不远处，那里有个女生，挺小的个子，拖着半个身子大的行李箱，身上背着另外半个身子大的书包，看起来像一只慢吞吞的蜗牛，走得很是艰难。

应该是大一新生。

今年学校学生会迎新组织都迎哪儿去了，这"蜗牛"明显是迷路了，这边方向是学校后门，再走就是植物园了。

秦锐手指在裤缝边敲了敲，从长椅上站起来，戴上口罩和帽子："行了行了，我知道，放心，我肯定不私自退学。挂了。"

"我干吗？"秦锐手撑着台阶，从高台上跳下去，"我去助人为乐啊。"

说完，秦锐挂了电话。

"你走错了！"秦锐一边朝"蜗牛"走过去，一边喊了一声。

"啊？""蜗牛"转头看了秦锐一眼。

之前隔得远没看清，现在离得近了，秦锐才发现这只"蜗牛"长得还挺好看。

白白净净，扎了个蓬松的丸子头，端端正正地顶在头顶，在阳光下闪着鸡蛋黄似的光，一双眼睛圆圆的，黑白分明，脸颊因为热，自然地晕成粉色，嘴唇也红红的，微微嘟着，一枚唇珠特别显眼。

秦锐脚步顿了顿。

"你……走错了。"秦锐被那双圆圆的眼睛一盯，居然有些紧张，说话的时候还打顿了，他咳了咳，"这边你再走就出头了，你往东边走，那边才是学生公寓。"

"东边——"女生看起来有点蒙。

"就是那边。"秦锐伸手指了一下钟楼的方向，"你就朝着钟楼走。"

"哦哦，好嘞，谢谢！"

"不客气。"

秦锐正了正鸭舌帽的位置，想说要不帮"蜗牛"拿下行李，他的手机却响了。

"豹哥！你在哪儿？"

是许鉴。比他小了三岁，从小到大一直跟在他屁股后面玩，听说他在岳鹿大学读书，于是一高考完，就也跟着来了。

"干吗？"秦锐皱眉。

"我到机场了！"许鉴的声音听起来很兴高采烈，"开心吗？激动吗？我来陪你啦！好啦，你快来接我吧！这边出租车排了起码三十米的队……"

秦锐懒得听许鉴在电话那头喋喋不休，直接挂了电话。

抬头，圆眼睛的"蜗牛"已经走了有段距离了，秦锐把手机装进裤兜里，想了想，还是走了反方向，朝校门口走去打算拦个车去接许鉴。

许鉴一见秦锐，就想扑上来给个热烈的拥抱。秦锐也没动，就站在原地，看了许鉴一眼。

许鉴收起了热情的双臂，乖乖地跟着秦锐上车。

"豹哥，你这是要去作案还是干吗，捂这么严实？"许鉴坐上车，问秦锐。

秦锐在车上摘了口罩和帽子，对着出租车的后视镜，理了理头发："避免不必要的麻烦。"

许鉴傻乎乎一乐："也是。豹哥的长相太扎眼了。欸，你别说，其实好多混血儿他们只是在小时候混，豹哥你居然从小混到大，现在……"

秦锐戴上耳机，一双湖绿色的眼睛看向窗外，飞驰的景物在眼睛里一闪而过。

秦锐手撑着下巴，脑海里浮现的却是刚刚遇到的那个女生。

圆眼睛，唇珠，很白。

不知道还能不能再遇见。

Part 01

你干吗，你现在是什么眼神！
我跟你说，我智商很高的！

　　岳鹿大学是全国排名前十的综合性研究型重点大学，学校背靠植物园，面朝大海，风一暖花就开。食堂的饭特别好吃，学生公寓修得也特别好看，总结一下大概就是：气候适宜，环境优美，风景秀雅，学风淳朴，师生关系融洽。

　　迟苗苗从考进岳鹿大学的第一天起，就怀着感恩的心，勤勤恳恳地在这里认真学习，天天向上。

　　她没什么野心，就想安安稳稳地把书读完，安安稳稳地拿到学位证和毕业证，毕业后找个安安稳稳的工作，一辈子这么平平安安地过完。

　　迟苗苗现在站在围墙前，面前是一个比她高了起码一个半头的男生，正眼巴巴地看着她。

　　"怎么样，两分钟过去了，你考虑得怎么样？答案呢？"

　　迟苗苗咽了一下口水，一双圆圆的眼睛写满了不知所措，她的手背在身后反撑着墙，颤颤巍巍地说："那……要不，行？"

　　"妥！"高个子男生打了个响亮的响指，动作灵活地往旁边迈了一步，总算把施加在迟苗苗身上的压力给松了一点。

迟苗苗抓紧时间，连忙深呼吸了一口气。

"那明天早上不见不散！"高个子男生抓起之前丢在地上的空书包，十分随意地往肩上一甩，背对着迟苗苗挥了挥手。

迟苗苗望着男生远去的背影，看了一会儿，男生已经化成一个小点点了。迟苗苗收回目光，欲哭无泪。

她只想安安稳稳地把大学念完，为什么在大四，这个即将毕业的当口，惹上了学校的"驰名商标"？

岳鹿大学的"驰名商标"，不是什么优美的风景和人文环境，而是一个活生生的人。

大家都叫他"豹哥"，为什么这么叫呢？主要是因为豹哥是岳鹿大学著名的"短跑王"，坊间流传着这么一句话：豹哥钉鞋一出场，十里八方浪打浪。

坊间还说豹哥虽然老是戴着帽子口罩，但其实人长得可以说是国色天香：中俄混血，绿眸金发，肤若凝脂。

总之就是长相属于微微一笑直接让三座城倾倒的级别。

当然，这些都是传闻。

其实豹哥是个很本分的大学生，本名叫秦锐，因为小时候长得太乖太萌，家里是开武术馆的，希望他有男子气一点，所以取了个"锐气"的"锐"字儿。

豹哥不打架不抽烟不酗酒，最大的爱好是打游戏，后来觉得一直盯着电脑屏幕眼睛不舒服，于是他自己戒掉了这个爱好。

算下来，如果豹哥没有连续留级三年的话，他真的是一个正儿八经的新时代好青年。

对，豹哥连续留级了三年。

这事儿真的挺轰动的，多少午夜梦回觉得自己挂科挂太狠以后可怎么办的人儿，一想到远远走在自己前面的豹哥，就安心了不少，稳稳地进入了甜蜜的梦乡。

总之，豹哥，是一个身上背负了众多坊间传说与众多学子希望的岳鹿大学驰名商标。

晚上，迟苗苗从图书馆学习完回到寝室。舍友程小虹已经回来了，指了指放在她桌上的寿司，说："今天打工的寿司店剩了一点没卖完的，我带回来了。"

放在平时，迟苗苗早就迫不及待地扑上去，今天她却只是瞄了一眼，然后就低下头，继续哀愁。

"怎么了？"程小虹问。

"我们学校有个人连续留级三年，你知道吧。"迟苗苗说。

"这入校基础知识了，是个人都知道，著名的'豹哥'。"程小虹接了一杯热水递给迟苗苗，"怎么了？"

"他让我给他补课。"迟苗苗苦着一张脸，想哭但是哭不出来。

"啊？"程小虹瞪大眼睛。

迟苗苗抬头望着寝室的白炽灯，把事情原委给程小虹说了一遍。

大概意思就是豹哥叱咤学渣界多年，在学生时代的最后关头，豹哥不知道为什么突然想通了，莫名其妙决定要开始学习了！

当然，决定是那么决定的，怎么执行这个"决定"又是另一回事儿。

豹哥拿着课本，指着第一页第一行字，认真地问自己的小跟班许鉴："这句话什么意思？"

许鉴皱着眉头看了半天，又思考了半天。豹哥看着许鉴眼神里的茫然，默默地收起了课本。

自家兄弟，啥水平还不清楚吗，还是别为难人了。

豹哥惆怅地来到图书馆，许鉴心里有愧，也跟着来了。

许鉴看着豹哥认真学习的侧影，想到之前豹哥放肆玩耍的背影，一时有感而发，说："豹哥，不容易啊！"

豹哥莫名其妙地从书本里抬起头："什么玩意儿不容易？"

"你说我读大一的时候，你读大四；我读大二的时候，你读大四；我读大三的时候，你读大四；我现在读大四了，你还读大四。"

豹哥还没说啥，旁边传来一声轻笑。

那女生白白净净的，一双眼睛圆圆的，黑白分明，盛满了笑意，嘴唇上有枚很明显的唇珠。

豹哥瞳孔震了震，紧接着，脸"噌"地红了。

他也不管这里是图书馆，是文人的天地了，对着许鉴的屁股，一脚踢了过去："嘴要是不会说话就给我闭上！"

许鉴揉揉屁股，委屈巴巴地闭嘴了。

豹哥又把目光转向刚才笑他的女生，也就是迟苗苗。他轻轻咳了一下，对着迟苗苗招招手："你过来一下。"

迟苗苗被刚才豹哥快准狠的那一脚吓住了。

"干……干吗？"大白天，在室内，戴着口罩，连帽卫衣的帽子也扣着，看不清楚五官，但这男生的腿是真长，就刚才踢的那一脚，利落干脆，腿部线条流畅顺长，很是赏心悦目……这就是传说中的"豹哥"，迟苗苗手指抠紧了书页，很紧张地问了一句。

"求你个事儿。"豹哥说完这句话，看迟苗苗一直不过来，等得不耐烦，直接上去伸手牵着迟苗苗的手腕子，把人拽走了。

迟苗苗一脸惊恐地被豹哥拉到图书馆外面。

"帮我补课吧。"豹哥认认真真地对迟苗苗说。

"啊？"迟苗苗很疑惑，不都说豹哥为人放荡不羁，不在乎什么成绩之类的凡俗之物吗？

"你问星星吧。"

"我为什么要问星星？"

"因为星星知我心。"豹哥正儿八经地回答。

迟苗苗觉得空气都静止了三秒，她眨眨眼，这个豹哥跟传闻中的凶神恶煞不太一样啊……

她一时不知道该说什么。

"哦。"迟苗苗干巴巴地回答了一句。

"那你是答应了？"豹哥挑起眉，很期待地看着迟苗苗。

"没——"

迟苗苗一个拒绝都没说完，就看见豹哥往前迈了一步，本来他个子就比迟苗苗高很多，现在离得近了，感觉就像一座山朝自己压了过来。

迟苗苗咽了一下口水，改口道："没决定好……要不，我……呃，你给我点时间考虑考虑。"

说到这儿，程小虹就懂了。

"考虑的结果就是答应了。"程小虹了然地说。

"我能有什么办法！"迟苗苗说，"我就刚想了两分钟不到，然后他就问我结果了！人家飞机检查行李好歹还三分钟等待时间呢，这怎么 120 秒就决定命运了呢？！"

程小虹冷笑一声，十分看不起迟苗苗："欸，在这儿嚷嚷有什么用，快，去豹哥那儿表达表达你的不满。"

迟苗苗沉默两秒，弱弱开口："算了吧，其实也没有那么不满。"

程小虹懒得搭理"天字号第一屃货"迟苗苗，只逮着自己关心的问题，问她："都说豹哥是混血，貌若潘安，美若天仙，我只看过照片，还是远景拍摄的，他本人还戴了口罩，啥都看不着，今天你近距离看了真人，感觉怎么样？"

迟苗苗顿了一下，说："就，挺好看的。"

其实非常好看。

豹哥身高起码一米九，靠过来的时候压迫感确实很强。豹哥把她拉出去单独说话的时候，就把口罩摘了，帽子也从头上拉了下去，所以五官也全部展示在了她面前：眉眼深邃，皮肤一眼望过去起码比周围人白了两个度，头发是天然的金色，微微有点卷，然后眼睛还是绿色的。

迟苗苗想到那会儿豹哥就是用这么一双清澈透明得像湖水的眼睛，眼巴巴地看着自己，问可不可以帮他补课，她的耳朵顿时又红了。

程小虹了然地看了迟苗苗一眼。

"那祝贺你成为豹哥的老师，希望你勤勉刻苦，认真负责，做豹哥的好老师，做人民的好老师。"程小虹说这话的时候，看起来很语重心长的样子。

迟苗苗整个人静止了一秒。

"啊！你果然要嘲讽我！"迟苗苗才不信程小虹的鬼话，她捡起抱枕朝程小虹拍了过去。

迟苗苗一边拍程小虹，一边又回忆起往事，悲从中来，不可断绝，继续哀号，问天问地问自己，顺带问问程小虹。

"我也很困惑啊，我就听个墙脚，我招谁惹谁了！"苗苗悲愤地哀号。

"跟我没关系。"程小虹如是回答。

苗苗觉得自己很委屈，她生气极了，愤怒极了。可第二天，她还是乖乖照着约定时间去了综合楼 403 给豹哥补课。

豹哥看到苗苗穿着白色娃娃领裙子，抱着一摞书，看起来很乖地从教室外走进来。走进来的时候，她一双圆眼睛滴溜溜转了一圈，在找他坐哪儿。豹哥心里顿时一痒，像带着香味儿的纸轻簌簌挠了一下心脏。

他对苗苗招了招手，喊了一句："这儿呢！"

苗苗对豹哥笑了笑，眼睛弯弯的，像两盏明亮的月牙儿："看到了。"

豹哥觉得那张香香软软的纸离自己更近了，他不自觉合拢了手，想抓住那张纸。

"这是我列的补课计划，你现在要想毕业就得把毕业清考给过了，我算了一下，如果你这学期期末考试不挂科，算上之前的，你总共得补考 9 门课。"苗苗一边说，一边认认真真地铺开一张纸，纸的最顶端列着一个题目：关于豹哥顺利毕业的补习计划 1.0。

"1.0 是什么意思？"豹哥不懂就问。

"就是补课计划得跟着你的实际情况进行调整，比如说现在 1.0 是要求你每天背 200 个单词，但如果你的实际情况完成不了，那么我们 2.0 版本就可以改成每天背 150 个单词。"

豹哥点点头，明白意思了。

"还挺人性化。"豹哥说，"但是我说句实话，你别觉得我在扯犊子，每天背 200 个单词对我来说是易如反掌的事儿。"

豹哥伸出大拇指摸了一下鼻子，看起来十分得意。

苗苗沉默了一下，心想你就是在胡扯啊，但还是脾气很好地附和豹哥的话："对，易如反掌的事儿。"

"真的，你不要不相信。"豹哥觉得苗苗是在敷衍自己，他从苗苗抱来的一堆书里，找到英语书，随手翻开一页，"你看，就这一页，我三分钟给你背完信不信。"

"好了，别玩了。"苗苗合上书，用一种慈祥得宛如看傻儿子的目光看着豹哥，"我们时间紧任务急。"

"我真的可以！"豹哥站起来俯视着苗苗。

"行行行！你试！"苗苗觉得豹哥今天不证明一下自己，这一天算是过不去了。

三分钟后——

"来啊，你背啊，你不是很聪明吗？你不是三分钟背完吗？来啊，开始啊，灯光道具音乐背景都就位了，来啊。"

苗苗大概是昨晚上为了给自己做心理建设，把梁静茹的《勇气》听了太多遍，现在她一点也不怕豹哥，相反，她还敢挑衅了。

豹哥看着一整页密密麻麻的英语，还不是那种普通的英语课文，是一本学术期刊的文章，里面专有名词一大堆，他沉默了。

"我都说了我信，你非得证明一下自己，你看，证明到沟里了吧。"苗苗在一旁凉凉开口。

豹哥还是沉默。

"这篇文章很难的，是我考研要用的专业资料，你没背下来，其实也没什么。"苗苗觉得沉默的豹哥看起来可怜兮兮的，她虽然还想再嘲讽几句，但到底还是忍住了，改为体贴地给豹哥找面子。

豹哥幽幽地看了苗苗一眼，突然说："你看那是什么？"

他指着灯管上的一坨黑黑的东西。

"什么啊……"苗苗跟着看过去，"应该是线路老化了，然后堆的那种黑乎乎的东西吧。"

"不。"豹哥摇摇头，"那是夏虫。"

"啊？"

"夏虫也为我沉默，沉默是今晚的综合楼。"豹哥低沉道。

苗苗安静了。

她现在心里就一个想法：这个豹哥脑子是不是不太好使？

一般只有脑子不太好使的人，才那么执着这种冷得要死的笑话吧。

苗苗又想起了昨天豹哥那句"星星知我心"。

她叹了一口气，看着豹哥，欲言又止。

豹哥脑子里警铃大作，说："你干吗，你现在是什么眼神！我跟你说，我智商很高的！我警告你，你别用这种眼神看着我，你会后悔的，真的。"

苗苗配合地点点头："好的。"

豹哥好生气，他觉得苗苗看自己的眼神就是在看一个傻子，但他没有证据，因为苗苗看起来很顺从很乖巧也很听话的样子。

最终，豹哥还是先从背单词开始。

苗苗给豹哥准备了一个单词本，里面列着考试常考的基础词汇，昨晚上苗苗结合自己的考试经验和做题经验，一个单词一个单词写上去的。

但豹哥好像没有当回事儿。

他静静地看着面前的单词本，看起来像是睡着了。

苗苗很焦急，但她又不太敢叫醒豹哥，毕竟也不知道他起床气大不大。

她慢慢地弯下腰，假装自己东西掉了，鬼鬼祟祟地在地上摸了一阵，然后悄悄抬起头，打算看看豹哥到底睡着没有。

结果一抬眼，豹哥正淡淡地看着自己。

"我……我铅笔掉了。"苗苗说。

"哦。"豹哥看了一眼苗苗空空的掌心，没揭穿她。

苗苗顺着豹哥看了一下自己空空荡荡的掌心，觉得有些尴尬，但还是倔强地找着理由："怎么没有呢，啊，可能还在桌子上吧，我以为它掉了呢。"

豹哥叹了一口气。

"迟苗苗，你今天根本就没带笔来。"豹哥说。

苗苗干巴巴地笑了两声："我就是想跟你说一下，其实背单词的时候，不是就这么盯着它，你要边听边看边说边记，手、眼、脑都得到位。你看，'聪明'的'聪'字儿，耳朵、眼睛、嘴、心都在，才能聪明，你就这么只看着它，你是背不了的——"

豹哥心情很好地听苗苗说了一大堆，等时间差不多了，他才懒洋洋地开口："我背完了。"

豹哥嘴角微微翘起，轻轻敲了一下苗苗的额头，笑着说："小老师好啰唆啊。"

苗苗微微抿了一下嘴，脸有些红："谁是你小老师。"

"以前读书的时候，老师说了，谁抽背单词，谁就是小老师。"豹哥往椅背上一靠，手交叠着放在脑后，一派悠闲地看着窗外的天空。

　　"那我也不啰唆啊……"苗苗嘀咕了一句。

　　"嗯？"豹哥没听清楚苗苗说了啥，他回过头来，问了一句。

　　"我说，"苗苗瞬间改口，乖顺地说，"你快把《毛泽东思想概论》的书给我，我帮你画一下重点。"

　　豹哥转身在书包里翻了半天，没翻着。

　　"欸，我好像没带。"豹哥摸摸脑袋，"你跟我一起回去取一趟吧。"

　　"我就坐这儿等你就行。"苗苗不想动弹。

　　"不行。"豹哥微微一笑，看着很温柔，手上却一点没有犹豫地拎着苗苗站起来，"久坐对身体伤害特别大，快，刚好，起来活动活动。"

　　苗苗看着豹哥走在前面挺拔的背影，这个人怎么这么霸道啊？

　　但同时，她的嘴角却又悄悄地带上一抹笑，就像黄昏时蓝莹莹的天空上挂着的一弯清亮的月亮。

　　月亮温柔而安静地落在人的眼睛里，恍了一片柔软的光辉。苗苗就在这片柔光里，看着豹哥的背影，心里缓缓流经了一淙小溪。

　　"欸，下雨了刚才。"

　　出了综合楼的大门，才看见地上湿了，看样子刚才下的雨还不小，因为楼前的水塘都积满了，现在阶梯下面也积着一大片水。

　　豹哥低头看了一眼苗苗穿的白色板鞋，他把书包塞到苗苗怀里："你等我一下。"

　　说完，豹哥就大步跳过水洼，从综合楼前面的花园里搬了几块砖过来，按照大概走路的步伐跨度，铺了一条临时的路出来。

　　做完这一切，豹哥对苗苗伸出手："过来吧。"

　　苗苗手捏紧了书包带子，把豹哥的书包往怀里更紧地抱了一下，她垂下眼睛，专心地走路。

她一步一步下了楼梯，走到水洼前，踩上他刚刚铺好的砖块。踩一下，砖块下面的水就摇一圈，晃出了一圈一圈的涟漪，打到另一圈水环，互相交叠着晕染开，像是四方所有的风铃一起被敲响，乒乒乓乓地，把人迷得晕头转向。

　　苗苗走完最后一块砖，豹哥的手还悬在空中。苗苗有些紧张，她把手递到豹哥掌心里，羞涩地道谢："谢谢你。"

　　"谢啥！"豹哥豪迈地哈哈一笑，手用力一拉，把苗苗接到自己身边，一脸"我奉献我骄傲"的神情。

　　"服务大家，助人先锋，这些都是我应该做的！"豹哥说。

　　哦。

　　苗苗把书包还给豹哥，面无表情："你的。拿好。"

豹哥其实没说错，他真的智商挺高的。苗苗稍微理了一下思路，解释了一些基础名词，豹哥再对着"毛概"就不是相顾无言了。

既然不是天书了，豹哥就开始对着书本背了。

背的时候，许鉴正在豹哥身后打游戏，看着自己老大认真背书的背影，再看看自己，许鉴又惆怅了。

他长叹一口气。

豹哥头也没回，直接扔了一个草稿本过去，正中许鉴的头。

"你想做什么？"

许鉴低声骂了一句："我谢谢你，我这是嘴，它的主要功能是说话，不是放屁。"

豹哥哼了一声，懒得搭理许鉴。

"豹哥，你知道比学习更烦的事情是什么吗？

"比学习更烦的事情是看着别人学习。"许鉴也懒得纠正豹哥了，"感觉自己很没有正事儿，有种下一秒自己的人生就要完蛋了的错觉。"

豹哥被许鉴的话逗乐了，他趴在桌子上笑了很久，然后才坐起来，继续正经地说："近朱者赤，近墨者黑；声和则响清，形正则影直。我最近被苗苗影响得就很爱学习。"

许鉴听了豹哥假惺惺的正经话，心里翻了个白眼，我信你才怪，明明就是被家里老头子逼得不得不学习。

忘了说，豹哥家里是开武馆的，豹哥的梦想就是读个体育大学，然后回去接手武馆，就想得很美好，只是没料到自己爷爷不是这么想的。

豹哥小时候长得可乖了，没遗传到一点父亲粗犷铁骨的眉眼，却完完全全继承了俄罗斯母亲的美貌，娇嫩欲滴，绿眸金发，长着一张精致高贵的脸。

这可把爷爷给高兴坏了，一家人往上数祖宗三代都是开武术馆的，现在总算有个长得像读书人的人了，所以从小就督促豹哥背古诗词，硬生生把豹哥逼出厌学症了，肚子里除了小时候背的古诗词，啥也没有，啥也学不进去。所以，豹哥即使长着一张精致高贵的脸，却是一位从幼儿园开始就霸占倒数第一宝座的原汁原味的吊车尾学渣。

爷爷看着豹哥一天一天越来越放飞自我，也不着急，静静地让豹哥浪，浪出花，浪出海，浪出一片天。

豹哥高考完，兴冲冲地填了个体育大学的志愿，最后收到手的却是一份综合性重点大学——岳鹿大学的通知书。

许鉴之前不知道这一层，他一直觉得豹哥是一个亲身示范极限挑战的人。

许鉴做了很多努力想要考得比豹哥差，给自己老大一点面子，但不管他怎么努力，他都能比豹哥考得好。

许鉴就很愧疚，他说："豹哥，我尽力了，我就差交白卷了，就这样你还能比我考得差啊？你是不是直接交的白卷啊？"

"不是啊。"豹哥优哉游哉地回答，"我写满了的。"

因此，许鉴曾经一度怀疑是不是自己智商太高，而豹哥智商太低。

他把这个疑惑如实告诉了豹哥，收获了豹哥爱意满满的暴揍。他从此再也不提成绩的事儿。

但现在怎么又突然学习了呢？别人不知道，许鉴还能不知道吗。

豹哥爷爷看豹哥也留级差不多三年了，马上就要被劝退了，才慢悠悠地说："你如果大学都毕不了业，我很怀疑你能不能管好家里的武馆。"

听了这话，豹哥就说了这么一句："多么虚伪又无可辩驳的话啊。"

许鉴乐了三天，一想到豹哥那被雷劈了的表情就觉得好笑。

曾经那么放荡不羁的豹哥，现在也在有模有样地学习了。

许鉴有点空虚，他把手机丢到一边，感叹了一句："以前我可佩服你了。"

豹哥一听这话，转头过来了："哦？"

"没什么。"许鉴深沉地摇摇头，"这么个历史性的时刻，我真的觉得应该记录下来。豹哥，要不我给你直播吧，放到家族群里，秦爷爷肯定泪洒大院儿。"

"我谢谢你。"

豹哥一脚踢上许鉴的屁股，把他撵出去了。

"我劝你居安思危。"豹哥把许鉴踢出去之前说道。

"什么意思？"

"这次期中考试严教授要收课堂笔记，占总成绩的百分之三十。自己掂量着办。"豹哥说完这话，"啪"地关上了门。

许鉴揉了揉被踢得有些疼的屁股，他觉得收课堂笔记这事儿不重要，到时候提前两天找一个代写笔记的不就行了，大不了多给一点钱。

许鉴反正也不差钱，除了钱一无所有。

以前他不务正业，有豹哥跟着一起不务正业，现在豹哥好好学习天天向上去了，许鉴就很孤独地在街上晃荡，远远地听到街对面传来歌声，乍一听挺好听，仔细一听更好听。

许鉴手插着兜，慢吞吞地飘过去看热闹了。

一个简陋的舞台，上面铺着红布，已经很脏了，即使许鉴站在远处也能看见红布上东一块西一块的脏污。舞台背后立着一整块广告牌，上面写着：

"山奇电器！开业大吉！买一送一！钱到货齐！"

总共 16 个字，分成四行，楷体红字，整整齐齐地码在五花斑斓的广告布上，那个广告牌子设计得也是丑得别出心裁：色彩主要以大红配大绿为主，辅之以大紫的阴影和边框，各种莫名其妙的花草树木没有任何规律地拼在四个角上，见缝就钻，整个构图非常凌乱。

这么恶俗糟糕的场景。

但那个女生站在台上，手里举着话筒，在很认真地唱歌。

"该隐瞒的事总清晰／千言万语只能无语／爱是天时地利的迷信／噢原来你也在这里……"

声音清亮又柔软，像是春天的风温和地吹过桉树叶子。

她穿着一件白色宽松针织毛衣和黑色的牛仔裤，简简单单地站在台上，短头发，风吹过的时候，后脑勺的头发会翘起来，她就伸手把头发压下去。

许鉴站在原地，愣了起码一分钟，然后拿出手机，给豹哥发了个消息：

"豹哥，我心动了。"

想了想，觉得这句话不太能表达自己的心情，许鉴又重新发了段语音。

豹哥看到的时候，已经凌晨了。

他为了心无旁骛地学习，把手机关机放在柜子里，现在背完该背的东西，他把手机拿出来，一开机，就看见蹦出来一行字和一条语音：

"豹哥，我心动了。"

他点开语音：

"豹哥，我春天来了……"

豹哥手臂上当即就密密麻麻起了一层鸡皮疙瘩。

他给许鉴拨了个电话过去，第一句话就是友好地问候许鉴："你找抽？"

"我春天来了！我美丽动人的春天来了！"许鉴的声音听起来很激动。

"你今天是不是出门被鸟屎砸了，不太清醒？"豹哥沉默了一下，认认真真地问。

豹哥觉得自己应该去好好学习，于是又恢复正经，理性地说："我要挂电话了。"

"欸欸！听我说！再给我个机会！我今天不是从你那儿出去嘛，然后就到街上去了，走啊走啊走啊走，结果！就看见好清纯好干净一女孩儿，站在台上唱刘若英的《原来你也在这里》，当时你知道我什么感受吗？我就觉得我找到了命中注定的那个她，我就觉得这个小心脏啊，怦怦怦怦的，就好像有只啄木鸟一直在那儿啄，尤其她还唱了一句'爱是天时地利的迷信，噢原来你也在这里'，我当场就疯了，我在啊！我一直在这里啊！我的妈耶！我的春天来了！"

豹哥挂了电话。

他很不喜欢许鉴现在荡漾的状态，影响他学习。

许鉴被挂了电话，有些愣，但很快又把电话拨了过去："豹哥，我跟你说，我真的心动了。"

豹哥叹一口气："你还有三十秒，想好你要说什么。"

"三十秒？"许鉴问，"三十秒之后，你要干什么？"

"复习今天背过的单词。"豹哥说。

许鉴觉得有点站不住。

他摇摇脑袋："豹哥，你别这样，你现在这个状态让我有种恍惚的感觉，像是在做梦。"

"珍惜吧。"豹哥说，"按道理来讲，你就算是脚朝上睡觉做梦应该都梦不到这个场景的。"

许鉴点点头，说："倒也是。"

"你还有十秒。"

"豹哥，你说这话的时候冷酷无情，仿佛一个没有灵魂的学习机器。"许鉴说，"那个小老师到底把你怎么了！你醒醒！"

豹哥毫不犹豫地挂了电话。

许鉴再打电话过去的时候，得到一串机械的女声应答："对不起，您所拨打的用户正忙，请稍后再拨。"

嗯？

就这么拉黑了？

许鉴不可置信。

他又打了一遍，还是一样的结果。

许鉴好忧愁，他满腔少男的羞涩暗恋，居然没地方诉说。这找谁说理去。

许鉴打开音乐播放器，放了一首《月亮代表我的心》。同时，许鉴走到阳台，正准备对着月亮抒发自己的甜蜜爱恋，就看见今晚上乌云密布，没有月亮，连个人造卫星的光点儿都看不着。

啧……人生啊，期待和现实总是大相径庭啊！

没了许鉴的骚扰，豹哥一晚上就把苗苗画的"毛概"重点背完了，而且还复习了几遍英语单词。

苗苗抽背的时候都惊了，夸赞豹哥真厉害。

豹哥高兴得尾巴都要翘起来了，很幼稚地问苗苗："那你要给我什么奖励啊？"

苗苗当场就愣了。

"啊？"

"小老师，我要奖励。"豹哥弯下腰，把脸凑近苗苗，一双漂亮的绿色眼睛看着她，"你给不给？"

苗苗往后退了一点，她觉得耳朵烧得慌。

她清了清嗓子，眼珠子飘忽地闪到一边，手紧紧捏着衣角："学习是为你自己学习，不是因为奖励才学的。"

"道理是这么说的，但我还是觉得有奖励我能学得更好。"

豹哥又往前靠了靠，他的鼻尖和苗苗的额头只差了半厘米，一低头就能看见苗苗头顶上白色的分发线。

豹哥觉得很神奇，他伸出食指摸了摸苗苗的分发线："你真的挺白的。"他在第一年读大四的时候遇见她，就发现她挺白的。

苗苗动都不敢动，心脏跳得跟赛车失控似的，嗷嗷往前冲。

"我……还好吧。"苗苗捏着衣角的手更加紧，"我觉得你更白。"

"我这是遗传，没有办法好不好。"豹哥嗤之以鼻，不想继续这个话题，他抱着胸站直，"明天给我奖励的礼物啊，说定了。"

苗苗觉得自己亏死了，莫名其妙被拉来给他补课，现在还得搭钱买奖励。

苗苗生气极了，苗苗愤怒极了，然后隔天乖乖送了豹哥一个笔记本。

送的时候，苗苗还有些心痛，这个本子超级贵，居然要80块钱，她真的很想掰开书页看看里面是不是藏了金线，怎么可以那么贵。

但该说的话还是要说的。

苗苗清清嗓子，郑重其事地说："这是给你的奖励。希望你再接再厉，续创辉煌。"

豹哥看着面前的笔记本：礼盒上扎了一个娇艳的蝴蝶结，打开是一个方正的笔记本，粉色的，带花纹的，隐约还有香气。

豹哥眼皮一跳。

苗苗看豹哥举着这个笔记本，果然很和谐——毕竟豹哥肤白貌美，中俄混血，配这么个可爱清新的本子就是很好看，宛如天生，宛如绝配。

苗苗点点头，觉得自己挑选东西的水平真棒。

谁知豹哥愤怒地把本子扔回给她："昨天你说我白，今天你又送我这么个本子，你在暗示谁长得娘？"

苗苗好委屈。

"没有，我的意思是，就是很配。"

"你还说很配？"豹哥不可置信地看着苗苗，"你还是人吗？我哪儿得罪你了？"

苗苗能怎么办，苗苗只能含着委屈，第二天乖乖重新送了一个笔记本——

黑色鎏金的，低调奢华，成功男人标配。

豹哥哼一声："这还差不多。"

苗苗看豹哥满意了，她也满意了，伸出手："那麻烦钱给一下。"

许多年以后，苗苗还能回想起这一幕发生时，豹哥宛如被强迫跟蜈蚣换鞋子穿的表情。

震惊，十分震惊。

"你说这话你良心不痛吗！"豹哥瞪大眼睛，说，"你送我礼物，还找我要钱？"

苗苗想说，其实本来没打算送的啊，是你自己找我要的……

但她不敢开口，她只好恭恭敬敬地道歉，还给豹哥保证以后再也不会了。

豹哥说："那为了补偿我，你陪我去看烟花吧。"

这个世界上还有没有正义的？我补偿你？这个人还讲不讲道理的？我就每天围着你转吗？给你补课就算了，现在还一起去看烟花？我自己没有事情干的吗？！

苗苗说："好的，豹哥。"

模样乖巧，十分听话。

江边早就站满了人，豹哥带着苗苗去了江对岸的一个空中花园。

"那些傻子那么早去江边占着位置干吗，烟花在空中放，肯定站得远才能看全啊。"豹哥一边带着苗苗坐电梯，一边吐槽。

苗苗其实想点头表示同意来着，但她觉得有点不太好，所以她矜持地笑了笑。

"今天晚上是有什么活动吗？好多人啊。"苗苗问豹哥。

"你不知道？"豹哥说，"今晚上烟花节啊。"

苗苗没听说过什么烟花节。

但这确实是她第一次实地看到这么大规模的烟花，全程算下来足足放了半个多小时。

烟花绽放的瞬间，红绿相交映，绿色衬在红色之中。周围的夜空黑得像浸了墨水。如同一片深不见底的苦海里，探出了一朵鲜艳而脆弱的金海棠。

她知道这片烟火肯定让她永生难忘。毕竟人一辈子就那么点时光，精彩的瞬间不是每时每刻都准时报到。

苗苗转过头，看着豹哥，烟火不断地上升，在顶点的时候炸开，一朵虚幻却璀璨的花盛开在夜幕之中，绽放在他的瞳孔之中。白天他的眼睛看起来像一汪透明的湖水，晚上他的眼睛看起来是什么样子呢？

就在苗苗漫无边际地胡思乱想时，豹哥突然低下头，俯身在苗苗耳边说："一会儿你听我指挥啊。"

"啊？"

"我手机被偷了，刚才摸了一下口袋，发现忘带钱包了。"豹哥这话说得特别平淡，丝毫没意识到自己说的话内容有多劲爆，"一会儿可能付不了账，不过别担心，我找到是谁偷的了，他还没走远，我现在去追偷我手机的小偷，你先站这儿，要是五分钟之后我还没回来，你就趁乱自己溜走。"

说完，豹哥上下看了苗苗一眼，还安慰似的补充了一句："反正你这么矮，今天人这么多，就算你溜走了没付钱，店长应该也看不见。别担心。"

"啊？"

苗苗瞪大眼睛，满脑壳问号，什么情况？

她觉得豹哥刚才那段话信息量有点太大了。

豹哥拍拍苗苗的头："行吧，你就站这儿等我勇者归来吧。"

"不是——你等等——"苗苗急忙转过身去拉豹哥，但就这么一会儿工夫，他人居然就不见了。

这人被叫"豹哥"还真是名不虚传，居然就没影了？跑得这么快？

苗苗又踮起脚朝四周望了望，都是生面孔，豹哥早就不见踪影了。

她攥紧了栏杆。

夜晚，江水，烟火，人群。

这怎么看怎么浪漫的意象，都应该是一场浪漫爱情喜剧，结果怎么就在一瞬间变成惩恶扬善的警匪片……

苗苗松开栏杆，手撑在脸颊边，心想这可真是难忘今宵了。

数到287秒的时候，豹哥回来了。

他额角带着一点点汗，看起来亮亮的，像是星星落到了额角，扑腾扑腾闪着光。

"喏。"豹哥递给苗苗一瓶水，"刚刚路过，顺便给你买了一瓶。"

"啊，谢谢。"苗苗接过水，夸豹哥，"你跑得可真快。"

"对啊，当然快了，又没抓着小偷。"豹哥"咕噜咕噜"往下灌水。

"咳咳——"苗苗一口水呛在喉咙里，"没把手机追回来啊？那你回来干吗？"

豹哥嘿嘿一笑："这不是走之前说了让你等我'勇者归来'吗？我就归来了。"

苗苗觉得豹哥是个神奇的人。

"不是，你去就是去抓小偷的啊，你现在小偷没抓着，手机没找回来，你还有闲心去买一瓶水回来？"

"那我怎么办，要是个人手机被偷了都能靠自己找回来，"豹哥说得有理有据，"那还要警察干吗？"

"不是，等等，我觉得不太对。"苗苗摸摸脑袋，"我怎么觉得虽然你这段话说得很流畅，但我怎么觉得不太对呢？"

豹哥听了苗苗的话，像看傻子一样看了她起码三秒，才说："你长脑袋是不是就为了增高啊？怎么说啥信啥，我手机肯定追回来了啊，不然水怎么买的，不然我回来干吗？"

苗苗深呼吸一口气。

莫生气，莫着急，想得美，想得开，好女子胸怀像大海。

苗苗微笑着说："哦，也是。豹哥真厉害呢。"

Part 03

"你放心，我会对你负责的。以后大不了我们领养一个。"

一年一度的秋季运动会马上就要来了。

本来运动会是以大一大二为主力，大三大四主要是派学生代表去的。学生代表干的活儿也只是管理管理队伍，维持维持秩序之类的。

但这一次的运动会却分外精彩，因为学校的传奇，也是学校的驰名商标——待在学校的时间甚至比有的老师还要长的人——豹哥决定参加。

这是一个激动人心的好消息，太多人只是听说过豹哥，看过豹哥的照片，但从来没有见过真人——平时豹哥他们训练的时候，要清体育馆。所以很多本来打算趁着运动会钻空子出去玩儿两天的人，都因为豹哥的参加而停下了脚步，打算老老实实地待在学校里，规规矩矩地坐在塑胶运动场边的板凳上，静静等待目睹豹哥的庐山真面目。

承载了众多期待的豹哥，此时此刻却坐在自习室里乖乖地等待来自苗苗的抽背。

"你说一下，唯心史观的主要缺陷是什么？"苗苗拿着书，问豹哥。

"它只是考察了人们活动的思想动机，而没有进一步考究思想动机背后的物质质因和经济根源，因而是从社会意识决定社会存在的前提出发，把社会历史看成是精神发展史，根本否认了社会历史的客观规律，根本否认了人民群众在社会历史发展中的决定作用。"

豹哥背这一段话的时候，流利极了，脸上的表情看起来很低调，但眼睛却直直地盯着苗苗，背到最后一句的时候甚至还意气风发地挑眉，对苗苗抛了个媚眼。

"你就说我厉不厉害吧。"豹哥扬起下巴，自满地问苗苗。

苗苗憋着笑，啪啪鼓掌："真厉害。"

"也就一般般厉害吧。"豹哥风骚地捋了一把头发，"上天有时候就是不太公平，给了我天赐的容颜和伟岸的身姿就算了，居然分配的智商也这么高。唉，你说我能有什么办法。"

豹哥叹了一口气，摊摊手，看起来对自己的完美无瑕很是无奈的样子。

苗苗抿起嘴唇，低下头，垂下眼睛，悄悄翻了个白眼。

"你是不是在翻白眼？"

"嗯？没有啊。"苗苗猛地抬起头，很是惊讶。看起来很明显吗？明明已经低头了啊！

"就是有。"豹哥很肯定地点头，"刚才你低头就是在翻白眼，我看见你眼皮动了。"

"没有吧。"苗苗梗着脖子死不承认，"我觉得翻白眼不太礼貌，我一般不做这种动作的。"

"我信你才怪！"豹哥把几张复习资料麻利地卷成纸筒，咔咔往苗苗头上敲，"你说谎的时候还真是一点不打顿啊。得亏我聪明，一眼就看穿了你的伪装。"

苗苗愣了一下，眼睛眨了眨，笑着说："我没有伪装啊。"

"你看，比如现在，"豹哥弹了一下苗苗的额头，身子往后放松地靠了一下，"你背后的毛都要警惕得立起来了。"

苗苗微笑着摇头："没有的。你乱说。"

豹哥似笑非笑地看了苗苗一眼，也没接茬。

他跳下桌子，站到窗边。

学校是老校区了，树长得很茂盛。

传说第一任校长对梧桐情有独钟，学校里种的都是梧桐树，几十年过去了，树长得枝繁叶茂的，夏天的时候看起来颇有点遮天蔽日的架势。

现在差不多秋天了，梧桐叶子脆弱得很，风一吹就往下落。

豹哥从窗口伸出手，就能碰到梧桐的枝叶，他顺手摘了一片即将下落的梧桐叶子。转过身来看苗苗还在晃神儿，他把宽大的梧桐树叶盖到苗苗头上，尖尖的叶尖儿遮住了苗苗半个额头，他觉得好玩，又把叶子往下拨了拨，梧桐叶子彻底遮住苗苗的眼睛。

"你呢，就好比武大郎卖刺猬。"豹哥慢悠悠地开口。

苗苗往上吹了口气，把遮住眼睛的梧桐叶子吹开，看着豹哥："什么意思？"

"人尿货扎手。"豹哥又把梧桐叶子往下移，遮住苗苗的眼睛，而且这次不允许苗苗把叶子吹开，他伸手按在苗苗的头顶，手隔着梧桐叶子揉揉苗苗的头，"不过别灰心，你有时候还挺可爱的。"

苗苗在心里翻了个白眼！

苗苗说："哦，好的。"

豹哥把苗苗头顶的梧桐叶子拿下来，了然地说："你心里又在骂我了。"

"那倒没有。"苗苗看起来很乖的样子，坦诚道，"也就稍微骂一下。"

"哈哈哈——"豹哥大笑，拍拍苗苗的头，"这才对嘛，想说什么就说什么，不要怕。"

想说什么就说什么，这种事情不是谁都能做到的。

苗苗摇摇头，觉得豹哥幼稚，但她笑着说："好。"

"我说真的。"豹哥拿着那片梧桐叶子，来回扇风，玩得很开心的感觉，"在我面前你可以想说什么就说什么。我保证不生你的气。"

苗苗觉得那片梧桐叶子可能太长太大了，豹哥拿着来回扇风的时候，叶片可能撩到她的脸，痒酥酥的，又有些热。她伸手想挠，又怕下手太重；她想放任不管，那点痒又确实很难忽视掉。就这么等着时间过去，于是痒变成了麻，像被电了一样，半边身子都被连带着动不了。

反正都是梧桐叶子的原因，不是豹哥刚才说的话太戳人。

"怎么样，是不是被我这句话感动惨了。"豹哥弯下腰，和苗苗平视，笑眯眯地看着她，"我这体育生的文学造诣还可以吧？"

苗苗深呼吸一口气，突然就乐了。

现在身子也不麻了，脸也不烧突突的了，整个人特别振奋清醒，可能还有一点过于振奋清醒了，导致愤怒盖过了理智，勇气像开了闸的洪水，轰隆隆直接就冲出来了，苗苗一脚就朝豹哥踢过去。

只是没想到豹哥反应迅速，一看苗苗这架势不太对，连忙躲开，结果后面刚好有一把椅子挡路了，豹哥没来得及调整重心，直接一屁股坐在椅子上，眼睁睁看着苗苗的脚直奔自己的肚子而来。

"唔——"

豹哥一声闷哼。

苗苗目瞪口呆。

"豹哥，你今中午在哪儿吃——"

许鉴推开自习室的门，就看见令人震惊的一幕：

明亮的窗户前，梧桐叶子随风轻轻摇摆，时不时地轻簌簌往下落几片。

苗苗手捂着嘴，一脸惊慌失措地看着豹哥，而豹哥，在椅子上缩成一团，手捂着肚子，整个人可怜、弱小又无助。

"打扰了……"

许鉴在原地愣了起码十秒，然后才反应过来，很震惊地关上门，转身走了。走出很远后，他才捂着心脏躲在柱子后，把一直憋着的气放出来，长舒一口气。

教室里。

"怎么样啊……"苗苗问豹哥。

豹哥没说话，还是捂着肚子，一脸痛苦。

"很……痛吗？"苗苗手捏着衣角，不知道现在该怎么办，"要不然我们现在去医院看看吧。"

豹哥还是没说话，仍是捂着肚子，脸上的痛苦神情只增不减。

"你等等，我去叫个救护车。"苗苗苦着一张脸，"你放心吧，钱我会出的。"

"不是钱的问题。"豹哥开口的声音很虚弱，"现在是覆水难收的问题。"

苗苗被"覆水难收"四个字吓到了，咽了下口水，颤抖着声音问："这么严重吗？那……怎么办？"

"我也不知道。"豹哥低着头，痛苦地说，"我也第一次遇到这种情况。"

"你放心，"苗苗沉重地拍了拍豹哥的肩膀，下了很大决心的样子，"我会对你负责的。"

苗苗一辈子都会记得，她说完这句话之后，之前一直很痛苦很哀愁很难过，连腰都直不起来的豹哥，突然就精神抖擞地坐起来，姿势标准，真的可以成为"站如松坐如钟"的示范图。豹哥还瞪着一双明亮的绿眼睛，里面全是忍着的笑意，却故意满眼无辜地看着苗苗："你记得你说的话，要对我负责哦。爱你么么哒！"

豹哥朝苗苗抛出一个飞吻。

苗苗特别生气。

这个人怎么这么幼稚！

她瞪着豹哥，豹哥的金色头发在阳光下看着像沐浴着夕阳的波光粼粼的小河，小河缓慢又流畅地流淌，不知道怎么的，就慢慢地淌进了她的心里。

苗苗别过头，不看豹哥，嘴角却没遮住，微微弯起了一个弧度，看着像冬天热气腾腾的板栗，豁出一个笑。

在万众期待之中，运动会终于来了。

这一天，红旗招展，锣鼓喧天，鞭炮齐鸣，人山人海，秋高气爽，万里无云。

绿茵操场上，豹哥凭借自己超强的运动能力和惊人的爆发力，力证"豹哥钉鞋一出场，十里八方浪打浪"所言非虚，一个人在赛场上独领风骚，艳压群芳。

苗苗本来在规规矩矩地上课，豹哥中途打来电话非得让人来看自己领奖的样子。

苗苗按掉了电话，回消息说自己在上课。

"大四了上什么课？"

豹哥也回了条消息。

苗苗还没想好这一条要怎么回，豹哥下一条短信就又来了。

"我短跑破我两年前的纪录了，一会儿要上台领奖，你不来看我吗？"

苗苗从那句"你不来看我吗"中莫名其妙感受了一股委屈。

就像一个考了第一名的小孩儿，却没有家长去参加家长会。

苗苗被自己的脑补吓到了，她摇摇脑袋，拿着手机偷偷走出教室，找到走廊中间的厕所，进去找了个隔间，给豹哥回了个电话。

"你还知道给我回电话呢？"电话一通，豹哥就阴阳怪气地来了一句。

"大哥，我在上课。"苗苗说，"我这都是中途溜出来给你悄摸摸回消息的。"

"那怎么办，那要不你现在再回去继续上课？"

"也可以。"苗苗说完就要挂电话。

"你敢！"豹哥在电话里吼了一嗓子。

苗苗没忍住，笑了，她咳了咳，说："哎呀，我知道你很厉害，祝贺你得奖。"

豹哥被安抚到了。

"知道我厉害就行。"

豹哥点点头，满意地挂了电话。

一旁的许鉴从豹哥接了苗苗电话开始，就一直默默观察豹哥的神情，最后得出一个结论："我有个侄子你知道吧，今年读幼儿园中班。"

"知道啊，钱钱嘛。"豹哥说。

"你比钱钱还幼稚。"许鉴说。

豹哥抬腿踹了一脚许鉴，又是屁股。许鉴捂着屁股蹦得老高，一边蹦一边喊："我前几天屁股就被你整疼了，今天还来？"

不知道是不是错觉。

真的，当时豹哥觉得整个运动场都安静了一瞬间。

豹哥耳朵有些烧。

"散了吧，没意思。"豹哥平静地说，"以后我们恩断义绝，江湖永不再见。"

许鉴大概是真的缺心眼儿，他还不知道豹哥为啥这么说，可怜巴巴地凑上前。

"豹哥，我们之间怎么了啊，怎么就变成现在这个样子了呢？"

豹哥有种时空穿越的感觉，他好像现在不是在辽阔的绿茵操场，而是坐在家里的沙发上，面前是一台老旧的电视机，里面放着家庭苦情伦理剧，女主摇着男主手臂，眼泪像不要钱的宽面条，哗哗往下落："我们之间到底怎么了！怎么就变成了现在这样！"

豹哥被自己脑补的东西吓了一跳。

他把许鉴推开。

豹哥想了想，又说："刚好，你最近不是春天来了吗，你去追你的春天吧。"

"可是我不知道我的春天现在在哪里啊！"许鉴哀号。

豹哥看了许鉴一眼，对许鉴勾勾手指，要他附耳前来。

许鉴照做。

"春天在那青翠的山林里。"豹哥凑到许鉴耳边，神神秘秘地说，"那里有红花，那里有绿草，还有那会唱歌的小黄鹂。"

许鉴用一种难以言喻的眼神看了豹哥一眼，接着默默地对他比了个中指，然后头也不回地走了。

家里的老母亲挂念在外求学的苗苗，给苗苗寄了一箱厚衣服过来，还贴心地打电话嘱托："厚衣服给你寄过来了，不用担心被冻死了。所以省点钱，少买点啊。"

苗苗接到电话既感动又惆怅："妈，谢谢。"

但我真的很想买新衣服。

被母亲剥夺了买新衣服权利的苗苗，默默流下两行清泪。

苗苗收到短信，让她去学校家属楼楼下取快递的时候，要说她心里不崩溃是在扯犊子。

不是苗苗不想动弹，是学院不知道怎么想的，都大四了，居然还丧心病狂地排了院选修课。苗苗运气大概是被雷劈过，总之总共三门院选，苗苗选了最难缠的一门。

那个老师不仅时不时布置作业，关键是不定时点名，总共点三次，一次没到就扣平时分 30 分。

苗苗不想临毕业还挂一门课，所以每节课都去上了。

今天这门课是下午第四节，上完都天黑了，一会儿回寝室放了书，还得去一趟遥远的学校后门的家属楼，冬天的衣服特别厚，到时候一个人抱着那么大的包裹回来，苗苗想想都觉得苍天无眼。

去家属楼的路上，越走人越少。大家的夜生活集中在学院路那里，家属楼这边住的都是老师们，没哪个学生闲着没事儿往老师跟前凑。

所以一路上静悄悄的，只有一盏一盏黄色的路灯陪着苗苗前进。

快到家属楼铁门的时候，苗苗没有动了。

一只大狗拦在了铁门前。

那只狗是真的大，苗苗觉得它的头大概有一盆盆栽那么大，然后现在是秋天，也不热，但可能是大狗现在心情太澎湃，它自然坦荡地把舌头吊在嘴边，"哼哧哼哧"喘着气儿，一双眼睛直勾勾地盯着苗苗。苗苗觉得那眼神跟自己看五花肉的眼神没什么区别。

苗苗在原地呆立了起码三分钟，跟大狗四目相对，大狗没有动弹，苗苗也没有动弹。

一人一狗宛如武侠小说里高手过招前的沉默，相互估计对方的实力有多强。

最后，苗苗实在觉得这么下去不是办法，率先做出动作。

她掏出手机，一边观察着大狗的动静，一边给程小虹打电话。

"干吗？"程小虹开口的第一句很开门见山。

"你现在在干吗？"苗苗问。

"我还能干吗。"程小虹啧一声，"饭馆打工呗，今天大黄看谁都不顺眼，刚才菜上错了一盘，硬生生逮着我骂了半小时。"

大黄就是程小虹兼职的饭馆老板，因为长相酷似一条狗，牙齿又很黄，所以被程小虹亲切地称为"大黄"。

苗苗顿了顿，不太好意思麻烦程小虹了："那你好好上班吧。"

"你怎么这么磨叽。"程小虹不耐烦地说，"有事儿直接说。"

"我被一只狗拦住了路。"苗苗被程小虹吼了一下，也不扭捏了，直接开口，"现在我还在跟它对视，我感觉它是想咬我。"

"那你不跟它正面冲突，直接回去不就得了吗，啥事儿那么紧急，非得现在去。"程小虹一边说，一边解围裙，给领班比了个手势，示意自己要先走。

"我试了，我动一下，它就跟着动一下，我往回走了两步，它就往前走了三步。"苗苗都要哭了，"这么一来，谁顶得住啊！"

程小虹已经走到饭店外面了。她伸手拦了一辆出租车："行，你在那儿等我。我马上到。"

"好嘞好嘞！"苗苗说，"谢谢你！你就是我的救命恩人！"

"闭嘴。"程小虹挂了电话。

十分钟后，程小虹赶到现场，却看到家属楼铁门前空空荡荡，别说人了，半只狗都没有。

"迟苗苗。"程小虹打电话给苗苗，"你人呢？被狗吃了？"

苗苗的声音在电话里听起来很迷茫。

"小虹，豹哥被狗咬了。"

Part 04

人生自古谁无死，早死晚死都得死。
既然青山留不住，不如咱挂东南枝。

豹哥被狗咬的消息，瞬间传遍整个校园。哪怕事发时间是大晚上，也没有阻碍消息的传播速度。

这一切主要还是得益于许鉴这位好哥们儿。

他在知道这个消息的第一时间就扩散了出去，他还认真地打电话给校报，说这里有个大新闻，给50块钱就爆料。

当然，许鉴也不是只顾着这些，当时得知豹哥被狗咬了，他可担心了，打了电话过来慰问。

他在电话里硬生生笑了三分钟，还不许苗苗挂电话，还让苗苗开外放，说一定要给豹哥听听自己这清脆而响亮的笑声。

豹哥一开始还隐忍不语，毕竟被狗咬了这事儿其实是有点神奇。

如果这事儿发生在许鉴身上，豹哥作为旁观者也能当场爆笑，笑声也一样清脆而响亮。

但都那么久了，电话那头的许鉴还笑得如同吃了炫迈，不知道适可而止，根本停不下来。

豹哥就有些不乐意了。

豹哥阴着脸，抢过苗苗手里的电话，直接摁断了。

许鉴大概是真的缺心眼儿。

豹哥刚挂了电话，许鉴锲而不舍，又打了一个过来。

"苗苗，你怎么挂了啊——"许鉴天真地问。

苗苗看看面前脸色跟糊了一层巧克力似的的豹哥，再看看手机，最后选择沉默。

"苗苗，豹哥现在什么情况？"许鉴又问。

苗苗松了一口气，原来这个电话是打来慰问的啊，那还行那还行，苗苗递给豹哥一个安抚的眼神，豹哥的脸色也柔和多了。

谁知下一句，许鉴就说："是不是整张脸都黑了？"

苗苗手一抖，手机差点摔出去，她觉得自己救不了许鉴了。

于是，苗苗平静地用双手把手机递给豹哥，毕恭毕敬。

电话那头许鉴一点没意识到危险来临，还在那儿哈哈大笑呢："哈哈哈——我就知道！豹哥这个人喜怒完全形于色，他——"

许鉴话没说完，豹哥开口了："许鉴。"就叫了一声名字。

许鉴立马就安静了。

"豹哥您好，豹哥今天感觉怎么样，我十分担心您。"许鉴说。

豹哥冷笑一声，没理他。

"那既然没什么话说了，"许鉴假装没听见豹哥的冷笑，自顾自恭恭敬敬地说，"豹哥再见，豹哥，祝您早日康复。"

过了三分钟，许鉴又打电话过来了。

别说苗苗这个刚跟许鉴认识的人了，就是豹哥，跟许鉴在一起那么久了，现在还是郑重地思考了一下"许鉴是不是真的缺心眼"这个残酷的命题。

"你有病？"电话接通后，豹哥率先开口，"我被狗咬了，你这激动得跟合家欢似的是不是有点不太合适？怎么，那狗是你失散多年的亲兄弟啊？"

许鉴沉默了一下，然后委委屈屈地开口："豹哥，我这次打电话来就是想说，我们冰球队几个人想来看看你。"

豹哥一皱眉："冰球队是怎么知道我被狗咬了的。许鉴，来，你说说看。"

豹哥说这句话时候，语速很慢，乍一听好像挺有耐心挺和善的，其实仔细听听就能听出来豹哥这句话是从牙缝里挤出来的。

许鉴呼吸一滞："打扰了豹哥，您好好休息，祝您早日康复。"

"你现在有本事就给我把电话挂了。"豹哥平静地说。

许鉴手一抖，他万分不情愿地把手从红色挂断键上移开。

"豹哥，哪儿能呢。"许鉴痛心疾首地说，"您误会我了啊！"

"闭嘴。"豹哥懒得听许鉴扯犊子，"还有哪些人知道我被狗咬了？"

"大概……"许鉴咽了一下口水，"……全校人，都、都知道了吧。"

"许鉴！"豹哥怒了，对着电话吼了一嗓子，"你嘴是裤腰带做的吗？松成这样是拿剪刀剪过了吧！"

许鉴现在屁都不敢放一个，战战兢兢地捧着手机，听豹哥骂自己。

"行了，别的我也不说了，许鉴你现在就赶紧趁着年轻去寻求寻求医生的帮助吧。"豹哥觉得自己很疲惫，"我怀疑你脑仁儿是水馅儿的。"

挂了电话后，豹哥问苗苗："我现在看起来是不是有点落魄？"

苗苗从刚才豹哥接电话开始就想笑了——那么嚣张的豹哥居然被气到疲惫，那副无可奈何的样子委实有点可怜。苗苗本来一直憋着的，现在听豹哥这么真诚地问，实在没憋住，就笑了。

她一边笑一边摆手，安慰豹哥："不是，哈哈哈……豹哥，你……哈哈哈，其实也还好。"

豹哥面无表情地说："哦。谢谢你的安慰，我感觉好多了。"

苗苗咳了咳，上下左右看了看现在的豹哥，一头金发好像也失去了光泽，一双绿眼睛现在也垂下了，整个人还是很白，但就是莫名其妙有种病中娇花的感觉。

小娇花现在是有点惨。

苗苗想了想，安慰一个人最好的办法就是转移他的注意力。

于是，苗苗体贴地说："你别说，我现实生活中第一次见到狗咬人。那只狗嘴果然很大，朝你扑过来的时候，我都愣了，那血盆大口，跟被拦腰劈了一半的西瓜一样。"

小娇花豹哥看了苗苗一眼，没接话。

苗苗看豹哥心情还是很低落，就接着体贴地说："其实你知道吗，狂犬病发作的时候——"

"我求你闭会儿嘴行吗？"豹哥没等苗苗把话说完，先开口，"我现在情绪有点不稳定，小心我狂犬病发咬死你。"

苗苗闭了嘴。

过了大概半小时，苗苗又问豹哥："你说那么大一只狗，你路过不躲远点，你眼巴巴跟着往前凑是为什么？"

豹哥看了苗苗一眼，说："因为你看起来很害怕的样子。我要是冲在你前面，那狗就只会看我了。"

第二天，许鉴提着两个果篮、三箱牛奶，还有一束黄色康乃馨来看豹哥了。

豹哥刚睡醒，被许鉴这一波看望重症病人的操作惊着了。

"你知道我只是被狗咬了吧？"豹哥问许鉴。

"我知道啊。"许鉴担忧地看着豹哥，"可是以后的事情谁知道呢。"

许鉴一拳把密封好的果篮打烂，从口子里挑出一个橘子，三两下剥开，递给豹哥："珍惜你现在尚且还有人性的日子吧。"

豹哥没接橘子，指着病房门口："滚。"

许鉴迷茫地看着苗苗："我说错了吗？"

苗苗把橘子接过来，给豹哥喂了一瓣儿，然后自己接着吃，一边吃一边说："你以后有啥事儿先别百度。"

"可是豹哥都住院了啊！"许鉴说。

"那是因为昨晚上太晚了，回去太麻烦，所以直接住了院。"苗苗说。

"那……你昨晚上睡的哪儿？"许鉴问苗苗。

苗苗一口橘子噎在喉咙管里，咳了大半天。

苗苗咳得面红耳赤，她抬头看了豹哥一眼，豹哥正闭目养神，一副不知道发生了什么的样子，只是仔细看可以看见豹哥的耳朵红了。苗苗又看一眼许鉴，许鉴还瞪着俩天真无邪的眼珠子看着她。

苗苗没回话，指着病房门口："你出去吧。"

被豹哥、苗苗先后赶出病房的许鉴，很惆怅地走出医院。

这几天教练去参加省里的一个什么培训了，整个冰球队特别清闲，每天做一些常规训练就可以闪人了。

许鉴百无聊赖地瞪着天空，想了想一会儿还能干吗。

想了好久好久，脑子里愣是一点计划都没有，他悲哀地发现自己是真的很闲。

于是，许鉴又往那天"春天"唱歌的地方走去。到了地方，他盯着那个空旷的广场，唉，不久前，他的"春天"就是在那里唱了一首《原来你也在这里》。

现在舞台没有了，人也没有了。

许鉴正准备再哀愁一会儿就去吃饭，兜里电话响了。

"许鉴！你完了！"同班同学刘守给他打电话，"明天严教授要收课堂笔记，没交的期末就等着挂吧！"

"啊？"许鉴愣了，也不哀愁了，愤怒地问刘守，"你怎么不等嫦娥绕月三十圈回来了再跟我说这个消息？"

"我以为豹哥跟你说过了啊！"刘守在电话里面自证清白。

许鉴冷静了一下，想起以前豹哥好像是说过这事儿："哦，我忘了。"

"那你现在打算怎么办？"

"你们呢？"许鉴问。

"我们已经交了啊！"刘守说，"今天我们就交了，大家基本上都交了，结果严教授一查人数，说少了两个，一个你一个豹哥，豹哥被狗咬了住院了嘛，我们就说你俩一个住院一个陪护去了。这才给你们争取了一天时间。"

"行行行，我知道了。"许鉴匆匆忙忙地挂了电话。

他紧急在学校替课群里发了条消息：

体育文化概论紧急找笔记代写，价格好说，明天早上八点交货。

没一会儿，一个昵称是"日进斗金"的人给他发消息：

日进斗金：多少钱？

贱贱是富豪：你想要多少钱？

日进斗金：300块。

贱贱是富豪：要两份，一共500块怎么样？

日进斗金：500这个数字不吉利。两份666块吧。

贱贱是富豪：行。明早上八点，社科楼201见。记得字写草写差一点。

日进斗金：OK！

过了很久，许鉴才反应过来，不对啊，一份300块，怎么两份就666块了呢？

与此同时，程小虹把消息截图发给苗苗，配文：

今天遇到一个人傻钱多的。

苗苗还乐了很久，把这事儿当笑话一样讲给豹哥听。豹哥看了一眼消息截图，说："这个'日进斗金'是你朋友？男的女的？"

"当然是女的啦。"苗苗说，"还是我室友。唱歌特别好听。"

豹哥放心了，于是很放松地问："会唱歌？那很厉害嘛。"

"对啊，前段时间山奇电器开业大酬宾，还找她去唱过歌呢。"

"山奇电器？"豹哥眉毛一挑，"滨河路那边？"

"对啊。"

豹哥听到这里，觉得这个"日进斗金"十有八九估计就是许鉴的"春天"。

他意味深长地笑了一下，神神秘秘地对苗苗说："你过来一点。"

苗苗好奇地把耳朵凑过去。

"给我倒杯水。"

以为会听到什么惊天大秘密的苗苗愣了一下。

然后，她微笑着说："好的哦。"

中午医生过来检查了一下，说豹哥没什么问题，可以回家了，两天后记得再来打疫苗。

豹哥问："这腿什么时候能跑步？"

"看恢复程度。"医生踢了踢病床的腿儿，给有些歪的病床正了正位置，"你还年轻，要相信你的细胞。"

说完，医生拍拍豹哥的肩："饮食清淡，别上火别动气，呼吸呼吸新鲜空气，生活多美好啊！"

苗苗"扑哧"一声就乐了。

豹哥满脑袋黑线："生活是挺美好的。"

"对。"医生又踢了一脚病床腿儿，"这床怎么老感觉是歪的呢？"

苗苗一下子就不乐了，她看了一眼豹哥，然后低下头，看自己脚尖。

豹哥也没接茬，他对医生点点头："谢谢医生，那我一会儿收拾收拾就走了。"

还能怎么歪的。

昨晚上全部弄完都半夜了，豹哥腿脚不利索肯定不能送苗苗回学校，让苗苗一个人回学校也不太安全。

豹哥左思右想，问医生能不能再找个空病房给苗苗住。

"你当医院是酒店呢？要不再给你弄个大床房呗？"值夜班的医生普遍脾气不太好，说话火气重。

豹哥一皱眉，说话就说话，没事儿里面夹枪子儿是几个意思。

他下意识就想撸袖子上，苗苗连忙拦住豹哥："没事没事，我看你床边有个陪床的收缩椅子，我睡那儿也可以。"

豹哥看了苗苗一眼，有些恨铁不成钢。

"不是你可不可以的问题，是我可不可以的问题。"豹哥说。

"什么意思？"苗苗没听懂，愣愣地问。

"没什么。"豹哥话到跟前又开始玩神秘，他转头对那脾气不太好的夜班医生说，"那麻烦您送一毯子来成吗？"

医生估计是被豹哥不经意间流露出来的流氓气吓着了，此刻一句多余的话都没有，点点头："我一会儿让护士给送来。"

"谢谢。"豹哥很有礼貌地对医生说。

苗苗当时就很后悔，为什么平时不多吃点饭长力气，现在居然连个弹簧床都撑不开。

"你身体素质看来是真不太行。"豹哥看着苗苗细胳膊细腿儿费劲吧啦地撑弹簧床，感慨了一句。

"你个残障人士就不要开口说话了好吗？"苗苗没好气地白了豹哥一眼。

"欸，这话我就不喜欢听了。"豹哥耸耸肩，"不是我说，就算我现在不能用大力气，我一只手都能把这床撑开。"

苗苗叹一口气："那你真厉害。"

语气里的敷衍，是个人都能听出来。

"你就说你信不信吧。"豹哥抻着手臂转圈，一副立马就要大干一场的样子。

"我信。"苗苗偷偷翻个白眼，这个人真的太幼稚了，随时随地想证明自己，上一个这么迫切地想要证明自己的，还是她五岁半的侄儿。

　　"你那什么眼神？"豹哥对苗苗的欲言又止太熟悉了。

　　"信任就像一束光，虽然抓不住摸不着，但是却实实在在地照亮了我们双方。"豹哥看着苗苗，一脸谴责，"你就老是质疑我的能力。"

　　苗苗又叹了一口气："我特别信任你。"

　　她伸手对豹哥做出一个朝外的手势，哄道："现在麻烦您挪一下身子，让我发挥一下我的力量。"

　　豹哥看了苗苗一眼，不满地撇嘴，他也不理苗苗，直接上手，要把弹簧床撑开。

　　弹簧床虽然被豹哥用手撑开了，可他因为急于证明自己，动作有些大，腿又不能动弹，直接导致平衡没有掌握好，随着弹簧床的撑开，豹哥跟着弹簧床一起倒了下去。

　　苗苗就站在弹簧床旁边，眼睁睁看着豹哥跟着弹簧床一起朝自己倒过来。

　　她瞪大眼睛，反应很快，灵敏地往旁边一蹦，蹦到病床上。病床立刻歪了，床腿儿在地板上生硬地发出刺耳的声音。

　　她还没来得及庆幸自己躲得及时，下一秒，肚子传来一个热乎乎的东西。

　　苗苗眨眨眼，不可置信地低头。豹哥的头正好砸在自己肚子上。

　　他还没搞清楚状况，就被一股大力推开，伴随而来的还有苗苗刺破耳膜的尖叫。

　　"秦锐！"

　　护士站的值班护士正在喝水，突然听见走廊深处传来尖叫，顿时被水呛住，咳了半天，然后迅速往声源地跑去，一边跑一边咳。

"什么情——"护士推开门，就看见那个被狗咬的混血帅哥，此刻正呈一面烧饼的形状被拍在床铺上，旁边陪他来医院的女生捂着肚子，半坐着，惊恐地看着她。

"况。"护士干巴巴地把话补完，然后默默地关上门。

等护士关上门离开后，苗苗红着脸站起来，向豹哥伸出手："起来吧。"

豹哥也一反常态地沉默，他由着苗苗把他拉起来。

回到学校的豹哥收到了很多人的关心和慰问。豹哥自觉被狗咬这事儿让他颜面尽失，于是对于人们自发自愿的照顾统统予以"拒绝"回应。

他说了，只让苗苗一个人照顾自己。

苗苗对于这份"特殊优待"可以说是很想拒绝。

但这不重要，重要的是苗苗最后把受伤的豹哥照顾得舒舒服服。

用许鉴的话，叫作"豹哥被狗咬伤的这半个月，过得比平时还逍遥"。

早上七点，豹哥准时被苗苗叫醒："豹哥，吃早饭了。我在你寝室楼下。"

"今天都是些什么啊？"

"豆浆、包子和油条。"

"豆浆是二食堂一楼那个短头发阿姨家的吗？"豹哥懒洋洋地问。

"是。"

"包子是一食堂二楼左脸有颗痣的叔叔家的吗？"豹哥又问。

"是。"

"油条是三食堂三楼开在饺子旁边的那家的吗？"豹哥接着问。

"是。"

"行。"豹哥满意了，拿起枕头边的书往上铺一甩，大吼一声，

"许鉴！起来给我取早餐！"

苗苗第一次没防备，被豹哥这一嗓子号得，直接当场耳鸣。

不只是早饭，中饭和晚饭也是苗苗负责，而且豹哥要求得特别细，一食堂的葱花、二食堂的蒜苗，苗苗心想我才懒得给你配齐呢，那样下去腿不得跑断。所以每次就近买一碗差不多的就送去给豹哥。

而豹哥虽然要求得挺细，但没按那么买，他也没尝出来，照样吃得津津有味。

苗苗心里挺得意，觉得自己很聪明，幸亏没有真的听话地满校园溜达给豹哥买。

豹哥还让苗苗帮忙洗衣服，他说许鉴是脑残，每次洗衣服洗衣液都倒很多，清都清不干净，穿上黏兮兮的。还是苗苗聪明，干什么事儿都能干好，所以特地让许鉴送了一袋脏衣服过来给苗苗，让她帮忙洗一下。

苗苗被他这一顿有扬有抑的话给说蒙了，稀里糊涂就把那袋脏衣服接过去了。后来上楼了才反应过来，恨不得咬死豹哥。

但紧接着，她又自我安慰，没事，其实也没啥，反正扔洗衣机就完事儿了。可当苗苗从一堆衣服里拎出两条深蓝色平角男士内裤的时候，真的蒙了。

她一瞬间不知道该做什么反应才对。

最后把她从臊得面红耳赤的境地里解救出来的是豹哥的电话。

"那个，衣服，你拿出来了吗？"豹哥的声音有些含糊。

苗苗盯着自己手里的两条内裤。

"拿、拿出来了。"苗苗说。

苗苗觉得手里拎着别人的内裤，然后耳朵边就是内裤主人的声音，这实在有些羞耻，她把豹哥的内裤像烫手山芋似的扔回衣服堆里，与此同时，耳朵又红了一些，在光底下几乎都要熟透了。

"已经拿出来了啊……"豹哥咳了咳，"你要不，呃，你要不——

欸，你有没有看到什么……比较不一样的东西？"

苗苗深呼吸一口气。

"比如呢？"苗苗垂下眼睛，纤长的睫毛遮住双眸。

豹哥啧一声，觉得"人生自古谁无死，早死晚死都得死。既然青山留不住，不如自挂东南枝"。

他说："比如，我的内裤。"

苗苗那口气深呼吸得有些长，听到豹哥这么直抒胸臆，口水直接呛了自己一嗓子。

苗苗咳得有点厉害，等苗苗慢慢地平静了，豹哥刚要开口，解释一下内裤为什么会出现在那堆脏衣服里，就听到电话里传来"嘟嘟嘟嘟"的声儿。

豹哥不敢置信。

一向胆子比芝麻还小的迟苗苗，居然敢挂他的电话？

豹哥是练短跑的，最讨厌别人说他没有耐力，所以他从小到大都有意识地训练自己锲而不舍的精神，这一下被苗苗挂了电话，他能轻易放弃吗？不能，所以他又持之以恒地拨了回去。

"喂……"虽然犹豫了很久，但在电话自动挂断的最后几秒，苗苗还是接了电话。

"你居然敢挂我电话？"豹哥义愤填膺地质问苗苗。

"你居然敢让我帮你洗内裤？"苗苗也义愤填膺地质问豹哥。

苗苗质问完这一下，两个人都莫名其妙安静了。

空气里弥漫着一股不可言说的尴尬和窘迫。

"咳。"豹哥清了一下嗓子，解释道，"没有让你洗内裤，给你脏衣服的时候直接一兜子装了，忘了里面还有……那啥。"

苗苗也清了一下嗓子，不知道说什么，只好回答一句："哦。"

"那……"豹哥拖长声音，"这事儿就这么过去了？"

"过去吧过去吧。"苗苗红着脸，连忙说，"我把它们送进洗衣房了，一会儿你记得让许鉴来拿。"

"你呢？"

"我上楼回寝室了啊。"

"不行。"豹哥说，"许鉴今天冰球队训练，很晚才回来。你给我送来吧。"

"……好的。"苗苗微笑道。

"谢谢你，辛苦了。"豹哥听到苗苗不甘愿的声音，忍着笑说道。

"不辛苦。"

"对，现在人们缺的就是这样一种无私奉献的精神。"豹哥从桌子上拿来一个橘子，手机夹在耳朵和肩膀之间，装模作样地说，"我得表扬表扬你，这一点做得很好。再接再厉，继续加油啊。"

苗苗深呼吸一口气。

"好的哦。"苗苗说。

"一会儿你直接把衣服送来我寝室吧。"豹哥往嘴里塞一瓣儿橘子，"你也知道，我腿脚不方便，下楼成问题。"

"男生寝室？"苗苗惊了，"男生寝室我怎么进去？"

"你跟宿管阿姨说一声就成，"豹哥说，"她跟我特别熟。"

可不嘛，这学校谁不跟你熟，毕竟也是在这里待了七年的人，一般本科学生还真做不到这境界。苗苗在心底毫不留情地吐槽。

"好的，豹哥。"苗苗恭敬回答。

豹哥的寝室，一眼望过去有点乱，但出乎意料的干净。地板和桌子看上去有光有亮的，不像是苗苗想象中蒙尘三十年的感觉。

进去之后，窗明几净，豹哥正坐在书桌边学习。

这是苗苗就算神经失常到打碎了牙齿往眼睛里装，都不会想到有生之年会看到的画面。

一时之间，苗苗居然不知道该不该打招呼：不打招呼感觉自己的出现有点莫名其妙；打了招呼又觉得自己在打扰豹哥学习。

"哟，来了。"还是豹哥先转身过来，冲苗苗笑了一下。

苗苗觉得人长得好看就是不一样，如果是她在毫无防备的情况下，转头一笑，应该是部惊悚片，但豹哥这么转头一笑，还真有一点"回眸一笑百媚生"的味道。

"来了。"苗苗一边回答，一边把洗好的衣服放到旁边的椅子上。

"快，我早就等着你了。"豹哥用好的右腿，在地上一蹬，椅子顺势滑出好几米，连人带椅子蹿到了苗苗身前，他眼巴巴地看着苗苗，声音里带着一股软绵绵的央求，"我外卖到了，你帮我取一下嘛。"

苗苗呼吸都停了三秒。

太……好看了！

那一瞬间，全宇宙所有的星星都悉数落进了豹哥的眼睛里，两汪翠绿潭水盛进揉碎的星星，星星一路闪耀，蹦着跳着，顺着苗苗每一次的呼吸，顺着每一个盛开的毛孔，跳着蹦着，就钻到了苗苗的心脏里。

现实中原来真的有这么好看的男孩子。

别说取外卖了，捐骨髓都可以啊！

苗苗深呼吸一口气，迅速说道："好！你先等一下，我马上就上来！"说完，就像一股小旋风似的冲出寝室。

豹哥看着苗苗飞速跑开的背影，若有所思。是自己现在生病不好看了？但也不至于把人吓跑吧？

他皱着眉，拿起桌上的手机，对着屏幕理了理刘海——明明还是很帅的。

没等豹哥把答案思索出来，苗苗已经拎着外卖上来了。

"你订的春饼啊？"苗苗问豹哥。

"对。"豹哥观察着苗苗，她脸上莫名其妙有些红，"你刚刚是不是跑得太急了？脸都红了。"

苗苗眨眨眼。

她实在不好意思承认，自己是被他美色诱惑的，刚才出了寝室门，连蹦了好几下，才让自己冷静下来。

"嗯……"苗苗不自然地说，"是跑得有点快。"

豹哥伸手接过春饼："我点的熏肉套餐，你要不要来一个？"

苗苗摇头："不了，我吃过饭了。"

她戴上手套，利索地给豹哥卷了一个春饼，先是黄瓜丝儿，然后是熏肉，熏肉接着是酱鸡蛋和洋葱，最后在上面铺一层香菜，把饼拿着一卷，大小适中，长度刚好。

"我卷春饼是一绝，"苗苗扬着下巴夸自己，"超级好吃，你尝尝。"

豹哥也给自己戴了一个手套，接过苗苗手里的春饼，咬了一口："嗯——是好吃。"

苗苗笑眯了眼："是吧。"

她又给豹哥卷了一个，豹哥接过去吃了；苗苗又卷了一个，豹哥又接过去吃……

吃着吃着，豹哥觉出不对味儿了。

怎么突然对他这么好？明明之前不管是补课还是带早饭什么的，都一副被逼得不是很乐意的样子。

他想了想措辞，拐弯抹角地问："你家里是不是有个弟弟？"

苗苗没想明白怎么突然问这个："嗯？没有啊。"

"有个哥哥？"豹哥接着问。

"没有啊。我独生子女。"苗苗说。

"平时经常照顾爸爸？"

"怎么可能，我尊贵的母上大人不允许。"

豹哥点点头，默默地吃了两口春饼，越吃嘴里越尝不出味儿。

实在憋不住了。

他直截了当地问苗苗："你对所有男生都这么好？还是单独对我照顾？有给别人卷过春饼吗？是看我腿脚不利索发善心？学校里任何一个男生腿脚不利索你都会这样对他吗？"

豹哥拧着眉，看着苗苗。

"不是啊……"

苗苗脑子里嗡嗡的，被豹哥这一串问题问蒙了，也被豹哥这一串问题后面——也许——藏着的意思给弄蒙了。

来不及理清楚心里的这阵慌乱是出于喜悦还是什么，她手捏紧了一点，塑料透明手套揉搓在一起，发出细碎的声响。

"不是对所有男生都这样的。"苗苗慢吞吞地说。

"那只是对我？"豹哥继续问。

"嗯……"苗苗低下头，抿抿嘴。

"乖。"豹哥笑眯眯的，看起来很满意的样子。

"不要对除我以外的男孩儿太好，他们都不是好人，你离他们远一点。"豹哥认真地教育苗苗。

"哦。"苗苗似懂非懂地点头。

"来，跟我一起说一遍。"豹哥循循善诱，"迟苗苗只对豹哥好。"

"迟苗——"苗苗顿了一下。

豹哥看苗苗停下了，挑眉看着她，一副"愣着干吗，说啊"的神情。

"迟苗苗只对豹哥好。"苗苗说。

"真乖。"豹哥奖励似的摸摸苗苗的头。

树上的雪被风吹落了。

细细小小的雪粒飘在空中。

苗苗的胸膛里好像有一群小鸟在跳动，迫不及待地想要蹦出来，看看这个世界。

她掩饰性地转开头，错开豹哥揉她头的手。

"春饼要凉了。"她说。

吃完了春饼，苗苗收拾收拾东西准备走了。

豹哥说借一下她的英语笔记，问她带没有。

苗苗本来想着肯定没带啊，突然记起来今天自己是背了书包的，昨天有英语课，那她书包里肯定还装着英语笔记本。

"哦哦，带了。"苗苗重新卸下肩上的书包，拉开拉链，找到英语笔记本，抽出来给豹哥。可动作太随意，带出了另一个本子。

本来豹哥没注意到另一个本子，但苗苗迅速藏本子的动作，引起了他的兴趣。

"那是什么？"他指着被苗苗藏起来的本子。

"本子啊……"

"你当我瞎，不认识本子长什么样吗？"豹哥说，"我问那个本子里你写了什么。"

苗苗深深地看了豹哥一眼，食指在本子封皮上摩挲了两下："就一些日常。"

"什么日常啊？"豹哥紧追不舍。

"唉……"苗苗叹一口气，"你确定要让我念？"

"确定。"豹哥斩钉截铁。

"你别后悔。"苗苗说。

"不后悔。"豹哥继续斩钉截铁。

"行吧。"苗苗耸耸肩，既然你这么强烈要求了，我就给你念念，让你感受感受良心的震颤。

"9月21号，天气晴，秦锐欺负我。

9月23号，天气阴，秦锐欺负我。

10月1号，天气晴，秦锐欺负我。

10月5号，天气雨，秦锐欺负我。

……

11月21号，天气晴，秦锐欺负我。"

苗苗念完这一串，松了一口气，挑衅地看向豹哥——你看你有多过分，9月到今天，你一直都欺负人，以后还不赶紧对我好点。

结果一看豹哥，他听得都气乐了。

"好啊，在这儿等着我呢。"豹哥眯起眼睛，"日记本里都敢叫我全名了，迟苗苗你可以啊。"

苗苗被豹哥这句"你可以啊"吓得一哆嗦。

"不是，我不是，我没有要怎样的意思……"苗苗赶紧辩解。

"迟苗苗你真的可以。"豹哥皮笑肉不笑地说，"你自己说，我怎么欺负你了。"

苗苗抓着小本本想半天，悲哀地发现自己之前嫌麻烦，只记了豹哥欺负人，没记怎么欺负的，现在一回想发生了什么都忘了。

"我忘了……"苗苗委屈地说。

豹哥"扑哧"就乐了。

"你说你，记仇都记不完整。"

"因为你也有别的地方对我很好啊。"苗苗认认真真地对豹哥说。

豹哥咳了咳，不自然地移开目光。

"不准说这种话！"他粗着嗓子，恶狠狠地说。

"为什么啊？"苗苗没明白豹哥怎么突然就脸红了。

"就是不准。"

大冬天的，豹哥却觉得氧气不够用似的，他用手摸了摸脸，果然很热。居然因为她的一句话臊成这样，真的是一点也不酷。

豹哥气恼地蹬椅子，准备自己去反省反省，却没料到动作太急，单脚没掌握好平衡，差点摔倒在地上。

苗苗倒吸一口凉气，脑子里莫名其妙想起之前在医院病床，豹哥也是没掌握好平衡，一头扎到了她身上……

伴随着苗苗的惊呼，豹哥反应很快地伸手撑住桌子，稳住自己，然后慢慢把歪斜的椅子稳到正轨。

"没事，一切尽在掌握之中。"豹哥沉稳地说。

"好……"苗苗抿抿嘴。

豹哥烦躁地"啧"了一声："笑吧！别憋了，我看你下巴快抖断了。"

"哈哈哈——"

怎么老是在苗苗面前丢脸呢……

豹哥耷拉着脸，下巴撑着书桌，很苦恼。

许鉴带着一身臭汗，胳膊下夹着篮球，风风火火地进门的时候，就看到苗苗趴在桌上睡着了。

这没有什么。

关键是豹哥。

声称腿痛站不起来走不能走立不能立的豹哥，现在稳稳当当地立在桌子前，双手撑在苗苗两侧，弯着腰，嘴唇离苗苗的脸颊只有两个食指的距离。

就两根食指的距离。

这他要是没闯进来，豹哥妥妥地已经亲上了。

"我天……"许鉴不知道该说什么了，他只好发出人类原始的惊叹，以表达自己的不可思议以及震惊之情。

那可是豹哥啊，从初中开始就浪出一朵花形状的豹哥啊，去哪儿都风骚闪耀，妖艳到女人都要落泪的豹哥，自满到欠扁的豹哥，现在居然，做出趁女孩儿睡着的时候偷偷亲人一口的纯情举动。

豹哥回头，皱着眉，瞪许鉴。

许鉴一抖。

"我错了错了错了。"许鉴什么也不敢说，什么也不敢问，点头哈腰地退出寝室，把里面留给豹哥和他的小老师。

许鉴走了。

寝室里又是一片寂静。

已经快冬天了，梧桐叶子掉得更加厉害，好几片落到了窗台沿，叶子枯了，撞在窗子上发出脆生生的声音。

豹哥垂眸看着苗苗。

白白嫩嫩的，圆圆的眼睛闭上了，睫毛垂下一弯月亮，唇珠还是很明显，嘴唇微微嘟着。和四年前一模一样。她睡得很香，暖气还没特别热，所以苗苗进来没脱外套，还是穿着毛茸茸的白色连帽外套，胸前垂着两个白色的小球，因为睡觉前没整理好两个小球，小球一个垂着，一个跟着手臂落到桌上，正好在苗苗鼻尖，苗苗呼吸吐纳之间，小球上的毛毛也跟着一动一动。豹哥伸出食指把小球移开，苗苗呼吸的热气扑腾到他手上。

手指不受控制地一弯，豹哥笑了笑，伸直手指，点了点苗苗的鼻尖。

像热气腾腾的，刚从蒸炉里端出来的小包子。

深秋初冬寂寥，但苗苗好像不受季节的打扰，永远活在温暖的温柔乡，乖乖的，又尻又软。

豹哥收回手指，拉上窗帘，把苗苗抱到自己床上，给苗苗盖上毯子。

然后，他重新坐下，翻开英语书，继续背单词。

只是怎么背脑子里都只有三个字：

我的了。

这枚小包子是我的了。

Part 05

"我没打算谈恋爱。我也不喜欢你。你别费心思了。"

　　许鉴在很积极地打扫寝室卫生，拿着抹布把桌子椅子仔仔细细地擦了一遍，然后又用拖布来回拖了五遍寝室的地板，接着还自己主动叠了被子，给自己床上喷了点花露水。

　　寝室其他人回来，一推门，看见屋子异常干净整洁，再一闻，满屋子的花露水味道，陆续打了几个喷嚏之后，困惑地问："现在到底是什么季节？怎么还喷上花露水了呢？"

　　许鉴看到他们，也不解释，只是微微一笑，很和蔼很慈祥地立在屋子中央，问他们："饿了吧，我帮你们打饭啊？"

　　"你干了什么对不起我们的事儿？"寝室老大和老二对视一眼，老大先斟酌着开口。

　　"呸！"许鉴痛心疾首，"我在你们心目中，是这种只有干了错事儿才主动干活儿的人吗？"

　　"不是。"寝室老大摇摇头。

　　许鉴满意地点头。

　　寝室老大接着又说："我说'不是'的时候，你自己摸摸良心，有没有感觉到良心的阵痛。"

"滚滚滚。"许鉴挥挥手，"我最近太倒霉了，我百度了一下，据说倒霉是因为屋子里太乱。"

"所以你大早上没事儿收拾寝室。"老大说，"吓死了，我还以为导员书记要来查寝，刚才已经在盘算我的那些女神要往哪儿藏了。"

寝室老大是一个很神奇的人。

北方汉子，八尺男儿，勇猛有力，天庭开阔，笑如钟声，行事稳健。

这么一个人，居然喜欢芭比娃娃，还把芭比娃娃亲切地称为"女神"，平时在床头摆了一大堆女神就算了，走的时候还会摸摸女神的头，让女神保佑自己好运。

这些都没啥，许鉴他们还能接受，让许鉴最不敢相信的是，那些女神的衣服还都是老大自己做的。

后来在寝室里亲眼目睹了一回老大熟练地给女神缝有点旧的裙摆之后，许鉴信了，对豹哥说："老大这个人，不简单。"

豹哥点点头，觉得老大这个人是不简单，然后转头把自己不小心蹭坏导致破得有点过分的破洞牛仔裤甩给了老大，让老大拿出对待女神裙摆的态度，帮他把裤子缝好。

许鉴啪啪鼓掌，夸不愧是豹哥，就是懂得物尽其用。

"导员没事才不来查寝呢，上次在三楼寝室里搜出一条蛇，据说当时导员差点儿厥过去。"许鉴说，"先别说这些了，我问你们一事儿啊，如果严教授那门课的期中笔记没有交，或者交错了，大概会怎么样？他上课的时候说过吗？"

"就是占期末总成绩的百分之三十啊。"

"交错了也是这样？"许鉴不死心。

"对。"老大沉默了一会儿，问许鉴，"你交错了？"

"我找了个代写笔记的，她抄错了。"许鉴哀号一声，"666块，结果还是被扣了，还是被扣了！"

豹哥被吵得心烦，他把枕头从脑袋底下抽出来，稳准狠地砸向许鉴。

"你要不再拿个扩音喇叭嚷一下。"

许鉴立马闭嘴。

他弯下腰，把豹哥的枕头捡起来，拍了拍，小心翼翼地蹭到豹哥床边，温柔地抬起豹哥的头，把枕头塞到豹哥头下。

"乖乖乖，继续睡。"许鉴嘴里念念有词。

豹哥骂了一句脏话。

他睁开好看的绿眼睛，瞪着许鉴。

许鉴见哄人不成，于是决定转移注意力，悲痛地对豹哥说："我被欺负了！豹哥，你要为我做主啊！"

"活该。"豹哥不瞪许鉴了，他冷漠地转过头，翻了个身，继续睡了。

许鉴松了一口气。他苦兮兮地回到电脑前，世道艰难，他要为自己讨回公道。

许鉴打开 QQ 对话框，找到那个"日进斗金"。

贱贱是富豪：同学你好。

日进斗金：？

贱贱是富豪：你笔记抄错了。我想退钱。

日进斗金：不可能。

许鉴被这斩钉截铁的"不可能"三个字震住了。

这是怎样的厚颜无耻才能在面对消费者投诉的时候，这么理直气壮。

他还是不敢相信自己遇到了什么，于是试探性地问道：

贱贱是富豪：是不可能退钱还是不可能笔记抄错？

日进斗金：都不可能。

许鉴捂住心脏，气得额角青筋直冒。

倒不是缺代写那点钱，只是这个人态度怎么回事？

贱贱是富豪：你叫什么名字？哪个院儿的？

日进斗金：生科院的，有本事你就来找我。

贱贱是富豪：你给我等着。

许鉴怒摔键盘，就他，从进岳鹿大学的第一天起，就没被人这么挑衅过！谁看到他许鉴不是称兄道弟！谁提起许鉴不得夸一句"人见人爱"！

豹哥那会儿被许鉴吵醒了就没睡着，正躺在床上跟苗苗发消息呢。

许鉴这一通愤怒地砸键盘操作，引起他的注意，豹哥从床上坐起来。

"你狂躁症发作了？"豹哥问许鉴。

"我今天遇到好绝一男的，他太嚣张了，我必须去会会他。"

"谁？怎么了？"豹哥对于许鉴有一种看自己儿子的责任感，所以连忙问道。

"生科院的，名字——反正网名叫'日进斗金'。"

"叫啥？"

豹哥一听这名字就精神了。

"日进斗金。"许鉴说，"就是给我们代写笔记的那个。"

"欸，我好像对这个'日进斗金'有印象。"豹哥斟酌着说，"我记得不是生科院的，好像是文院的啊？"

"他跟我说他是——"许鉴话说到一半恍然大悟，"对哈！他回答得这么坦荡，不是真牛就是假消息。对对，你提醒我了，我去确定一下。"

许鉴转过身去，把日进斗金的 QQ 号发给刘守，让帮忙问一下这是谁，在哪个学院，什么专业几班的，最好把课表也发过来。

与此同时，豹哥发微信给苗苗：

有好戏，速来。

刘守说"日进斗金"在这个班上课，坐在中间倒数第三排的位置。

许鉴问："然后呢？叫什么？"

刘守攥紧了手机，有些忐忑："不知道，只知道是文院儿汉语言四班的，我要来了一份课表，你去吧。"

"我就干着去啊？"许鉴问，"啥也不知道，我还能去了站教室门口大喊一句'谁是日进斗金'吗？"

刘守低头在手机上又敲敲打打了一段字，不知道在跟谁聊天儿。

大概半分钟之后，刘守收起手机，抬眼看许鉴，又移开目光，说："你趁着他们小班上课的时候去，到时候人少，你一眼就能看到。"

"你在逗我？"许鉴瞪大眼睛，"刘守你这回怎么这么没用，让你打听个消息，你看你打听出来个什么玩意儿。还我一眼就能看到，我怎么看，怎么用肉眼分辨谁是'日进斗金'？看谁身上挂了个财神爷是吗？"

刘守被许鉴这一番问话给问住了，准确来说，是问笑了，他乐得不行，最后摆摆手："哈哈哈……我不行我真的尽力了……你别问我了，反正你去吧，去了就知道了。"

许鉴摸着下巴看了刘守很久，觉得这个人很奇怪，以前每次让他打听消息可灵可快了，而且为什么这回要说着说着就笑场？

"你是不是在整我？"许鉴问刘守。

刘守一听这话，不乐意了，他一秒端正脸色。

"你怎么可以质疑我们之间的兄弟情？"刘守看着许鉴，说道。

"也是！"许鉴选择相信自己的兄弟，他说"去了就知道了"，那就去了再说！

许鉴乐呵呵地攀过刘守的肩膀："放心，等我去会会那个'日进斗金'，回来咱们一块儿撸串儿去！"

"好。"刘守点点头。

等许鉴走了之后，刘守掏出手机，给豹哥发了个消息：

刘守：OK，准备完毕，明天下午三点，人文楼402。

豹哥：一起吗？

刘守：不了。太残忍了。我不忍心。

豹哥想这有什么不忍心的，既然选择了看好戏，那就不要觉得不忍心——既然选择了远方，那就只顾风雨兼程。

许鉴气势汹汹地冲到人文楼402，那里还有五分钟就要开始上西方审美文化史。

他特意提早来了，推开门，眼睛瞪得像铜铃，射出闪电般的金光，耳朵竖得像天线，听着一切可疑的声音，往中间倒数第三排一望——

一个女生，米黄色毛衣，一头短发，戴着耳机，端端正正地坐在位置上看书。垂下的目光温敛含蓄，像喧闹的花市里，那一株安静绽放的百合。

我天！

春天！

这不就是他一直在找的春天吗！

许鉴瞬间忘掉"日进斗金"的事儿，走过去，挨着"春天"坐下，左右看了看，有些不好意思，又有些拘谨地说："你好，我叫许鉴，交个朋友吧。"

"春天"看了他一眼，说："你很缺？"

"缺啥啊？"

"朋友。"

许鉴把这两句话连起来：你很缺朋友？

这个"春天"跟他想象的有点不一样。

许鉴挠挠脑袋："不是，我的意思是——"

"我叫程小虹。行了吧，别找话题硬聊了，还有两分钟就要上课了，我以前也没在班上见过你，你应该也不是文院的，趁现在还有时间，从哪儿来的回哪儿去吧。"

"扑哧——"

许鉴还没来得及说什么，身后就传来一阵笑声。

他回过头，看到后排一直立着的书后面伸出来两个头。

一个豹哥，一个苗苗。

"你们……"许鉴被这一连串搞得有些蒙。

"我来上课。"苗苗先自证清白。

"我来陪她上课。"豹哥也自证清白。

苗苗看了豹哥一眼，没说话。

"哦。"许鉴干巴巴地回答了一句。

豹哥对许鉴眨眨眼："加油！我看好你！"还双手比了个大拇指，以示鼓励之意。

许鉴转过身，被豹哥鼓励了一下，信心倍增。倒也是！他一表人才，关键还特别有钱，没道理会被直接拒绝。

于是，许鉴锲而不舍地继续跟程小虹没话找话，说自己是来见网友的，有个叫"日进斗金"的太过分了，是黑心商家，以后如果要代写笔记什么的，可千万看好了，别找他。

程小虹听到前面的时候还挺平静，听到后面，脸色就不太好看了。

她转过头，看着许鉴："日进斗金怎么了？"

"黑啊！"许鉴真心实意地感叹，"太黑了，就代写两份笔记，居然要了 666 块，而且还写错了，质量不过关。你想想，这多黑。"

程小虹嗤笑一声，回过头。

过了大概两秒，她又把头转过来："首先，价格的问题，我之前说 666 块的时候，你是不是一口答应了；其次，代写错的问题，你让代写的就是体育文化概论，我不知道你为什么不肯动动你的小手指头往上翻翻消息记录，你如果翻了，你可以清楚地看见，你要求的就是体育文化概论；最后，退一万步讲，你可以说我贵，但你不可以说我质量不过关。你提了一个要求，你说字不要写得太好，最好写得潦草一点，我找你要了一份你平时的字，然后连夜模仿着写的，当时交货把笔记给你的时候，你自己翻开看了的，还夸了一句说'这字儿模仿得真像'。你这两天脑子如果运转还正常的话，希望你好好回忆回忆，我刚才说的那段话，是不是都真实发生过，我有没有撒谎编造。"

许鉴想解释的事情有很多。比如上次他手机卡顿，就把微信、QQ 全都卸了，重新装了一下，所以消息记录都没有了；比如他平时也没怎么上课，运动人体科学和体育文化概论具体的区别其实也不是太明白；比如，交货的时候他睡过头了，是找刘守去帮忙取的，不然——他早就可以知道"日进斗金"就是他的春天。

但许鉴最后什么也没辩解，他想，这些都是小事儿了，跟眼前的春天比起来，都是促成缘分的养料。

于是，许鉴真心实意地说："你知道吗，我之前见过你。"

程小虹本来在用精准刻苦的科学精神认认真真地跟许鉴捋事情的来龙去脉，结果最后就换来这么一句浮夸的搭讪词儿。

她咬咬后槽牙，看了许鉴一眼，没忍住骂了一句："你有病啊？"

"真的，就是你给山奇电器唱歌的时候，"许鉴说，"当时，你在唱刘若英的《原来你也在这里》，我一下子就被吸引住了，我觉得、我觉得……我真是太喜欢你唱的歌儿了！"

没出息！

太没出息了！

许鉴在心里骂自己。

程小虹皱起眉头，复杂地看了他一眼："你要是想听歌儿的话，听 MP3 可能感觉更好。"

"MP3 太贵了，买不起。"许鉴一本正经地说，"还是听现场比较好。"

程小虹没搭理他，转头看书了。

许鉴安分了没半分钟，又开始蹩脚地找话题。

"今天晚上你有事儿吗？"

"有。"

"那明天上午呢？"

"也有。"

"那明天下午呢？"

"都有。"

"那后天——"

许鉴还没问完，程小虹就把他的话打断了。

"我没打算谈恋爱。我也不喜欢你。"程小虹说，"你别费心思了。"

下了课，程小虹拿着书就走了。

许鉴还坐在座位上，发呆，愣神，脸上的表情非得总结一下就是：悲痛欲绝。

豹哥和苗苗本来是来看热闹的，结果看着看着发现这是个悲剧。

苗苗有些于心不忍，她戳了戳豹哥的腰，让他说两句。

豹哥腰上有痒痒肉，被苗苗这么一戳，当即就大笑起来，声音脆亮，余音缭绕。

许鉴回过头来，看着豹哥，哀怨地说："你还是人吗？我都这么惨了，你居然笑得这么开心？"

"咳。"豹哥咳了咳，他也觉得许鉴有点惨，但这不妨碍他翻旧账，"我之前被狗咬的时候，你好像笑得也很开心。"

许鉴张着嘴，想半天，不知道该怎么回，最后只好闭嘴，继续在座位上思考人生。

"你别灰心。"苗苗说，"其实小虹就是刀子嘴豆腐心，她人其实特别好，只是嘴里蹦不出好话。"

许鉴幽怨地看了苗苗一眼，没说话。

"你要不再试试？"苗苗说，"她明天下午是去咖啡馆兼职，你要不再去刷刷存在感？"

"行！"许鉴眼睛一亮，兴高采烈地答应了。

许鉴走之后，豹哥问苗苗："你很想撮合他们俩吗？"

苗苗笑了笑，一双圆圆的眼睛里面好像有星星："我觉得小虹很辛苦，但是她从来不说她辛苦，所以我更心疼她。许鉴人傻了点，但傻点好，至少快乐。小虹经历了太多，太聪明，看得太明白，所以不快乐。两人中和一下，挺好的。"

豹哥把单词书收起来，装进书包里，然后从兜里掏出口罩，一边戴，一边问苗苗："这么厉害，连谁适合找什么样的都知道啊——那你觉得，我适合找什么样儿的？"

豹哥问这话的时候，中间顿了一下。

苗苗就随着那点停顿，心脏好像也停了一瞬间。

"你……"苗苗伸出食指，轻轻挠了一下自己的眼角，"你挺好的，都挺好的。"

"所以？"豹哥挑起眉。

"找什么样儿的都可以。"苗苗飞快地把这句话说完。

豹哥笑了。

那可不行。

豹哥弹了下苗苗的额头："我觉得你这样儿的就挺不错。"

苗苗跟着豹哥的动作，懵懵懂懂地撞进他的眼睛里，绿汪汪的一潭水，一不小心就栽了进去。

她愣了愣，突然跟屁股被炮仗点着了似的，立马站起来："快快快！我才想起来！我下节课还有课，不能迟到的！"

豹哥看着苗苗仓促离开的背影，微微偏过头，眯着眼，左脸写着"高深"，右脸写着"莫测"。

他觉得自己已经快把小包子攻下了。

豹哥打开百度，搜索：女生喜欢一个人有什么表现？

程小虹到咖啡馆的时候，许鉴已经坐着了，面前摆着一杯咖啡。

她装作没看见，自己忙自己的。

许鉴也不急，喝了整整一下午的咖啡，基本上把单子上的咖啡都喝了一遍。

"我觉得还是卡布奇诺好喝。"许鉴说。

程小虹露出标准微笑，把账单递过来："麻烦结一下账。"

许鉴说："可以微信吗？"

"不可以。"程小虹指了指店门口的一个牌子，"我们店不支持线上转账，门口有挂牌子说明哦。"

许鉴沉默了一会儿。

程小虹道："你没带钱？"

许鉴尴尬地点点头："对。"

最后还是程小虹帮他付的钱。

走出咖啡馆的时候，程小虹看许鉴的目光可以射出箭。

"你不要急，"许鉴算盘打得特别响，"你如果急需用钱的话，你可以现在加我的微信，我把钱转给你。"

"也对。"程小虹说，她从围裙兜里拿出手机，点了两下，调出收款码，"来吧，直接转。"

许鉴傻眼了。

"不加好友啊？"

"不用啊。"程小虹微笑着说，"反正这样也能转账。"

“先生慢走，欢迎下次光临。”

许鉴失落地走了。

程小虹看着许鉴的背影，乐了半天。

一阵风吹过，脑门儿特别凉，程小虹打了个冷战，渐渐清醒了。托她这张脸的福，这些年不少人明里暗里说过对她有意思，这个许鉴也不过是其中之一。

她又笑了一下，然后面无表情地把咖啡馆的门关上，不让暖气跑出去。

她一转身就换上了标准的微笑，看起来很和善很好亲近的样子，继续在咖啡馆大厅里忙碌。

晚上下班，程小虹把咖啡馆的围裙摘下，坐在员工休息室里，难得放松，把全部身子重量都交付给椅子，头靠在椅子背上，抬头看着休息室惨白的灯光。在咖啡馆里来回转悠了一下午，没休息过，脚早就痛得麻木了。

四肢疲累，灵魂更甚。

程小虹闭上眼睛。

今天赚了518元，刨去吃饭交通的费用，还有492元，加上之前赚的，总共差不多有两万，够交一周的住院费了。

可是还有药钱、打针钱、护理费用……

之前卖房子的钱已经花得差不多了。不管她做多少份兼职，都填不拢开销的洞口，最后还是只能眼睁睁看着卡里余额越来越少。

有一列火车疾驰而来，她努力地往前跑，不要命地往前跑，可是距离还是越来越近，最终她所做的一切努力除了延缓了那个结果的到来，没有任何用处。

程小虹皱皱眉，挣扎着坐起来。

命运的洪流奔腾不息，就算是螳臂当车，她也要拼尽全力。

Part 06

"我信我自己，我信每一分刻苦和决绝，能换来一分回报和快活。"

许鉴喝了一肚子的咖啡，最后也没换来程小虹的微信，他回寝室的时候，左脸写着"失魂落魄"，右脸写着"黯然失魂"，额头横批是"别来烦我"。

刘守专门跑寝室来安慰他："没事，你这么想，'春天'如果这么轻易就被你弄到手了，她还是'春天'吗？"

许鉴豁然开朗。

他拍拍刘守的肩："整个冰球队里，还是你最会说话。"

刘守也拍了拍许鉴的肩，豪情万丈："走，整顿烧烤！"

"走！"许鉴也豪情万丈，豪情完了问豹哥，"豹哥，烧烤吗？"

"不了。"豹哥笑得很慈祥，他指着手机，"苗苗一会儿要手机上抽背我英语单词。"

空气凝固了三秒。

许鉴瘪瘪嘴，蔫儿了。

"没事！"刘守继续豪情万丈地拍许鉴的肩，"你虽然没有人监督你背英语，但你有我陪你吃烧烤啊！学习不好，那咱们就尽量玩得开心一点！"

许鉴一言难尽地看了刘守一眼。

这话是人说的吗？

许鉴勉强挤出一个笑，心里空落落的。

那天晚上他吃了一些串儿，但更多的是在喝酒，暖气充足的室内烧烤大厅里，许鉴一行人喝了差不多三箱啤酒。

后来许鉴回寝室，隐隐约约肚子有些不舒服，但他实在太困了，倒下就迷迷糊糊睡了一觉，睡到一半儿差不多八点的样子，被肚子疼醒了。

是真疼啊，感觉肚子上安了个容嬷嬷，特别勤奋地一秒扎针一次，疼得捂着肚子也不行，只能微微蜷着。

豹哥发现许鉴不太对劲儿，连忙开灯，拍许鉴的枕头。

"你怎么了？"

"不知道……"许鉴蜷缩成一个虾米，"肚子疼。"

豹哥皱着眉，伸手按了一下许鉴的肚子。

"嗷！"许鉴叫唤一声。

豹哥把按着肚子的手指松开。

许鉴疼得冷汗都出来了。

"走，去医院。"豹哥把许鉴从床上扛下来，招呼着寝室其他人帮忙给导员请个假，然后背着许鉴就出门了。

寝室老大急匆匆地追上他们，给许鉴披了件外套，问豹哥："什么情况？"

"估计是阑尾炎。"豹哥问许鉴，"你今天吃什么了？"

"没吃啥……"许鉴虚弱地说，"就一些咖啡，晚上吃了串儿、啤酒之类的。"

"啤酒是冰的吧？"豹哥问。

"对……"

"你就是一傻子。"豹哥把许鉴塞进车里，"咖啡、冰啤酒，哪一个不刺激肠胃？你可真行，一起上，还都是空腹开始干，你要是不肚子疼才算是奇怪事儿了。"

寝室老大也跟着坐上车，一边把热水递给豹哥，一边给寝室其他人汇报进度。

到了医院，医生看了看许鉴的症状，做了跟豹哥一样的动作，先把手按上肚子，然后又猛地松开，按了好几次，肚子上方下方侧方换着按，按一下许鉴就号一声，松一下号更大声。

医生说："多半是阑尾炎，但你这疼的位置好像不太对，而且急性阑尾炎应该特别疼，你居然还安稳地睡了一觉，现在拖得时间有些久，也不太确定……这样，你去照个片儿，抽个血做个尿检吧。"

豹哥就带着许鉴去了——寝室老大上午还有课，刚刚把许鉴送到医院就走了。

做尿检的时候，正常人都知道接差不多就行了，结果许鉴这个没常识的大少爷，生怕不够，接了满满一大杯，小心翼翼地护着给检验科护士小姐姐端过去。

护士小姐姐一看都愣了，说："你是来给我敬酒的吗？"

豹哥交完费回来，刚好看到这一幕，笑得肚子都疼了。

他把许鉴跟领儿子一样领回厕所："你倒点出去，上面不有刻度吗，你接到那儿就行。"

"够吗？"许鉴不放心，问。

"不够你再生产嘛。"豹哥看了一眼许鉴，很放松地说，"这玩意儿又不是不可再生资源。"

许鉴说："我说正经的呢。"

豹哥说："我也说正经的啊，人家拿你尿是去做检查，又不是拿去喝，你担心杯子没装满显得不热情好客吗？"

许鉴就是个受虐狂，听到豹哥这么骂他讽刺他一顿，他就安心了，踏实了，乖乖进厕所隔间去了。

后来做了一大堆检查，得出的结论还是阑尾炎。

医生说许鉴现在的状况可以做手术，也可以不做。建议是做了，永绝后患。

许鉴一听"永绝后患"这个词儿，抖了抖，说："算了吧，不手术。"

医生说："那也行，那你就来输几天液，把炎症消了就成。但是以后饮食睡眠各方面你注意一下啊，这个肯定是走一次比一次疼得厉害的路线，下一次再犯，你可就真睡不着了。"

许鉴点头："好好。"

豹哥坐在问诊室外面的椅子上背单词，人来人往的医院走廊，谁过来都会盯他几眼。

不只是因为他捧着书在背单词。

还因为长相。

早上出来得急，豹哥没戴口罩帽子，现在一头一看就是原生的金发，虽然低着头看不清楚五官，但身高腿长，坐在那里，手里还捧着一本书在安静地看。

过往的人，年轻小姑娘就不说了，连路过的老大爷都跟着看了几眼，豹哥深呼吸一口气，皱着眉，心情很不爽。

他没等许鉴出来，给他发了个消息："困了，回学校了。你自己在这儿慢慢输液吧。"然后就走人了。

许鉴从问诊室里出来，看见空空荡荡的走廊，觉得人生真是寂寞如雪。

好在他的"春天"出现了。

"你怎么在这里？"许鉴捂着肚子，惊喜地问。

"你……"程小虹看着他的姿势，不太确定地问，"你怀孕了？"

"没呢。"许鉴笑了笑，"行程太忙，还没来得及去女儿国喝水。"

程小虹一下就乐了。

许鉴只是输个液，但他很怕自己中途又发生什么病症，很惜命地加钱办了个住院，现在病房还没收拾出来，他就跟着程小虹到处溜达，借口说熟悉熟悉医院环境。

程小虹瞄了许鉴一眼，想说什么但最后什么也没说，只是自顾自走自己的，没搭理许鉴。

许鉴这才知道程小虹的妈妈得了尿毒症，这是个耗钱的病，只能打针吃药。之前为了治病，卖了房子，现在程小虹一边上学一边做很多兼职，把自己活得像一个人形陀螺，永远停不下来。

许鉴很震惊，同时也很不解："你爸爸呢？"

程小虹一边熟练地排队拿药，一边点开学校快递代取群，接了几个单，打算一会儿回学校顺手给取了。

"我爸一得知我妈得了这个病，立马就办离婚了。"程小虹说，"不过还算他有点良心，自己一个人净身出户，没分房子。"

"所以，现在家里就靠你一个人……"许鉴问。

"对啊。"程小虹点开家教网，登录账号进去，批改之前留的作业。

许鉴是全程跟了程小虹一路的，被她的忙碌和时间利用率给震住了。

他想这可真是长见识啊。有的人在这个年纪浑浑噩噩，整天不知道干啥，有的人却不得不在生活的重压之下提早学会对自己的情绪麻木，逼着自己对自己狠。

"可是你为什么要一个人扛下所有呢？"许鉴问这话带了点私心，"你可以找个男朋友，让他帮你分担一点。"

"我不信那些。"程小虹停下批改作业的手，抬头看着许鉴，一双眼睛黑得几乎成透明的了，"情啊爱啊温柔乡啊，我都不信。我信我自己，我信每一分刻苦和决绝，能换来一分回报和快活。"

"所以你真的不用在我身上花心思——虽然这么说有点不要脸，

但我俩第一次见面，我就知道你喜欢我。没必要。"程小虹说，"苗苗跟我说了，你这次住院有我的原因——在我那儿喝了一下午咖啡，可是你看，真的没必要。我完全没有那方面的心思。"

期末考前夕，豹哥指挥苗苗早起帮自己去图书馆占个座，他要考前冲刺了。

豹哥甚至还装模作样地写了一段誓词，夹在复习资料的第一页，每天每时每刻提醒自己。

苗苗有点好奇，他每天在那儿屏气凝神默念的是什么，凑过去看。

一看就惊着了。

"这是你写的？"苗苗问豹哥。

"对啊。"豹哥说。

"你的字长这样？"

豹哥不自在地咳了咳，说："管他的，能认出来不就行了吗！"

苗苗不可置信地把那张纸拿起来，说："关键你这字儿也认不出来啊。写得跟化学方程式似的，横平竖直的中国字被你这么一糟蹋，我都替阅卷老师感到委屈。"

"认不出来就算了！"豹哥伸手把纸抢回来，"要你管！"

苗苗觉得自己可能伤到豹哥的自尊心，想了想，又说："其实也不是很丑。"

"就好比，你看啊，这个，你写的，嗯——"苗苗停顿半天，最后实在没招了，"你这写的到底是啥啊？"

豹哥出奇愤怒，他拿着纸，对着头顶的白炽灯光，脚踩坚实的大理石瓷砖地板，摸着自己的良心，慷慨激昂地念道："期末将至，我从今开始复习，至考方休。我是图书馆里的蜡像，是自习室里的主人！我是唤醒黎明的号角，是闪耀午夜的台灯！我是守望课本的双眼，是追寻知识的灵魂！今夜如此，夜夜皆是！期末复习，我将用烈火一般的激情、钢铁一般的意志，誓死追寻知识的脚步，誓死徜徉学术的海洋！期末复习！我来了！——很难认吗？很难看明白吗？"

见过"呆若木鸡"的真人演绎吗？

见过"目瞪口呆"的真人演绎吗？

见过"瞠目结舌"的真人演绎吗？

全都是此刻迟苗苗的状态的最佳描写。

苗苗估计原地愣了起码三分钟。

然后在一片沉默里，她咽了咽口水，不太确定地鼓掌，不太确定地鼓励豹哥："那……很棒，你加油……"

豹哥现在估计也回过味儿来了，觉得自己刚才的举动是有些傻。

他咳了咳，把宣誓纸叠起来，揣在裤兜里，假装若无其事地说："呼！上一次这么诚恳激昂地说话还是宣誓做共产主义接班人呢。时光啊，似水啊。"

苗苗使劲儿掐自己的手掌心，盯着豹哥因为尴尬和羞涩变得红彤彤的耳朵尖儿，她更加用力地掐自己的手掌心，企图让痛楚逼退笑意。

"嗯，对。"苗苗微微皱着眉，正经严肃地点头。

豹哥扫了她一眼，突然叹了一口气："行了，你笑吧。我看你脸都憋红了。"

"噗哈哈哈——"苗苗也不客气，听豹哥这么说了，当即笑声就像刚出笼的疯狗，哗啦啦奔腾泄出来了。

豹哥看苗苗笑得那么欢快，叹了一口气，觉得自己真的一丁点的面子也没有了。

他有点郁闷。

怎么在迟苗苗面前总是犯傻呢？

就没有一次是从头帅到尾的。

豹哥闷闷不乐地想。

他惆怅地叹一口气，往后靠，把头倚在椅子背上，闭上眼睛，对着明亮的白炽灯反省自己。

猩红的眼皮突然一黑。

豹哥睁开眼，就看见苗苗的脸正对着自己。

她今天扎了个马尾辫，长头发束在脑后，现在因为她的俯身，马尾辫从肩膀上滑下来，若即若离地蹭着他的脖子。

有些痒。

有些麻。

他需要绷紧肌肉，才能控制自己不伸手去挠。

"怎么了？"他问。

"没什么。"苗苗突然笑了笑，笑得很灿烂，眼睛弯成一道月牙儿。

已经是冬天了，人文楼顶上铺了层厚厚的雪，梧桐叶子早就掉光了，光秃秃的枝干上也堆了一层雪，风早就被雪染白了，声势浩大地吹过大地，吹过树枝。梧桐枝干上的雪簌簌往下落，砸到路过行人的头顶或者脖颈里，引起一阵带着笑意的无奈尖叫。

苗苗走到窗口，打开窗户，冷空气扑面而来，她伸手从窗台上捞起一捧积雪，在掌心里揉了揉，变成一个结实的丸子，然后又捧起来一把雪，比刚才的要少一点，放在掌心里揉啊揉，搓成了一个小一点的丸子。

苗苗把小丸子按到大丸子上，用笔在小丸子中上方的位置戳两个洞，捡了窗台上两片细小的不知名落叶，插在大丸子两侧，力气用得有些大，大丸子裂开一点缝，苗苗又从窗台上捡来一些雪，粘在大丸子上，补上缝隙。

豹哥盯着苗苗掌心里的小雪人，这小雪人跟捏出它的人一点也不一样，这个雪人是真的丑啊：两只眼睛长得不一样大，两只手也不对称。圆滚滚的肚子上还多了一层雪——是用来遮缝儿的；雪的颜色也不好看，堆了很久的积雪，有些灰了，没有新雪白。

苗苗把小雪人小心翼翼地装进自己的透明杯子里，笑着端给豹哥。

"别生气了，"苗苗看着豹哥，圆圆的眼睛亮闪闪的，"送你一个小雪人。"

豹哥接过杯子，看着里面的小雪人，心想：这小雪人是世界上最可爱的小雪人，他一定想办法让这个小雪人停留的时间久一点。

他看着苗苗的眼睛，真心实意地说："谢谢苗苗。"

苗苗低下头，心里徐徐吹过一阵春风："不客气。"

豹哥看着苗苗因为埋下头而露出来的雪白后颈，像树梢最顶端的雪落到她的肩上。

豹哥心想：我可太喜欢冬天了。

Part 07

"乖乖乖，你看，我在哄你呢。"

苗苗如果知道豹哥来图书馆的意义只是换了个地方睡觉的话，她一定不会认认真真地帮豹哥整理笔记。

一日为师，终生操心。

苗苗苦口婆心地劝豹哥："你学习会儿吧，不然又会不及格。"

豹哥很生气，觉得苗苗冤枉自己了，他又不是专门来图书馆睡觉的，他是昨晚上通宵复习了，怕自己猝死所以现在补会儿觉。但豹哥觉得解释过程是一件多余的事儿，看结果就好。

所以，他坐起身子，在草稿纸上大笔一挥，写下几个大字："你做好准备。"

"什么准备？"苗苗把那张草稿纸翻个面，在背面写道。

"我成绩可能会实现质的飞跃。"豹哥严肃地对苗苗说。

苗苗揉了揉耳朵——刚才豹哥直接趴在苗苗耳边说的，痒酥酥的。

"你也必须有质的飞跃了。"苗苗平静下心情，转过头，也严肃地对豹哥说，"不然你会被强制退学。"

豹哥"啧"一声，让苗苗闭嘴。

期末考试周说长挺长的，全程拉过来得有大半个月，说短其实也短，考前都紧张复习了，根本感觉不到时间的流逝。

豹哥很重视这次的考试，特意买了七条紫内裤，在考试周期间换洗着穿。

许鉴叹为观止，质问豹哥："你怎么也信'紫腚过'这种鬼话？"

豹哥说："人闻长安乐，则出门而向西笑；知肉味美，则对屠门而大嚼。要给自己积极的心理暗示，知道吗？"

许鉴没听明白豹哥说的那一串话，但这不妨碍他似懂非懂地点头，竖起大拇指，对豹哥说："厉害！向你学习。"

好不容易等所有的科目都考完，苗苗才想起来自己复习得太忘我，忘记买回家的票了。

她怀着侥幸心理，打开订票软件，想找找有没有临时退票的人，自己去补个空子。当然结果证明老天爷或许会天降红雨，但一定不会天降好运。

看着页面上清晰明确的"所选无票请重试"一行字，苗苗哀号一声，想着只能起大早去火车站排队了。

苗苗正在感叹自己多舛的命途，就接到了豹哥的电话。

他说他活到现在第一次那么用功努力地学习，可把他累坏了，必须要带着苗苗出去放松放松。

苗苗说："我不累，我不需要放松。"

豹哥说："你累了，你需要放松。"

"我真的不累。"苗苗试图跟豹哥讲道理，"要考试了，所以就复习，这对我来说是一件很正常的事儿，虽然过程是有点艰苦，但也在我可以接受的范围内，真的不至于累到要专门出去露营。"豹哥让苗苗收拾行李，一起去露营。

"你真的累了。"豹哥一副听不懂苗苗话的样子，"你现在特想收拾东西跟我一起出发，寻找美好的快乐老家。"

苗苗还想说什么，被豹哥的话打断。

"一会儿我来找你，我们商量一下到底去哪座山露营。"

苗苗很着急地阻止豹哥："你怎么找我，我在寝室。"

"我知道你在寝室。"豹哥说，"你一会儿留神听动静，给我开窗户。"

苗苗惊了。

"你爬窗户进来啊？"

"不然我走大门进来？"豹哥反问苗苗，"我倒是可以，但关键是宿管阿姨不可以啊。"

"可是、可是翻窗户不太好啊。"苗苗有些担心，"万一你被逮着了怎么办。"

"呸呸呸。"豹哥连呸了三声，"你赶紧盼我点好的。"

苗苗惆怅地叹一口气："其实我们微信上聊也可以商量出结果。再不济等明天天亮了，我们约个咖啡馆也可以把事情聊明白，为啥非得现在大半夜的，你搞得这么惊险地来翻窗户进来聊啊？"

因为想见你啊。

豹哥挑眉一笑。

他压低声音，说："偷情啊。"

"偷情"的豹哥兴冲冲地来了。

他说他虽然学习不咋样，但方向感却很好，让苗苗把公寓楼寝室号告诉他，他半个小时就到。

从某种程度上讲，苗苗确实挺逆来顺受的，豹哥这次心血来潮爬窗户行动，她阻止了几回，都没阻止成功。

她乖乖把寝室号报出来，豹哥回了个"OK"的表情。

夜色浓稠，只见寝室楼东面上有一个矫健攀爬的背影，背影目的明确，十分精准地找到其中一扇窗户，利落地翻了上去。

豹哥敲了敲窗户。

没有人应。

他又敲了敲。

还是没有人应。

豹哥很疑惑，之前也说了，豹哥耐力超群，敲了几次没有人应，他还是锲而不舍地继续敲窗户。

"谁啊？"一个中年大妈的声音。

豹哥一愣，身子比脑子更早做出行动，他右手用力，把自己全部身子挪到右侧，避开正对着窗户的位置，然后脚一蹬，往上面蹿了好长一截儿，成功把自己放进视线盲区里。

刚躲好，刚才敲的窗户就被推开了。

从里面伸出来一个泡面头，左右望了望，没发现什么可疑的，她嘀咕了一句什么"见鬼"了，然后又把头缩回去，"咔哒"一声，锁上了窗户。

豹哥一直绷着的气松开，心有余悸。

敲窗户敲到宿管阿姨的房间，这是什么被开了光的好运气。

豹哥疑惑地打开手机，一手抓着窗户沿儿，一手给苗苗发微信语音。

"你在哪个寝室？"

"4B517啊。"苗苗几乎是秒回消息。

"我跟你说个事儿，"豹哥说，"我好像敲错窗户了，刚刚开窗户的是一个阿姨。应该是你们的宿管吧。"

"你敲窗户敲到宿管阿姨那儿去了？你还活着吗？"苗苗问。

"我聪明，反应灵敏，活着的。"

苗苗说："那你现在在哪儿呢？"

"挂在这儿跟你发语音呢。"豹哥回道。

"天啊，你赶紧下来吧。"苗苗着急道，"你走错楼了，你跑A栋去了，我在B栋。"

豹哥心里最后一丝希望也破灭了。

他退出微信，锁屏，把手机揣进衣兜里，卑微地沿着来时的路，怎么爬上五楼的，就怎么爬下去。

好不容易找到了苗苗所在的窗口，豹哥觉得自己真的很疲惫。

他有气无力地打了个招呼："晚上好。"

苗苗伸手把豹哥从窗沿拽进来："你也晚上好。"幸好寝室其他人都出去玩去了。

"我太惨了。"豹哥沉痛地低下头，"今晚就是我人生的滑铁卢之夜。"

苗苗安慰豹哥："没事，现在不是到了嘛。想开一点。"

苗苗给豹哥接了一杯热水，满满的一大杯。

豹哥看了看热水，又看了看苗苗。

苗苗后知后觉地反应过来："哦，对哈。"

她挠挠头，说："其实也可以接一半儿热水，然后在杯子里拿点冷水兑一兑。"

豹哥举着那杯烫手的热水："是啊。谢谢你哦，这么重要的事儿你怎么不等地球爆炸了再说呢？"

豹哥把水放到桌子上，手都被烫红了，再加上那会儿在五楼悬空吊了一段时间，他现在手有点酸。

苗苗从寝室小冰柜里拿了一瓶冻好的矿泉水，递给豹哥："你看这个有用吗？"

豹哥接过，握在手心里，说："行。舒服一点儿了。"

苗苗规规矩矩地拿出小板凳，在桌子前坐好，从抽屉里拿出笔记本和笔，回头看豹哥。

"来吧，开始我们的计划。"

豹哥俩手握着冰水，脚蹬着椅子轮，滑到苗苗身边："我觉得玉峰山不错，离我们比较近，坐火车一个小时就到了。"

"行，那就玉峰山。"苗苗写下目的地，"那儿有靠谱的野营基地吗？有没有本地人带我们？"

"有，我都联系好了。"豹哥说，"到时候十点在山脚集合，当地导游带我们爬山，找到露营地，然后第二天差不多中午的时候回来。"

苗苗想动笔记一下，但看豹哥安排得这么详细周到，觉得没什么可记的。

"你这不安排得挺好的吗？"苗苗问豹哥，"那你还来跟我商量什么啊？"

"民主决策嘛。"豹哥正经地说，"还有就是来偷情啊，我说过了。"

苗苗本来正在转笔，听见豹哥这句话，手上力度没控制好，笔就落在桌子上了，她白了豹哥一眼。

"你莎士比亚看多了？"

豹哥文学素养有限，没明白苗苗这句"莎士比亚"，但他看得明白苗苗那个白眼。

他笑了一下，左手握着冰水去冰苗苗的脸，右手也捏住苗苗的脸，微微用力，把她的脸颊带着嘴唇挤成圆嘟嘟的形状。

"迟苗苗，你现在胆子很大嘛，敢对我翻白眼了。"

"……"苗苗说了一堆，听不清楚。

"我堂堂练武之人，什么时候受过这种侮辱！"豹哥先装模作样地叹一声，然后挑起眉，松开捏着苗苗脸的手，"你快给我道歉。"

苗苗拍开豹哥的手："我才不——"

"嗯？"

"我才不会不道歉呢。"苗苗卑躬屈膝地说，"这事儿我错了。我不该翻白眼，豹哥您原谅我吧。"

"迟苗苗。"豹哥笑了半天，然后说，"你是我见过的最厾的人了。"

豹哥拍了拍苗苗的头，说："一吓就软，你有点骨气行不行？"

真的是为了苗苗操碎了心，豹哥第二天忧心忡忡地去药店买了几盒钙片回来，送给苗苗，还附带了一张小字条：

补钙。增长智慧，强身健体，壮大骨气。

苗苗收到钙片和字条后，气得不行，说士可杀不可辱，下次见面一定要端了豹哥的气焰！

程小虹对此不发表意见。

只是在隔天豹哥叫苗苗下楼，要一起去玉峰山露营的时候，程小虹凉飕飕地来了一句："你今天要端了豹哥的气焰是不是？加油，我看好你。"

苗苗出门的脚一顿。

她现在有一个发自内心的困惑：程小虹到底是怎么完好无缺地活到现在的？

苗苗穿着白色的羽绒服，帽子上一圈毛茸茸的绒毛，她把帽子戴上了，又在帽子外面围了一圈米黄色的围巾，干净蓬松地走下来。豹哥看着走来的苗苗笑了笑，绿莹莹的眼睛里像划过了三百颗流星。

他接过苗苗的背包，背到自己身上。

"怎么了？"豹哥看苗苗有点闷闷不乐，像蔫了的关东煮。

"被程小虹嘲讽了。"苗苗瘪瘪嘴。

"没事，我们不理她。"豹哥忍着笑，假惺惺地安慰苗苗。

苗苗看了豹哥一眼，不想理他。

"喝吧。"豹哥递给苗苗一盒牛奶，还是热的，看苗苗情绪不高，又说道，"这盒热牛奶，象征着温暖，象征着希望，象征着爱和欢喜，应急应景，还能保养身体，喝下去能让冷空气退后两米。"

苗苗张张嘴，不知道该说什么。

最后，她一言难尽地看了豹哥一眼，这人"朱广权"看多了吧。

"你这是什么眼神？"豹哥问。

"没有，觉得您智慧过人。"苗苗想吃人嘴软，就还是给豹哥一点面子吧。她接过牛奶，夸了豹哥一句。

豹哥哼了一声，觉得苗苗在说反话，但他不想追究，因为厌兮兮的苗苗好像就在他面前胆子大一点。

这让他心情很好。

苗苗虽然大冬天被豹哥挖起来去露营，虽然一大早跟程小虹打嘴仗就输了，虽然她回家的票还没有落实，但苗苗捧着豹哥带的热牛奶，心情不知道为什么就好了，她眯着眼喝了起来。

豹哥看着苗苗，绿色的眼睛里涌起波涛。

"你现在的样子让我想起以前我养过的一只狗，"豹哥陷入回忆，"它也很乖，每次一喝牛奶就眯起眼睛，全身的刺儿都收起来，特别——"

说到这儿，他停了下来，因为莫名其妙觉得周围有点冷。

检查了一下窗子，发现关得好好的，豹哥转头一看，苗苗面无表情地瞪着他。

"什么叫，像、你、以、前、养、过、的、一、只、狗？"

豹哥眨眨眼，安抚地摸了摸苗苗的头："乖，别闹脾气。"

"滚！"这莫名其妙哄狗的语气是怎么回事，当她听不明白吗？

"乖乖乖，"豹哥无视炸毛的苗苗，眼角含着笑，"你看，我在哄你呢。"

强行被豹哥哄了一波的苗苗脸红心还跳，她不自在地转头，看着窗外，叼着牛奶，心想，去火车站的路怎么这么长啊。

总算，在苗苗期盼的眼神里，火车站到了。

豹哥戴好口罩帽子，然后下车，从后备厢里拿出两人的行李，见苗苗站在路边发愣，刘海翘起来一小撮，他走过去把她的刘海理好。

"饿了吗？"

"不饿。"苗苗眼珠子往上，看着豹哥理刘海的手，"我刚喝完奶欸。"

"一会儿还要坐一个小时的火车。"豹哥把围巾给苗苗戴好，"怕你饿。"

"所以我们为什么要大冬天的去一座那么远的山上露营呢？"苗苗很不解地问。

"听过这句话没有——"豹哥温柔一笑，手上系完了围巾，紧接着径直去捏苗苗软嘟嘟的脸，"清新的蓝，迷人的绿，玉峰山的冬天看来可以去。"

苗苗终于没忍住，问出了一路上一直疑惑的疑问：

"你这俏皮话怎么一套一套的？"

"日常的积累吧。"豹哥对苗苗眨眼，风骚地把口罩拉到下巴，指着自己的嘴对苗苗说，"看我口型。"

苗苗看了。

没看明白。

"什么意思？"

豹哥笑了笑，也没有解释，他把口罩拉上去，重新遮住半张脸，拍拍苗苗的头："走了。"

很久以后，苗苗才从喝醉酒的豹哥那里知道了这句只露了口型，没说出声音的话是什么：

我在讨你喜欢。

豹哥看起来像妖冶动人的血红妖姬，一副风流俊皮囊，外人只觉得他肯定是风月老手，随随便便就撩人无数，但其实他笨拙极了，喜欢一个女孩儿只会用小男孩的把戏去喜欢：半胁迫半讨好，带着一副凶巴巴的面孔去接近她。

但他又是那么真诚地捧着一颗热气腾腾的真心去喜欢她：怕她饿，怕她冷，怕她受委屈，怕她觉得自己无聊，怕她不喜欢和自己待在一起。

心血来潮的举动，只是因为想见她，想和她多待一会儿；看似多余的话，只是因为想逗她，想让她又无奈又好笑地横他一眼。

他像是站在麦田里的稻草人，拼命地在风里摇晃身子，企图让天边飞过的鸟儿看自己一眼。最好是趁着一个晴朗的夜晚，那只鸟儿落在自己肩膀上，然后和她一起看美美的月亮。

Part 08

"迟苗苗，你都没洗手居然
还敢来摸我？"

玉峰山很冷，越往上山上越冷。

苗苗走到一半就不行了。

她的行李全在豹哥身上，自己空着手，但还是走不动了。

带他们上山的导游是一个中年叔叔，他见状哈哈一笑，接过豹哥身上的行李，对豹哥努努嘴："你不赶紧去背着点儿？"

豹哥对导游笑了一下，看了一眼迟苗苗，想了想，说："她太沉了，背不动。"

苗苗本来听导游的话还有些不好意思，想说自己再坚持坚持，没有那么严重，不需要背。

可听了豹哥的话，她干脆往山路旁边的石头一坐，两只手叉着腰，对豹哥说："那我还必须让你背一下了。"

豹哥叹一口气，看起来很不情愿的样子："唉。"

他弯下腰，蹲在苗苗面前："上来吧。"

苗苗往豹哥身上一趴，也不客气了，全身重量都砸在豹哥身上。

豹哥没料到一向软屁的苗苗能这么实诚。

他毫无准备地往前倾了一下，打了个趔趄。

"豹哥，你不行啊，你得加强锻炼啊。"苗苗整个人可轻松地趴在豹哥背上，好整以暇地说道。

豹哥听了也没反驳，只是猛地转过头，和躲闪不及的苗苗打了个照面，两人的鼻梁甚至碰到了一起。

"你再说一遍我不行？"豹哥挑起眉，一双湖绿的眼睛直直地映进苗苗的脑子里，像种水好品质高的绿翡翠，质地纯净，细腻又通透。

苗苗心猛地一跳。

她抿抿嘴，做了个闭嘴的动作。

豹哥转过头，说："还治不了你了。"

中年导游转过头看着他俩，男生一副不情愿背的样子，女生一副谁稀罕你背的样子。但仔细看，男生笑眯了眼，女生嘴角也抿着一抹笑。

晚上的时候，豹哥跟变魔法似的，从背包里掏出照明弹和荧光棒。

"这不是易燃易爆物品吗，你怎么带上火车的？"苗苗不懂就问。

"犯法的事儿咱不做啊。"豹哥教育苗苗，"这是刚刚在山脚买的。"

"那会不会不小心留下火苗，然后把这座山烧了啊？"

"你知道现在什么季节吗？"豹哥一脸看白痴的表情，"你看那树上还有雪呢，这火能燃起来吗？"

苗苗放心了，挑着一根看起来粉粉嫩嫩的照明弹，拿起来，她把照明弹朝斜上方举着，等了很久，一点反应都没有。

"这是坏的吧？"苗苗说。

"不可能吧。"豹哥凑过去看，也跟着等了一会儿，照明弹安静得宛如此刻的空气。

过了很久，豹哥突然反应过来："你刚才找我要打火机了吗？"

"没有啊。"

"你都没点火，这个弹你觉得能点燃吗？"

"这不写的：等待，自动升空吗？"

"这句话发生在点燃照明弹之后！"豹哥说，"要是它就这么自动爆了，刚才我们那一路爬上来，不早就给炸死了。"

苗苗憨厚地一笑："也是哈。"

豹哥点燃照明弹，苗苗握着照明弹，明显感觉到管子里面有气流涌动，蹿上蹿下的，还有些发热。

"不行！我不敢了！"苗苗要把照明弹丢给豹哥，"它好像要炸了！"

"你别乱丢！"豹哥怕苗苗因为害怕失去理智，直接把照明弹扔到地上，到时候更危险。

"那怎么办！"苗苗大叫，"我真的不敢了！这玩意儿太吓人了！它就在我手里炸开的！"

豹哥一步迈过来，手从苗苗身子后面揽过去，包住她颤抖的手。

"没事。"豹哥相当于半抱着她，声音从脑后传来，听着很沉稳，"我陪着你呢。"

苗苗深呼吸一口气，照明弹在这时候，终于喷出去第一弹。

"嘶啦"划过天空，在到达顶点的时候，炸开，没有散成一朵花的形状，只是简单地炸开，裂成一道光。

三秒之后，第二弹又喷出去了。

再过三秒，第三弹也喷出去了。

慢慢地，苗苗不那么害怕了，她放松身子，转过头对豹哥说："还好嘛，不吓人。"

豹哥笑了笑："对，刚才你一点也没害怕。"

"那时候感觉它突然热了，然后就噌噌噌往外蹿似的，真的很吓人，"苗苗解释道，"我主要是以前没放过，没感受过这种过程，所以紧张了。"

说完，她还加了一句："不信你现在再给我点一根，我肯定敢一个人放。"

豹哥很敷衍地说："是，对，你真勇敢。"

苗苗很不满他的敷衍："你这夸得我一点愉悦之情都没有。"

"你就没有听见什么响声？"豹哥突然回过头，看着她。

"什么——"苗苗心里"咯噔"一下，转过头，看豹哥，"你不要吓我。"

"我没事儿吓你干吗。"豹哥说，"你仔细听。是不是有点不一样的声音。"

苗苗凝神侧耳倾听，好像真有一点不一样的声音。

"这是，脚步声？"苗苗靠近豹哥，企图给自己壮胆。

"是。"豹哥看了一眼向自己靠来的苗苗，"而且好像腿脚不太好，一只脚重，一只脚轻。"

苗苗觉得全身的毛都立起来了，她向豹哥靠得更近，手悄悄拉住了豹哥的衣角。

豹哥察觉到苗苗的小动作，却只当作不知道，自顾自营造恐怖气氛："好像是个女人，穿着裙子，你听，是不是有裙摆擦过草丛的声音。"

其实苗苗就听见了脚步声，其余的什么也没听见，但听豹哥这么一描述，耳边好像真的听见了一个瘸腿的女人，穿着宽松的红裙子，披头散发，拖着步伐朝这边走过来，可能边走还边滴血，一张脸上没有五官，抬眼对望的瞬间，女人立马龇出牙齿以迅雷不及掩耳之势把她吃掉……

"啊啊啊！"

豹哥被突然大叫的苗苗吓了一跳："你干吗呢？"

"不行，这个太恐怖了，"苗苗哭着喊，"我要回家！我不要在这儿待了！"

豹哥想，玩大发了，真把人吓着了。

他连忙伸手把苗苗抱进自己怀里，拍着她的背，哄道："没事没事，别怕，刚才都是我骗你的……"

"可是我真的听到了脚步声……"苗苗打着哭嗝，惨兮兮地说。

"那是导游。"豹哥摸摸苗苗的头，"没事没事，不怕，摸摸毛，吓不着。"

"导游？"苗苗突然停下来，问豹哥。

"对，刚才放弹他不说了嘛，去对面抽会儿烟。现在估计是要回来了。"

"只是抽根烟怎么花了这么长时间？"苗苗不相信豹哥。

"男人说的抽根烟，除了抽烟，其实意思里还包含了去放水。"

苗苗"哇"的一声又哭出来："都这时候了你还给我讲这些！"

豹哥急得原地打转，连声认错："我错了错了，我不该吓你，不该说一些有的没的，我错了，真的错了。"

"呜呜，你真的错了？"苗苗把捂着脸的手微微松开一点。

"错了，真的错了。"豹哥说，"错得彻彻底底。"

"行吧，我原谅你了。"苗苗把手移开，一双眼睛圆溜溜的，里面一点泪意都没有，亮闪闪地看着豹哥。

豹哥气乐了："你逗我呢？"

"对啊，逗你呢。"苗苗扬起下巴。

"你幼不幼稚啊？都这么大年纪了，还玩这种装哭的把戏！"

"才不是，"苗苗说，"可爱是不分年纪的。"

"天啊。"豹哥不可置信地看着苗苗，"我只是说你装哭，你怎么就给自己安上'可爱'的人设了？你的脸呢？"

后来，豹哥为这句话付出了惨重的代价，因为那之后，苗苗再也没跟他说过话。

豹哥晚上实在憋不住了，他想男子汉大丈夫不跟爱赌气的小屁孩儿计较。他走到苗苗身边，低着头，低声下气地说："我错了。"

苗苗抬起眼皮，看了他一眼，又垂眸："你没有错。"

"我真的错了。"豹哥继续低声下气，"我不该那么说你。"

苗苗又看了他一眼，还是不说话。

"迟苗苗，差不多可以了啊。"豹哥压低声音说，"再不理我我就给你讲个凉快的了。"

"什么凉快的？"苗苗好奇地问。

"相传以前这儿有一片乱葬岗，有一天啊——"

"啊啊啊啊！"苗苗转身，捂住自己的耳朵。

"有一天，一个书生进京赶考，路过这儿，"豹哥掰开苗苗捂耳朵的手，"突然，一个穿着红色裙子的女人……"

苗苗听到这儿，背后的汗毛已经立起来了，她尖叫着，扑过去捂豹哥的嘴。

"你别说了！"

豹哥突然就乐了，笑得一发不可收拾，湖绿色的眼睛眯起来，特别好看。

苗苗觉得自己的手掌心像是要烧起来，她慌张地松开手，抿抿嘴唇，低头看着自己脚尖，不知道该说什么，也不知道该做什么。

空气突然就安静下来。

雪天的夜晚，连风声都听不见，像在一个被抽走空气的瓶子里，静止凝滞。

打破这突如其来的安静的是豹哥。

他舔舔嘴唇，尝到了咸味，皱着眉头说："迟苗苗，你都没洗手居然还敢来摸我？"

"我，什么摸你啊！"迟苗苗红着脸，辩解道，"我只是捂你嘴了！"

"捂嘴不是摸啊？"豹哥不依不饶，"你怎么回事，占了便宜还不认账？"

"不是，我没有，你怎么这样啊……"苗苗欲哭无泪。

"扑哧——"豹哥咧嘴一笑，不正经极了，又好看极了。

他伸手去捏苗苗的脸，叹息一声："笨死了。"

怎么会有这么笨的人。

豹哥拍拍苗苗的头："走，睡觉去。"

那天晚上，他们睡在有透明顶的帐篷里，传说中很美的星空并没有出现，夜晚像浓厚的迷雾密不透风地捂住天空，一颗星星也没有。隔天早上，他们也没有看见很壮阔的朝阳，天气不好，一直灰蒙蒙的，太阳升起得悄无声息。

但苗苗特别开心，她和豹哥在导游的带领下，找到了山顶一棵五福树。

树木高大粗壮，看起来像五棵树合抱在一起，上面挂满了红色绳子，绳子另一端系着木牌子。风一吹过，各种木牌子撞在一起，"哗啦啦"响一整片。

豹哥拉住苗苗的羽绒服衣领，拽着她往树边走："走，去看看都有哪些傻子许了愿。"

苗苗想豹哥都这么斩钉截铁地说了，他肯定不屑去挂牌子。

所以当导游挽留她，说买两个牌子再去的时候，苗苗也斩钉截铁地拒绝了。

"没事，我觉得我们不会搞这种封建迷信的东西。"苗苗说。

豹哥确实不搞封建迷信，他手托着下巴，认认真真地看了一圈五福树，把上面挂着的牌子都看了一遍，最后沉思片刻，问苗苗："带笔了吗？"

"没——欸，我带了！"苗苗一摸兜，这件羽绒服是之前考试的时候穿的，所以兜里揣着笔还没拿出来。

"行，借我用一下。"豹哥拿过笔。

苗苗正好奇豹哥要干吗呢，只见他迅速准确地拎起一块早就挂好了的牌子，拿着笔在上面写道：

平安健康。

然后另起一行，写：

（兄弟，借牌一用，谢了。）

看完这一系列操作，苗苗目瞪口呆："你……你居然这么不要脸？"

从五福树往回走，导游还靠在玻璃栈道上，很是悠闲地透过玻璃往下俯瞰大好河山。

"师傅，买两个木牌子。"豹哥说。

"心动了？"导游说，"每个人上去看到那一树的木牌子和红丝带都会心动的。"

"其实准不准灵不灵倒是另一回事儿。"导游说了实话，"重点是那个氛围。这就跟遇到一个姑娘，她好看吗善良吗，其实也就还好，但如果那个时候刚好月亮微风花香啥的混一起了，你百分之百会心动。氛围决定成败。"

苗苗赞同地点点头，她说："挺有道理。"

两人拿着木牌子重新回到五福树下，拿着笔写下各自的心愿：

"平平安安顺顺利利健健康康。"

"身边的这个傻瓜能快点对我动心。"

苗苗和豹哥把木牌子挂到树上，在原地静默三秒，感受大自然的无言强大。

"行，走吧。"豹哥拉住苗苗的手，"一会儿该天黑天儿冷了。"

"你许了什么愿？"苗苗问豹哥。

"你呢？"

苗苗看着自己脚尖，想到那会儿豹哥"借牌一用"时候写的话：

平安健康。

苗苗顿了顿，说："我希望我和我的家人、朋友，平安健康。活着的时候顺利，死的时候也不遭罪。"

许鉴这个寒假不回家，省里打联赛，教练安排他上场。

他妈妈特别不开心："好不容易放个假，一年就见这么几回，你还不回来。"

"这是多好的机会啊，我们冰球队那么多人不是谁都可以被安排上场的。"许鉴安慰妈妈，"再说了，我回来也就受三天的恩宠，三天之后，您巴不得我赶紧滚。"

许鉴妈妈想了一下说："倒也是。"

这话接的许鉴一时之间不知道该说什么："妈，我怀疑您刚才那么不开心是在安慰我，其实您很开心是吧？"

许鉴妈妈在电话里咯咯乐了半天，说："瞎说。"

许鉴还想说几句，许鉴妈妈说："你张阿姨叫我去打牌，不说了啊，你好好训练，该吃吃，该喝喝，不要亏待自己——算了，你也不会亏待自己。就这样吧，挂了。"

许鉴目瞪口呆。

他给自己老爸发了条微信，问他："我和我妈之间做过亲子鉴定吗？"

老爸问许鉴什么意思。

"我怀疑我是你和别的女人生的，我妈一点也不疼我。"

老爸没回话，直接打了个电话过来，骂了许鉴整整半小时。

许鉴挂了电话，耳朵嗡嗡的。

他觉得自己猫嫌狗不待见，真的太惨了。

他拿着自己装备去冰球场训练。教练刚好过来，看见许鉴一个人在训练，拍拍许鉴的肩膀，说："苍天有眼，这么多年了，你总算让我感动了一回。"

许鉴想了想，从兜里递了个口香糖给教练。

教练接过口香糖，又拍了拍许鉴的肩膀："好小子，加油！我看好你！"

许鉴踩着冰刀一下子滑老远，然后转身手背在身后，对教练大喊："赶紧吃口香糖吧，这个很持久，一直有味儿，您就一直嚼，别说话嗷！"

昨晚上许鉴百度了一下怎么追女孩儿，说一定要创造机会，一起去做什么事情，然后增加接触的时间，这样才能给自己表现的机会，让女孩儿知道自己的优点，然后才能"日久生情"。

许鉴训练完，就决定去找程小虹，请求她陪他一起去买冰球护具。

他还买了个信封，里面装着信纸，信纸还是香的。他拿着笔认认真真地一笔一画地在上面写：

敬爱的程小虹：

  您好。

  首先，对于打扰了您的工作，我要说出诚挚的道歉，对不起，请您原谅我。

  其次，我这周末要去买冰球护具，期待您能与我同行。因为鄙人查了天气预报，周末那天阳光特好，风速也适中，每秒两米，是冬天里难得的好天气。

  最后，祝您心情愉快，日进斗金。

Part 09

"好了，以后我给你买牛奶喝。"

去医院的时候，程小虹冷肃着脸，但推开妈妈病房的一瞬间，她迅速换上笑脸，看起来心情很好的样子。

程小虹妈妈看见程小虹心情好，她心情也跟着好起来，问程小虹："谈恋爱了？"

程小虹拿水壶的手一顿，回过头无奈地看了妈妈一眼："你想什么呢。"

"希望你快点谈恋爱，找个有责任心的男孩子，然后好好地过自己的人生。"程妈妈笑着说。

"所以你快点好起来，"程小虹俯下身，伸手温柔地摸摸妈妈的头，"我们一起安安稳稳地过日子。"

"好。"程妈妈笑得眼睛眯起来。

她很瘦，手腕上的骨头很尖地耸立起来，像一把刀，悬在手腕上。

程小虹伸手握住妈妈的手，她的手总是输着液，所以很冰，程小虹给她换了个热水袋，垫在手底下。

"妈，我出去打水。"程小虹笑着说。

"好。"程妈妈也笑着点头。

程小虹拎着水壶出去打水,病房门关上的瞬间,她眼泪落到地上。

她很久没有像这样情绪崩溃,其实什么也没有发生,但听到那句"好好地过自己的人生",她突然就控制不住地想落泪。

从一开始到现在,她从来没有怨言,从来没有想要撂挑子不干了,但此刻,她突然觉得委屈。

很委屈很委屈。

她和她妈妈什么也没做错。

太累了。

她不想自己一个人住在狭窄廉价的违建出租屋里。

她不想每天在枕头下面放着一把刀,生怕半夜会有什么醉汉走错家门。

她不想每天吃菜市场卖剩下的菜叶子。

她不想去超市或者商场的时候,第一反应是找价格。

她想趁着一个阳光很好的午后,坐在草坪上,什么也不做,什么也不想。

她想有个依靠,不需要太久,只需要让她稍微地停一停,休息一下。

泪水模糊的视线里,突然出现一只手,手上面放着一张叠好的纸巾。

程小虹抬起眼。

许鉴心疼地看着她。

"我……"许鉴看程小虹有些愣,不知道接纸,他就自作主张,拿着纸,轻轻地捂住程小虹的眼睛。

温热的眼泪迅速浸湿纸巾。

许鉴心里淅淅沥沥下了一场雨。

"从你刚出来病房的时候，我就看见你哭了。"许鉴认真地说，"我好想立刻抱住你，但是怕你觉得我在耍流氓。"

许鉴把被程小虹眼泪浸湿的纸拿下来，又扯出一张纸，叠成小长条，给程小虹擦眼泪。动作特别温柔，像捧着一颗易碎的溏心蛋。

"本来应该更早地给你递纸。"许鉴说，"但我刚才摸遍全身，也没有找到一张纸，只好跑下楼去买。"

许鉴的手小心翼翼地扶住程小虹的肩："我买了三包，应该够你哭了吧？"

程小虹破涕为笑："好像不太够。"

许鉴傻乎乎地挠挠后脑勺："那我再下去买两包？"

程小虹拉住许鉴的袖子："你先别走。"

许鉴停住脚步，突然开窍了，伸手握住程小虹的手，他陪着程小虹坐下，说："一切都会好起来的。"

程小虹抬起头看他，一双眼红彤彤的，眼角像是被血染了，鼻尖也红红的："真的吗？"

许鉴想了想，说："我也不知道。"

他把程小虹按进自己怀里："但就这么相信着吧。"

程小虹心想这个男的可真会占便宜，这就抱上了。

但她闭上眼睛，什么也没说，这个怀抱很温暖，她现在需要这样一个温暖的怀抱。

许鉴其实挺紧张的，怕程小虹像之前一样直接推开他，但他等了很久，也没有察觉到怀里的动静。

许鉴小心翼翼地低下头，看见程小虹在自己怀里睡着了，眼角还红红的，睫毛湿嗒嗒地黏在一起。

心疼和柔情铺天盖地朝许鉴涌来，他放松肩膀，调整姿势，让程小虹靠得更舒服。

过了一会儿，许鉴慢慢地也有些困，眼皮正在打架呢，迷迷糊糊之间感觉到面前站了一个人。

他惊醒，迅速睁开眼睛，身体却没动，还下意识把程小虹往自己这边护了一下。

但即使许鉴注意地让身体没动，程小虹还是皱了皱眉，一副快醒来的样子。

许鉴连忙伸手轻轻地拍程小虹的背，小声地哄着："没事，还早，睡吧。"

程小虹皱着的眉头松开，慢慢地放松，继续沉沉地睡了过去。

面前的阿姨笑了。

许鉴也不好意思地笑了笑，他知道面前这个阿姨就是程小虹的妈妈，上次阑尾炎厚着脸皮跟着程小虹来病房门口看过。

程妈妈摆摆手，示意许鉴不要动。

她缓慢而艰难地俯下身子，轻轻地在程小虹额头上亲了一下。

许鉴本来因为突然见到未来丈母娘有些紧张，现在看见程妈妈这个动作，他奇妙地平静下来了。

程妈妈温柔地看着许鉴怀里熟睡的程小虹，然后微笑着对许鉴说："这是我女儿。"

许鉴点点头，怕吵醒程小虹，轻声说道："阿姨，我知道。"

她叹一口气，看着许鉴，看起来有很多话想要说，但最后她什么也没说，只是拍了拍许鉴的头："我先回去了。辛苦你，让她多睡一会儿。"

许鉴鼻子突然就酸了。

他深呼吸一口气，目送她慢吞吞地，推着输液管走远。

生活是不容易的。

生活是无奈的。

从没有哪一刻，让许鉴像现在这样无比真切又深刻地明白这句话。

他紧了紧抱着程小虹的手，眼神飘远，不知道在想什么。

因此他没有注意到在他怀里本该熟睡着的程小虹，眼角又流出了一串清泪。

许鉴是晚上回出租屋——寒假学校学生公寓楼不开放，许鉴自己在学校附近租了一套房子——的时候，一摸口袋，摸到了那封信，才想起来今天忘给程小虹了。

他想了想，又连夜跑出家门，骑着车到程小虹兼职的饭店，把信给程小虹，然后一溜烟跑了。

程小虹把信打开，看完后，笑得不行。

她拿出红笔，在"我要说出诚挚的道歉"下面画了一条线，标语：有语病。多学习，多读书。

然后，她在信纸的最下面，写了四个字：天命难违。

许鉴第二天从程小虹手里接过信，紧张地问："你同意了？"

程小虹一点没有昨天伤心痛哭的样子，她高冷地看了许鉴一眼："自己打开看。"

许鉴干巴巴地应了一句："哦。"

他看着程小虹单薄的身子，升起一种前所未有的保护欲："我帮你吧，有什么可以帮你的吗？"

程小虹摇摇头，说："不用。"

"你为什么总是拒绝我的帮助呢？"许鉴不解地问，"我愿意帮你啊。我也很有钱，阿姨的医药费我可以负责，你可以不这么累，你明明可以过得更好，为什么你老是自己一个人撑着？"

程小虹听了这话，笑了一下。

你有什么钱，你用的是你父母的钱。只是你运气比较好，父母都在，也没生病罢了。

她问许鉴："下雨了，你觉得是自己有伞比较好，还是顺道搭借别人的伞比较好？你觉得哪一种方式会更长久？"

许鉴沉默了，他一时之间不知道怎么回程小虹的这句话，只好说："我说不过你，反正你有什么困难你就找我吧。"

程小虹乐了，乐了很久，甚至乐出了眼泪。

她擦了擦眼角，一副受不了的样子，说："哎哟喂，这句话从小到大只有警察叔叔对我说过。"

"你先管好你自己吧，"程小虹看着许鉴，似笑非笑地说了一句，"大少爷。"

许鉴怔愣了五秒，然后落荒而逃。

程小虹这句"大少爷"，让他脸上烧得厉害，像是被人当面扒了衣服。

他回家躺在床上，心里翻江倒海，突然觉得前二十多年的无所事事是一件特别羞耻的事情，他一直都在虚度光阴，并且还不自知。这么多年以来，自己什么事情也没有做成，靠着父母的庇佑，一路特权加身，就这么浑浑噩噩地过来了。

他翻了个身。

他想变强，想自己有能力，想让程小虹安心被他保护。

从山上下来，迟苗苗特意花了 20 块钱巨资，买了一沓刮刮乐，说要趁着五福树的好运气，中他个 20 万。

豹哥嘲笑她人穷志气短，都买这种东西了，反正也中不了，不如吹个更大的牛，说中个 200 万之类的。

苗苗瞪大眼睛："呸呸呸！什么叫'反正也中不了'。你不要坏我的好运气。"

豹哥一脸"原来您还讲究这个"的神情，弯腰做出"您请"的姿势："上吧，您加油！"

苗苗被豹哥的动作逗笑了，她稳住神情，如临大敌地刮开卡片。

"谢谢惠顾"。

苗苗气得摔掉卡片。

"我20块钱可以买多少盒牛奶了！"苗苗说。

"就跟你说了，这种从天而降的好事儿是不可能的。"豹哥教导苗苗，"你这一看就是老了被骗子骗走养老金的命。"

苗苗瘪瘪嘴，委屈巴巴地跟在豹哥屁股后面走。

豹哥把苗苗牵到身边，看她这副失魂落魄的小样子有些好笑，他胡噜一把苗苗的头："好了，以后我给你买牛奶喝。"

苗苗猛地抬起头，一双眼睛亮闪闪地看着他，假惺惺地说："这不太好意思吧。"

豹哥捏住苗苗的脸，往两边拉，然后又揉了揉："你有本事再假一点。"

苗苗挣开豹哥的手："欸，这话是怎么说的呢。我一片赤诚的心，一席真切的话。"

豹哥好笑地看了苗苗一眼，很无奈地又捏了一把苗苗的脸——她在他面前越来越放松，不再那么中规中矩，想到这些都是他自己惯出来的，他满意地眯了眯眼。

豹哥伸手，叫了个出租车，去火车站，打算回学校。

苗苗坐在出租车上，迷迷糊糊就睡过去了。

白白嫩嫩的小脸蛋儿就像刚剥了壳的鸡蛋，泛着一层水灵的光，脸上一颗痣都没有，圆圆的大眼睛紧紧闭着，睫毛像最浓厚的墨水滴在眼睑上，偶尔颤动。

豹哥在后视镜里对上了出租车司机的眼睛。

他突然就很不爽。

不希望世界上任何一个人看见这样的苗苗。

希望这样的苗苗只能被自己看见。

豹哥在后视镜里狠狠地瞪了出租车司机一眼，像是在说："看什么看！"

司机移开目光，豹哥的注意力重新回到苗苗身上。

车子以一种很小的幅度微微晃着，苗苗额前的刘海也跟着一点点轻微地晃动。发梢若即若离地轻微触动着脸，有些痒，苗苗不耐烦地偏头。

豹哥伸手，小心翼翼地把那绺恼人的头发别到她耳后。

苗苗就是在这个时候睁开眼睛的。

尚未完全清醒，圆圆的眼睛里像盛了一层水雾。

豹哥喉头动了动，干巴巴地解释："我帮你别头发。"

"哦。"苗苗乖乖地回答，还挺有礼貌，"谢谢你。"

一阵风吹过来。

豹哥无奈地笑笑："不客气。"

他转头去看窗外，掩盖住满腔狂跳的心脏。

所以他怎么也不会知道，刚才一脸懵懂，仿佛对他的欲盖弥彰毫无察觉的苗苗，此刻正深深地看着他的后脑勺，眼睛里若有所思。

怎么会有人醒得那么凑巧，她是故意在豹哥凑近的时候睁开的眼睛。

苗苗闭上眼睛，又是一副熟睡的样子，然而脑子里盘旋的只有一个问题：他是不是喜欢我？

回到学校，果然没什么人了，大多数学生考完试就回家了。

好在学校的教师食堂还开着，苗苗手里一直有导员的饭卡，所以吃饭也不是问题。

教师食堂三楼的红烧鱼头真的是一绝，放假学校人少，苗苗很快就排到了红烧鱼头。

端着餐盘坐下，没有五秒，对面突然坐下了一个人，苗苗以为是豹哥，嘴角悄悄带上了一抹笑意，抬眼一看却是陈江——院里党支部委员会宣传委员，在文院里挺出名的一个学生干部，性格温和，做事周全，很多小学妹都喜欢他。

"放假这么久了，怎么还没回家？"陈江问苗苗。

"有点事耽搁了一下。"苗苗没有细说，她礼貌地对陈江笑笑，低下头，专心扒饭。

"我也是。"陈江苦恼地皱起眉头，"我家就在本地，导员知道，所以让我留下来把考试卷子分完类再走——关键是，汉语国际专业的还有两科没考呢。"

陈江拿筷子戳了戳饭："好想回家啊。"

苗苗乐了。

陈江这模样让她想起豹哥。

"你反正家就在本地，要是想回去的话，就先回去呗，等汉语国际的考完了，你再回来就好了。"苗苗说。

"那样来回折腾，麻烦死了。"陈江叹一口气，"再说了，我反正有教职工食堂的饭卡，在这儿吃饭也挺方便的。"

苗苗点点头，心不在焉地说："倒也是。"

她倒是有教师食堂饭卡，那豹哥呢？他现在也没回家，他怎么吃饭？

苗苗抿抿嘴唇，觉得好吃的红烧鱼头也吃不下去了。

"好快啊。"陈江感慨，"下学期我们就毕业了。"

苗苗垂下睫毛："对啊。"

"也不知道毕业后我们会干吗，"陈江好像一个就业指导的老师来做动员，"想想就觉得很慌。"

苗苗干巴巴地嚼着一口米，被陈江说得有些伤感。

到时候毕业了——那豹哥呢？

是不是就再也见不着了。

胸口好像塞了一块大石头进来，闷闷地堵住出口，苗苗深呼吸一口气，更憋了。

　　"你毕业以后想做什么啊？"陈江问苗苗。

　　"不知道。"苗苗说，"还没想这个问题呢。"

　　"该想了。"陈江语重心长地说，"过完年回来就是春招，然后有的用人单位要求得早，压根儿在学校待不了多久，直接进公司，然后等六月发毕业证书拍毕业照才回——有的连毕业照都没拍。"

　　"怎么可能？"苗苗不敢相信，"为什么不拍毕业照？老师不查人数的吗？"

　　"查啊。"陈江说完，突然坐正身子，用一种十分标准的播音腔说，"26号替毕业照，齐肩发，齐刘海，身高大概163左右。价格私聊。"

　　苗苗愣了愣。

　　"拍毕业照还找人替呢？"苗苗哭笑不得，"那这大学四年读的是个啥啊。"

　　"工资重要还是毕业照重要？"陈江笑了笑，看着苗苗。

　　苗苗没什么话好说了，她意兴阑珊地收起餐盘。

　　"你慢慢吃，我还有事儿，先走了。"苗苗说。

　　"苗苗！"

　　陈江突然叫住苗苗。

　　苗苗回头："嗯？"

　　"大学都快毕业了。"陈江语速很慢，现在食堂里也没什么人，所以听得格外清晰，"你不想谈个恋爱吗？"

　　苗苗捏着餐盘的手紧了紧。

　　她有种不太和谐的预感。

　　"哈哈哈。"苗苗扯起嘴角笑了笑，"怎么突然提这个？"

　　"好奇嘛。"陈江笑得很温和，看不出来他想干什么。

　　"看缘分吧，这种事。"苗苗尴尬地移开目光，"也不是急来的。"

陈江看着苗苗，沉默。

苗苗寻思现在走人是不是有点不太好，但是不走，就这么干站着，也挺尴尬的。

"我觉得我们之间还挺有缘分的。"

就在苗苗左右为难不知道该怎么进行下一步的时候，陈江开口了。

什么意思？

是她领悟的那个意思吗？

"挺有缘分"……这话的意思是？

太麻烦了。

苗苗暗自叹一口气。

"我大一在院里见到的第一个女生就是你。"陈江陷入了回忆，"当时你捧着一本《人类的故事》，猩红色的书皮，你手特别白——反正特好看。"

豹哥真是怎么也没想到，自己就是来找苗苗蹭饭吃的，结果，就撞见一个男的跟苗苗告白。

看那架势，两人还认识，还有点熟——苗苗对他笑了好多次！

豹哥人躲在食堂柱子后面，气得牙齿痒痒。

这都多久了，怎么还没吃完！

豹哥按开手机屏幕，看了看时间，都三分钟了——嗯？才三分钟？

怎么感觉过了很久了。

豹哥锁屏，把手机装进裤兜，继续鬼鬼祟祟地盯着前面吃饭的两人。

太远了。

有点听不清。

豹哥左右看了看，十分灵敏地蹿到另一根柱子后面，这根柱子离他们近了一点，能听到两人说话内容了。

"你的手特别白——反正特好看。"

撞进豹哥耳朵里的第一句话就是这个。

还是人吗？

这是人说的话吗？

这不是骚扰吗？

苗苗手白要你说？

豹哥烦躁地把手机又从裤兜里拿出来，看了下时间，才过去两分钟。

两分钟就是120秒，120秒也就是一圈半操场的时间，平时过得挺快的，这会儿怎么感觉表慢了呢？是不是分针生锈了？

不可能。

他看的手机时间，哪儿来的分针。

豹哥说服自己冷静。

他冷静地调了个三分钟的倒计时。

三分钟后，要是那个男的还笑得跟便秘似的望着苗苗，他就出场，让那男的好好温习温习高中政治知识："所有权"的定义和解释。

"苗苗，我喜欢你。"

就在豹哥头脑风暴的时候，陈江终于把这话说出来了。

我天马流星龙跃青麒刀呢！

豹哥暴怒。

还设什么倒计时！

再不出去媳妇儿都跟人跑了！

他一脚踏出柱子，还没来得及登场。

"对不起。"苗苗直截了当地说。

豹哥踏出去的那一脚，默默收回来了。

"我有喜欢的人了。"苗苗不知道想起谁，微微低下头，嘴角藏着一抹甜甜的笑。

计时器还在继续，离三分钟结束还有一分二十七秒。

豹哥伸手，关掉倒计时。

他从来没有这么紧张过。

他从来没有这么有求知欲过。

苗苗喜欢的人是谁？

是——他吗？

豹哥深呼吸一口气，心脏剧烈地跳动着。

他又深呼吸一口气。

心脏还是像脱了缰的野马，四处蹦。

他不管了。

他背过身，掩耳盗铃地不去看那两人。

"我认识那个人吗？"陈江问苗苗。

豹哥耳朵抖了抖，恨不得给自己装上助听器。

"认识。"苗苗笑了笑，"很多人都认识他。"

豹哥心想，那男的认识？是文院儿的？文院儿的有谁比较出名？他怎么不知道，回头得找刘守问问。

"我以为，"陈江苦涩地笑笑，"你不会喜欢那种太出风头的。"

苗苗皱起眉。

"他不爱出风头。"苗苗很认真地解释，"他也不想那么多人认识他的。"

因为长得太扎眼，随时都戴口罩帽子的他，这样的人怎么会是喜欢出风头的人。

豹哥把苗苗每句话都听清楚了，只是怎么想都没想出来到底是谁。

他压根儿就不认识几个文院儿的人！

烦死了！

豹哥暴躁地抓抓头发。

"行吧。"陈江不是死缠烂打的类型，他听见苗苗话语里的维护之意，心底一阵烦闷，但还是温和地说，"希望你顺利。"

"谢谢。"苗苗扬起嘴角，眼睛弯弯的。

这是她今天对他露出的第一个真心的笑容。

陈江走了很久后，苗苗还站在那儿发呆，不知道想起了什么，眼神很温柔，嘴角带着一抹笑。

就像两百缸江西老陈醋全倒进豹哥心脏里，把他酸得心脏都皱巴巴的了。

豹哥等了又等，苗苗还是老样子，站在原地，一动不动。

"哟，这么舍不得人走啊？"

豹哥也是把这句话说完了才意识到这句话有多阴阳怪气。

他咳了咳，清清嗓子，给自己找补面子："我说——"

没等豹哥继续说，苗苗一看来人是他，当即就炸了。

"你怎么会在这里？"

这话说的。

就允许你们在食堂里打情骂俏，深情告白，不允许他来晃悠晃悠吗？

"学校是我家，食堂是我妈，爱护我家，看望我妈，有问题吗？不可以吗？"

豹哥眯着眼，他本来就比苗苗高很多，现在站在她面前，跟一座山似的，居高临下地看着她，一双好看的眼睛里全是"不满"和"你快来哄我"。

但这次苗苗却没来哄他。

相反，她用一种很复杂的眼神看着他。

为什么说复杂呢，因为里面有太多东西了。

期待、不解、迷茫、恐惧、担心……最多最多的，是欣喜。

小心翼翼的欣喜。

虽然被她小心翼翼藏在最深处，但还是被敏锐的豹哥捕捉到了。

"你居然偷听。"苗苗说。

豹哥跟被踩住了尾巴似的："谁偷听了！我就站那儿，是你们自己说话不避人！"

冬天里难得的好天气，太阳雾蒙蒙地挂在天上，像一滴氤氲的泪，又像一小瓣干枯的玫瑰花。

所以——你喜欢的人到底是谁呢？

豹哥是想这么问苗苗的。

话到嘴边，他咽了回去。

连着所有试探、忐忑都被他沉沉压在了心里。

"吃饭了吗？"苗苗问豹哥。

"没有，"豹哥突然委屈巴巴地说，"我本来是想来找你一起吃饭的，结果就撞见了这一出。我可真是太难过了。"

"那我请你吃饭吧。"苗苗食指和中指之间夹着薄薄的饭卡，"有钱！"

"哇！"豹哥配合地露出仰慕的眼神，"大佬要请我吃饭！"

苗苗被逗笑了。

她把餐盘重新端回桌子上，刚刚还没什么胃口，现在却突然想吃了。

苗苗到底没做成大佬。

豹哥拿着饭卡去打饭窗口，食堂阿姨们已经下班了，卡机也锁上了。

"教职工食堂居然也定点锁机？"豹哥觉得不可思议。

"现在放假嘛。"苗苗说。

"唉，"豹哥装模作样地叹一口气，"看来这大佬还是得我当。"

苗苗觉得有些不好意思。

"那我一会儿请你喝奶茶吧。"苗苗建议道，"桃桃 Q 圆很好喝，里面还有果肉呢。"

豹哥想了半天，没想象出来那是个什么玩意儿。

现在的奶茶已经脱离他的认知了。

"一听名字就娘兮兮的。"豹哥不屑地说，"我才不喝。"

都这么说了，那看来是真的不会喝了，所以吃完饭，苗苗就只给自己买了一杯，想着一会儿路过什么咖啡店，给他来一杯咖啡。

结果嘴上说着不喝的豹哥，在苗苗喝的时候，一双眼睛就眼巴巴地看着她。

"那要不，给你也来一杯？"苗苗问。

"不要。"豹哥说，"看着就很甜，不好喝。"

"你都没喝过，怎么就能断定它不好喝？"苗苗觉得可以不喝奶茶，但不能诋毁奶茶，"你尝尝！绝对很好喝！"

豹哥看着伸到自己嘴边的吸管，他脸上一副很为难的样子。

"我不会试的。"豹哥说。

"你尝一口！不好喝我把头给你！"

豹哥叹一口气："唉，既然你这么坚持，那好吧。"

他俯下身子，低头喝了一口。

"怎么样？"苗苗瞪圆眼睛，问豹哥。

豹哥站直身子，身形挺拔阔朗，一头金发在冬日里像是模糊了焦点，边缘染上虚幻的影子，他嘴角挑起一抹笑，像落日的最后一抹余晖，更像照亮黑暗的第一缕阳光。

"很好喝。"

豹哥声音突然放柔了，带着笑意，缓缓地把这三个字说出来。

像有一只蚂蚁顺着耳郭爬了一遍，苗苗的耳朵痒酥酥的，就那么凭空红了。

她掩饰性地低头，也喝了一口奶茶。

桃子味的清香顺着吸管滑到她嘴里，Q 圆糯糯的，咬开的每一口都像从中间剖散一个星球。甜味顺着牙缝，沿着舌头，踏踏实实地落进胃里。

这个吸管刚才豹哥也喝了一口。

苗苗吸吸鼻子。

——我不摘星星，我要星星为我而来。

星星好像真的来了。

苗苗抬头看着豹哥，黑白分明的圆眼睛，唇珠还是很显眼地卡在嘴唇之间。

她心里爆发了一场海啸，预感强烈，暗流涌动，下一秒天地星辰就要决堤而出，但是她决定什么也不说。

我不摘星星，我要星星为我而来。

苗苗笑了笑。

"我就说好喝吧。"

豹哥一边点头附和，一边问苗苗："你怎么安排的？什么时候回家？回家做什么？"

苗苗乖乖地一一作答，说："看买到什么时候的票，买到什么时候的就什么时候回去，回家以后就陪陪父母，陪陪自己的表哥表姐表弟表妹们，然后再陪陪家里的小狗狗什么之类的。"

豹哥听了苗苗的话，挑眉，居高临下地看着苗苗："迟苗苗，你可以啊。你连狗都算上了，居然没想过要陪陪我？"

苗苗被豹哥这突如其来，而且也没有理论根基的质问给问蒙了，但还是好声好气地解释道："我们俩都不在一个城市，我陪不了你的。"

豹哥说："很简单啊，我来你家不就得了？"

这话说得太轻松了，苗苗觉得这时候如果自己惊讶，会显得自己很小题大做，但苗苗还是惊着了。

她退后一步，手捏住自己的衣角："你来我家干什么啊？你不需要陪自己家人过年的吗？你来我家，你家里人同意吗？你在开玩笑吧？"

豹哥拉开苗苗正绞着衣角的手，笑着说："要绞碎了，你这衣服质量经得起你这么绞吗？"

苗苗没有被豹哥这句话转移注意力，还是问豹哥："你在开玩笑吧？"

"谁跟你开玩笑了？我没事儿跟你开玩笑干吗？逗乐子啊？"豹哥说，"我说真的。"

"那你……不是，这个不太可能啊，你家人会同意？"

"我爸妈他们都去新西兰过年了，我一个人被留下来，多惨啊。"豹哥低下头，很失落地说，"到时候全国人民阖家团圆，我一个人守着电视机，孤独地吃泡面……"

苗苗眨眨眼，被豹哥描述的景象给感染了。

她将心比心地想了想，就很善良地决定，那还是把豹哥带回自己家吧。

晚上的时候，苗苗给自己妈妈打电话，小心翼翼地说："妈，我过年有个同学要来。"

"来呗。"苗苗妈妈很热情，"初几来啊？"

"不是……"苗苗试探地开口，"应该是整个过年期间……"

"啊？"苗苗妈妈愣了愣，"可以当然是可以，但是你同学家人同意吗？"

"他家人都去国外了，国内就他一个人。"

"嗨！那没事儿，"苗苗妈妈笑着说，"来来来！只要家里人没意见，让她来，想住多久住多久。"

苗苗寻思她妈妈应该是把豹哥当女孩儿了。

她认真地思索了一下，没有纠正。

事实证明，没有提前纠正这个做法是正确的。

苗苗领着豹哥一进门，苗苗妈妈脸上热情好客的表情瞬间凝滞了半秒，然后很快又恢复正常，这点表情的变化，在场的除了苗苗这个从小练习解读妈妈脸色，从而调整自己做事方针的人，没有任何人看出来。

豹哥被热情地迎进屋子，他有些紧张，但本着"来都来了，还能咋办"的心理建设，很快就调整好状态，一副讲文明、懂礼貌、树新风的青年的模样，全程坐在客厅里陪苗苗爸爸天南地北地聊着，时不时附和一句"叔叔太厉害了"，把苗苗爸爸哄得那叫一个心花怒放。

苗苗在旁边听得直翻白眼，她还不了解爸爸的德行吗，平时一个人都能搞成一个单口相声节目，现在再来一个特意配合他的豹哥，整个人完全兴奋了，语气那个激昂，手势那个豪迈，忆往昔那个峥嵘岁月，像大型德云社群口相声专场。

苗苗妈妈从厨房里伸出一个头："苗苗，你来帮妈妈一个忙嘛。"

"好嘞！"苗苗暗自叹一口气，该来的还是来了。

果然，一进厨房，苗苗妈妈就开始盘问了。

"跟你回来的是谁啊？"

"我同学啊。"

"废话！"苗苗妈妈横她一眼，"我问你跟他什么关系。"

"就同学……"苗苗很有眼力见儿地捡起地上的蒜开始剥。

"只是同学的话，"苗苗妈妈没被苗苗突如其来的勤劳冲昏理智，"那我们家很穷的，不能让一个'同学'白吃白喝整个寒假。"

苗苗叹一口气，她苦着脸："妈妈，从小老师就教育我们要助人为乐。赠人玫瑰，手有余香。"

苗苗妈妈铁面无情："我小时候家里穷，没读过书，没受过老师的教育。"

苗苗把蒜剥好了，在水龙头底下冲了冲，放在菜板上，看妈妈还是叉着腰看自己。

她无奈地叹一口气："您想得到一个什么答案啊？"

"是不是你男朋友？"苗苗妈妈开门见山。

"不是。"苗苗答得很干脆，"就是同学，然后关系又稍微比同学要近一点。"

"近到哪种程度了？"

"哎哟妈，啥程度也没有，"苗苗揽着妈妈的肩往案板前推，"您就把他当作一个无家可归的人，然后您发发善心收留收留嘛。"

"你翅膀是真的长硬了啊，"苗苗妈妈看起来还是有些不痛快，但松了口，"你现在学会先斩后奏了嘛。"

"嘿嘿。"苗苗讨好地笑了两声，"他人还挺好的，平时在学校也挺照顾我的，现在过年全国人民都团圆，他一个人待在家里，您想想，那画面，您想想，你仔细想想。"

苗苗妈妈拿筷子敲了一下苗苗的头："我的重点是缺他一顿团圆饭吗？"

"哎哟我知道，"苗苗"吧唧"一口亲在妈妈脸蛋上，"妈妈是担心我乱搞男女关系，把不认识的人往家里带，放心吧，他人OK的。"

"你我是放心，跟个榆木脑袋似的从出生到现在一直单身，"妈妈压低声音，"关键这个男孩儿，长得太好看了，放成语那叫'祸国殃民'啊！"

苗苗乐得不行，她凑到妈妈耳边小声说："妈您放心，他就是长得看起来不太老实，其实人挺单纯的，特别好哄。"

苗苗妈妈斜了她一眼："哟，也有一天轮到你说人单纯呢？小时候我一直担心你被人贩子卖了还乖乖听话地自己上称，顺带帮人数钱呢。"

苗苗张了张嘴，半天说不出话。

"妈，我啥时候口才能有您好啊？"

"找个不省心的老公，"苗苗妈妈很是认真地说，"天天骂一架，骂着骂着就锻炼出来了。"

苗苗想这个世界真的是疯了。

明明一开始妈妈还郑重其事地对苗苗说豹哥这个人长得不像个好人，结果，现在，这个尊贵的母上大人，被豹哥哄得笑得那叫一个花枝乱颤。

"哎哟，哪有你说的那么年轻哦！"苗苗妈妈嗔道，"老了已经，跟你叔叔这么多年过来，天天气得皱纹都多了。"

苗苗爸爸很不高兴地插话："我哪儿气你了？是你自己在找气受！"

"我闲得没事儿啊，好好的日子不过，跑去找气受？"

"你看你看！"苗苗爸爸逮到话柄，"你看你自己也承认了！"

"我承认 ——"苗苗妈妈愣了一下，"嘿，你这人听不懂反问语气了是不是？"

眼看两人又要吵起来，苗苗叹了一口气，很习以为常地开始嗑瓜子儿吃。

豹哥没见过这种架势，他蹭到苗苗身边："这是怎么个情况？"

苗苗安慰地对豹哥扬扬下巴："没事，你得习惯，一会儿就好了。"

豹哥点点头，明白了，于是也坐在苗苗身边，用手剥瓜子，剥到差不多有小捧的时候，他示意苗苗把它们吃了。

"你给我剥的啊？"苗苗问豹哥。

"对啊。"

"天啊，"苗苗做作地捂住心脏，"我这都感动得快梗塞了。"

"那正好，吃瓜子活血化瘀，专治心肌梗塞。"豹哥眼睛都不眨，配合苗苗说道。

"真的假的？"苗苗问，"这么神奇吗？"

"你是不是傻啊，我随口说的。"豹哥乐得不行，"瓜子要都有这疗效了，我们还愣着干吗，赶紧去种地啊！"

既然是过年那么肯定是要放鞭炮的，苗苗爸爸开车带着苗苗和豹哥去郊外统一燃放点，一路上苗苗都特别兴奋，坐在位置上，从来就没有静下来过。

苗苗爸爸说："哎哟喂，我的闺女你停一会儿吧，你再这么蹦下去，爸爸会愧疚的。"

苗苗问："啊？为什么啊？"

苗苗爸爸一本正经地说："你这样搞得很像我们把你非法关起来了，现在你难得重获自由，因此难以掩饰自己的兴奋之情。"

豹哥乐得不行，拍苗苗爸爸马屁，说："叔叔说话可真有文采。"

苗苗都要义愤填膺了，这乖巧软屁的家伙还是她认识的豹哥吗？她想靠人不如靠己，揭竿而起的大旗就由她扛起吧。

苗苗在旁边凉凉地说了一句："那可不吗？侯宝林相声作品选不是白看的。"

苗苗爸爸手一拍方向盘："迟苗苗，你别以为你跟我一个姓，我就不敢动你啊。"

苗苗毫不示弱地说："你动我吧，就算今日的我倒下了，后面还有千千万万个我站起来！"

豹哥扑哧一乐，他看着苗苗，眼睛里盛满了笑意。

回到家面对父母的苗苗放松了很多，也好玩了很多。说话的时候，肢体、神态活灵活现，这是一个他曾经见过一点，但很快就又被苗苗收敛回去的放肆。

他突然希望时光快点走，最好一眨眼就十年过去，那时候他和苗苗在一起很久了，然后苗苗对他的靠近不再抗拒或者警惕，他们熟稔得仿佛珍珠和蚌壳，在茫茫的人生里，一起慢慢游过去。

到了郊外烟花爆竹统一燃放点，苗苗爸爸把鞭炮拆开，捋直铺在路上，无视一直想表现自己点炮雄姿的苗苗，本着尊重客人的意思，他拿出打火机，问豹哥：

"怎么样，要来试一下吗？"

豹哥看了苗苗一眼，她因为不能放鞭炮，整个人都蔫了，像被晒过的蓝雪花。

他连连摆手，做出一副害怕的样子，说："不了不了不了不了。"

苗苗爸爸拍拍豹哥的肩膀，说："年轻人啊，胆子还是小了一点。"然后把打火机递给早就在一旁急得要蹿天的苗苗，"给你，去点吧。"

说完，苗苗爸爸找苗苗要了纸，说中午饭那会儿不该跟苗苗妈妈吵架，现在他肚子疼，肯定是她中午下毒了。

苗苗乐得不行，她说："我要告状！"

苗苗爸爸拍了一下苗苗的头："你敢！这么多年我跟你妈天天吵架，就是你个棒槌这一棒子那一棒子地拆散我们感情。"

苗苗偷偷地笑了一下，对着爸爸背影做了个鬼脸。

"叔叔阿姨感情真好。"豹哥说。

"对啊，他们是那个年代难得的自由恋爱，我妈说了，自己挑的人，就算是条狗也得忍着。"

豹哥哈哈大笑，捂着肚子说阿姨可真有人生的大智慧。

苗苗听了这话，又想起这两天豹哥的言行举止，她觉得有点不高兴，怎么对她没这么好。

"你还乐呢？点鞭炮都不敢。"苗苗不高兴地讽刺豹哥，然后学着爸爸的样子，拍拍豹哥的肩，"年轻人啊，胆子还是小了一点。"说完还自作主张地加了一句，"还得多历练历练。"

豹哥看苗苗鼻子不是鼻子，眼睛不是眼睛的模样，都气乐了，心想这可真是个棒槌。

事实证明，苗苗确实是个棒槌，她一听豹哥不敢放鞭炮，特别嘚瑟地瞄了豹哥一眼，连着放了好几串鞭炮。看豹哥插着兜站在一旁的样子，她心想，哎哟，不知道都给吓成什么样了，都这样了还有心思装酷呢？

她对豹哥招招手。

豹哥走过来，微微弯下腰，低着头，听苗苗要说啥。

"我刚才放鞭炮的样子你看见了吗？"苗苗看着豹哥，眼睛圆圆的，漂亮的唇珠也圆圆的，"我是不是特别帅？你是不是特别羡慕？欸，可怎么办啊，你不敢放。"

豹哥直起身子，居高临下地看了一会儿苗苗。

苗苗眨眨眼，她突然就觉得有点害羞。

豹哥看苗苗垂下眼睛，有些不自在了，他笑了笑，然后一副恨铁不成钢的样子，捏了捏苗苗的脸："迟苗苗，你知不知道有个成语叫作见好就收？"

放完鞭炮回家的时候，妈妈正好把饺子馅儿给弄好了——啥样儿的都有，韭菜鸡蛋的，韭菜猪肉的，玉米猪肉的，还有三鲜馅儿的。

豹哥觉得有点稀奇。

他自己家过年，团圆饭是一大桌子菜，没有这么原汁原味地只做饺子。

他一开始还担心吃不饱，把苗苗拉到角落，低声问："我们晚上就吃这个饺子？"

苗苗说："对啊。"

"够吗？"豹哥认真地问，"我是个体育生。"

"体育生不能吃饺子？"

"体育生饭量大。"豹哥说完，又给自己找借口，"主要我们平时训练太累了。"

可是你之前被狗咬了，没怎么训练，后来好不容易腿好了，又赶上期末考试，其实你也没训练啥啊。

但苗苗很配合地顺着豹哥的话说道："放心吧，豹哥。我们家的饺子一个顶俩。"

除此之外，苗苗还告诉豹哥，每一年大年三十的饺子里，会放一元和五毛的硬币，吃到五毛硬币的人要听吃到一元硬币的人的话。

苗苗靠着这个，赢了好多东西了。

豹哥傻傻的："你运气这么好？"

苗苗一言难尽地看了一眼豹哥："先天不足，你不会后天努力啊？"

豹哥一点就通，了然地"啊"了一声："明白了。"

苗苗妈妈要疯了，豹哥非得来帮忙，还特别热情。

她想年轻人的热情还是不要打退比较好，所以一直忍着。

后来实在忍不下去了，她找了个借口走到客厅，拉着苗苗说："你快让你同学住手吧，他包的饺子太丑了，一会儿我都不好意思发朋友圈了。"

苗苗笑得差点流出眼泪。

她走到厨房，手里端着一盘切好的苹果，挑了块大的，用牙签叉起来，递给豹哥。

豹哥看了她一眼，张开嘴。

"你还想让我喂你？"苗苗吃惊地问，"我在家欸，这是我的主场，你居然还使唤我？"

"什么文化水平，说话那么难听呢。"豹哥低头叼走苗苗手上的苹果，一边嚼一边含混不清地说，"让你帮个忙跟要你命似的。今晚上是不是又得拿小本本记我啊？"

不说这个还好，一说这个苗苗就可委屈了。

自从她那个小本本被发现了，天天被豹哥念叨，还时不时就抽检一回，弄得苗苗再也不敢在上面写豹哥坏话。

豹哥捏了一个奇丑无比的饺子，献宝似的捧在手心里，一双绿眼睛亮闪闪地看着苗苗："你看，我捏了一个你。"说完，还用肩膀挤了一下苗苗，"快，去你小本本写上，大年三十，豹哥对我很好。"

苗苗看了一眼豹哥手心里那坨屎一样的玩意儿。

"你再说一遍，你捏的啥？"

豹哥沾沾自喜："我捏的你啊。"

苗苗转身就走了，头也不回。

她觉得豹哥在侮辱她的基因和长相。

豹哥不太明白苗苗为啥要转身走人，他茫然地在水池边立了一会儿。

苗苗妈妈进来看见豹哥还在厨房里，都崩溃了。

"你要不去看会儿电视？"苗苗妈妈真诚地提议。

"那怎么行，就让您一个人在这里忙碌。"豹哥这话说得挺大义凛然，"我多过意不去啊。"

"嗨，没事儿。"苗苗妈妈说，"你是客人嘛，哪有让客人帮忙的道理。"

豹哥说："阿姨，我实话跟您说了吧。"

他一脸悲痛的样子："从进您家门开始，我就觉得冥冥之中有一种缘分，我在这里丝毫感觉不到生疏或者拘束。所以，从一开始，我就没把自己当客人。可是事到如今，您却告诉我，我是——"

豹哥难过地别过头："那好吧。"

他把手里捏的"苗苗"放在案板上："我走。"

好好的一句话，硬生生被豹哥说出了家庭伦理剧婆媳大战的味道。

苗苗妈妈眼皮一跳，拉着豹哥回过身："我不是这个意思……"

"这样吧，今年我们还是打算包一个一元硬币和一个五毛硬币，五毛的要听一元的。你来装，看你要装进哪两个饺子里。"苗苗妈妈说。

"行……"他进厨房帮忙就为了这一刻，此时此刻幸福来得太突然，豹哥有点蒙。

"不伤心了吧？"苗苗妈妈踮起脚拍拍豹哥的头，实在有些艰难，她恼羞成怒，"长这么高干啥！"

许鉴每天早上六点就拿起自己的冰球护具，到训练场上发了疯地训练，刻苦劲儿让教练都给吓着了。

教练忧心忡忡地问其他队员："许鉴家里是不是出事儿了？"

刘守说："没有啊。"

"那他是受什么刺激了？"教练百思不得其解，"我给你们压力了吗？"

刘守实话实说："教练，您说这场比赛我们肯定输定了，所以随便打就成。"

教练反复思忖了一下这句话："是不是有点伤自尊？"

"没有啊。"

"我说这话语气很绝望吗？"

"没有啊，挺随意的。"

教练摸着下巴，想了半天，实在想不出原因，只好认定许鉴是良心发现，决定重新做人了。

训练结束了，许鉴还在冰场上滑着。

教练滑到他身边："放轻松，这场比赛我们肯定会输。"

许鉴没说话，他看了教练一眼。

"可是，我不想输。"许鉴的声音闷在头盔里，听起来像是在赌气。

"你想赢？"

"我没想赢，我只是不想输。"许鉴说。

"少给我拽这些莫名其妙的话。"教练拍了一下许鉴的头，"高考语文没及格的玩意儿，还给我说哲学了，找谁说理去？"

许鉴忧伤地叹一口气。

他觉得自己真孤独。

但又一想，孤独也就意味着快成功了。

所以许鉴继续孤独去了。

教练看着许鉴的背影，若有所思。

许鉴其实没想别的，他只是被程小虹那天那句"大少爷"给刺激到了。

他想了很久，自己擅长的东西还真的不多，只有冰球。

"短板太多取长板，然后把长板的优势发挥到极致。"

小时候家里请了很多老师来教课，许鉴大多数时候，都撑着下巴混过去了。但那个教围棋的小姐姐很漂亮，许鉴难得在她课上不睡觉，说别的听过就忘了，就记得她说：当你没有其他选择的时候，那就学会放弃。

放弃不太可能的东西，抓住离自己最近的东西，短板太多取长板，然后把长板的优势发挥到极致，最后逆风翻盘。

许鉴认真思索了一下，自己擅长的是冰球，离自己最近的也是冰球。

那么就在这场比赛当中好好地投入进去，取得成绩，证明自己也不是什么都做不好的"大少爷"。

"你小心，注意劳逸结合！"教练在背后对着许鉴吼。

"知道！"

教练还不放心，说："你注意你这个腿，我看你护具有些旧了——"

话没落地，许鉴就不小心撞护栏上了。

"嘶——"

许鉴当即疼得整个下半身都麻了。

教练急速滑过来，扶起许鉴，气得不行，骂许鉴："你不想参加比赛你跟我明说，怎么还自残呢？"

许鉴不吭声。

主要是吭不了声，太疼了。

"能走吗？"教练问许鉴。

许鉴试着滑了两步："能。"

"马上就要比赛了，你能不能稍微有点这个意识，能不能让我放点心？"

"安叔。"许鉴低着声音，叫了教练一声。

许鉴很少这么叫他，所以教练也不急着训许鉴了。他停下来，听许鉴要说什么。

"我特别喜欢一姑娘。"许鉴瘪瘪嘴，"但是她不喜欢我。"

"正常。"教练拉着许鉴的手腕，把他带到场边休息的椅子上，"要是个人都能让喜欢的人也喜欢自己，世界上就没有文学了。两情相悦的人都幸福去了，爱而不得的人才留在原地写东西。"

许鉴竖起拇指："叔，您还懂这些呢？"

"当年我留在原地写了特别多，后来发现实在是不适合写东西，我就跑来做教练了。"

许鉴叹一口气，仰靠在椅子上："我文笔也不怎么样。"

"文笔这东西是没有标准的。"教练说，"你得分是写给谁看的，那个人喜欢看，那么你的文笔就是好的。

"欸，不对，你这个'也'是什么意思？"教练突然反应过来，"我文笔很好，当年写一姑娘写得杂志社编辑都哭了。"

"气哭的吧，"许鉴说，"这人写这么烂，居然还敢来投，我居然还看完了。"

教练忍了又忍，到底没忍住，想踢他一脚，可他刚刚才受了伤，想打他脑袋，他又戴着头盔，最后教练伸手一推。

许鉴没防备，硬生生被教练从椅子上推下去了。

揉着屁股坐起来的时候，许鉴还是蒙的。

他对着教练负气离开的背影，大喊一声："您幼儿园毕业证书拿了吗？"

"没有！"教练也吼了一句，"小红花没拿够数的，心智一直没成熟，小心我抢你橡皮泥！"

许鉴乐了半天。

教练也乐了，他又走回来，把许鉴扶起来："你要是喜欢那个女孩儿，你就写情书。"

许鉴说："这种八十年代的玩意儿，您说真的还是假的？"

"我骗你我能一夜暴富还是咋的，"教练说，"越是古老的，越是经过时间检验的。现在年轻人普遍太慌张，没有历史积淀，你整个情书，保准让那女孩儿对你刮目相看。"

许鉴被教练这番话说得心服口服。

回到家里，许鉴洗了手，郑重其事地从箱子最底下扯出一沓草稿纸，又找了一支笔，端端正正地坐在书桌前，拧亮台灯，手握着笔悬在空中，有太多话想说，最后一个字也憋不出来。

许鉴在桌子前面端端正正地坐了半小时，宛如一尊认真学习的雕像。

也只是宛如。

实际上，许鉴半个字都没写出来。

他打电话给教练。

"安叔，我写不出来。"许鉴虚心求教。

"写不出来就算了。"教练说，"感情这种东西勉强不来的。"

"嗯？"许鉴把笔一扔，"下午您不是这么说的！"

"你都知道那会儿是下午，怎么不知道现在是凌晨呢？"教练骂了许鉴一句，然后挂了电话。

许鉴又打电话给豹哥，打算从他那儿得到一点建议。

"干吗？"豹哥开口第一句就很凶。

"我……"许鉴斟酌了一下，"我的春天，你说我要怎么靠近我的春天呢？"

豹哥最近也饱受感情困扰，他也不困了，坐起来，叹一口气："你的情路还顺畅吗？"

"堵车了。"许鉴也叹一口气，"堵得死死的。"

"我倒是没堵车，就是碰上红灯了。"豹哥说，"你说苗苗到底喜不喜欢我？"

"喜欢啊。"

"那我都暗示成这样了，她为什么没什么表示呢？"

"你暗示什么了都？"

"我暗示的还不够明显吗？我天天捏她脸，我怎么没捏别人的脸？我还跟她共用一根吸管儿了！我怎么没跟别人共用？我还带她出来玩儿了！玉峰山！情侣圣地！"

"你有跟她介绍玉峰山是情侣圣地吗？"许鉴问。

"没有。"

"那你暗示个锤子，"许鉴说，"人没准以为你就是闲着没事儿想爬山。"

"我……"豹哥深呼吸一口气，"那我应该怎么办？"

"想要恋爱顺利，就得父母支持。"许鉴指导起别人的感情生活来，那是一套一套的，"俗话说得好，擒贼先擒王，追人从源头上抓起。"

豹哥恍然大悟，夸了许鉴几句，说他有勇有谋，肯定能成大器，然后就挂了电话。

许鉴沾沾自喜半天，突然想起来，不对啊，他是去咨询感情问题的，怎么变成情感导师了？

他哀号一声，把自己摔进床里，瞪眼看着天花板。

爱情不是你想要，想要就能要，让人心烦又让人苦恼。你说江山如此多娇，却不知怎么让美女折腰；你说玫瑰多情的刺，竟比不上无情的你；你说香水有毒，然而却赶不上你嘴唇微微一嘟……

许鉴突然一拍床！

天才啊！

刚才他无意识创作了一首多么朗朗上口的诗歌啊！

许鉴一个猛子坐起来，快步闪到书桌前，趁着灵感滔滔，一腔爱慕思念之情奔涌而出。

第二天，他起床，拿着昨晚上写好的信，心里充满了感激。

对着清晨的朝阳还有新鲜的空气，许鉴把纸徐徐展开，眼神微微颤动，缓缓地把整篇信看完。

然后……许鉴一脸狰狞地把信揉成一团，丢进垃圾桶。

这写的什么破玩意儿。

许鉴惆怅地散着步，不知不觉就走到了程小虹打工的店铺前。

程小虹正在倒垃圾，看见他，脸上闪过一丝尴尬。

"上次，对不起啊，"程小虹低下头，"之前情绪不太好。"

许鉴嘿嘿一乐："没事儿，我都忘了。"

他突然来了精神，觉得世界还是很美好的。

"我之前说话说得太轻松和理所当然了。"许鉴说，"本来就挺招人厌的。"

天空很明澈，上面的云很轻。

"我之前说，希望能帮助你，是真的这么想的，不是空话。可能我现在还不够好，也不够让你相信，但是——"

许鉴挠挠后脑勺，虽然羞耻，但他还是说出来了："之前你不是说如果下雨了，自己有伞比较好吗。我知道你说得有道理。但我不是顺路让你搭一段儿，我是真心地想要陪你一起走下去。不管雨有多大，不管风有多大，不管是不是在打雷。我总觉得，如果那块石头很重的话，两个人举总比一个人举要好。"

夭折了。

居然说了这么肉麻的话。

许鉴脸通红，他没等程小虹回应，自己转身就跑了。

程小虹看着许鉴慌乱逃窜的背影，突然觉得今天天气真的很好。

阳光很灿烂，风很干净，少年奔跑在一片明朗里，好像真的背着一整个世界的希望。

程小虹嘴角微微翘了起来。

许鉴"咚咚咚"跑回家里，关上门，心想，自己今天可真是干了件应该载入史册的大事儿。

手机屏幕亮了一下。

许鉴拿起来。

"冰球护具买了吗？"

程小虹发来的消息。

许鉴突然就笑了。他把窗户打开，对着广袤无垠的天空，大声喊了一声。

"今天天气真好啊！"

他回过身，半坐在窗口上，靠着窗户沿儿，拿着手机，一字一句地回消息："没有。等着你跟我一起去买。"

发过去没有两秒，那边回过来一条消息："好。"

"豹哥！"许鉴在电话里号了一嗓子，"你就是我的吉祥物！我刚跟你沟通完感情问题，结果你猜怎么着！我跟春天有恋爱新进展了！星期六我们要一起去买冰球护具！"

豹哥先恭喜了许鉴，然后就说："我护膝也该换了，谢谢啊。"

许鉴愣了愣："你还是人吗？你比我有钱多了，你居然还想让我送你护膝！"

豹哥笑了笑，很无辜："我现在是吉祥物，要是你不给我买的话，那我可能就成为诅咒娃娃了。"

许鉴骂了句脏话："好的哦。"

"我要贵的。"豹哥嘱咐道。

啧。

许鉴挂掉电话，重新翻开微信界面，看着自己和程小虹的聊天记录。

他傻乎乎地又笑起来。

他可太期待这次的星期六了。

许鉴和程小虹约在周六去贤人商场买护具。

程小虹到的时候，许鉴已经等着了，手里拿着两支冰激凌。

"给你。"许鉴把绿色抹茶味的递给她。

"谢谢。"程小虹道谢。

"不客气。"许鉴礼尚往来。

两人大眼瞪小眼，一时之间不知道该说什么。

许鉴咳了咳，推开门，让程小虹先进："走吧，咱们先去四楼。"

"好。"

许鉴以为程小虹肯定对冰球这些东西不太了解，去了四楼店里，却发现程小虹其实挺熟悉的，她选手套的样子挺专业：手背要选完全贴合四段式手背设计的；手指要三段式关节的；外层是专业级尼龙网布好散热；手掌部分要选有防滑功能的；内衬得选速干的。

许鉴问程小虹："你专门研究过冰球吗？"

程小虹看了他一眼，说："最近研究的。"

许鉴深呼吸一口气："是因为我吗？"

程小虹别过头，没回答许鉴的问题："冰球杆需要买吗？"

"不需要。"许鉴笑眯了眼，"我之前那个还能用。"

"你试试这个。"程小虹把挑中的冰球杆递给许鉴，"这个用了碳纤维层，我听说碳纤维材料能轻点，而且可以增强拍面边缘。"说完不确定地问许鉴，"是这样吧？"

许鉴点点头，笑着说："是。"

程小虹被许鉴笑得很不好意思。

她瞪了许鉴一眼，凶巴巴地问："干吗？"

"不干吗……"许鉴觉得一颗心就像被草莓奶昔包裹了一样，滑滑的冰冰的，很香很甜，他快要腻死在里面了。

"你说我要是早点遇见你该有多好。"许鉴喟叹着说。

程小虹笑了笑，没说话。

出了商场，已经接近黄昏。

夕阳特别好看，橙黄一片，像是天空羞红了脸。

许鉴把酸奶管插好，递给程小虹，然后才是自己的。

"冰球联赛的时候，你来看我吧。"许鉴说。

"我不知道我有没有时间。"程小虹实话实说。

许鉴知道程小虹的情况，也不勉强，他有些可惜地说："要是你能来看我就好了。"

程小虹叼着酸奶吸管，没说话。

"教练说这次是跟华兴大学打比赛，我们肯定会输。"许鉴几口就把酸奶喝完了，"但是，我觉得，如果你来看我，我肯定可以赢。"

程小虹转头看他。

他其实长得挺端正的，尤其笑起来的时候，整个人特别温暖。

"真的。"许鉴也转头看程小虹，怕他不相信自己的话，举起手发誓，"我的体育精神就是绝不在喜欢的女人面前丢脸。"

程小虹被逗乐了。

"你的体育精神格局真的不太大。"

"我要那么大的格局干什么。"许鉴看得很开，"相比称霸全国被所有人崇拜，我只想找个喜欢的人，买座小院子，种点花，养点鱼，每天好好地过日子。"

程小虹没再说话，她捏紧了手里的酸奶。

心底湿漉漉的，像是下了一场雨，然后簌簌地长出很多嫩嫩的青草，软绵绵的、痒酥酥的。

她低头笑了一下。

豹哥把硬币在饺子里藏好了，藏得特别隐蔽，他脑子里思索了很多种可能，最后确定目前这种方案是完美的，然后才从厨房里出来。

他坐在客厅沙发上，苗苗看了他一眼，没理他，合着还在生气。

豹哥往她那边移了一下，苗苗就跟着往旁边移了一下。

豹哥想，不要跟小屁孩儿计较，他大气地又往苗苗那边移了一下；苗苗又隔着往旁边移了一下。

豹哥气乐了，他也不动了，反正现在客厅里没人，他直接伸手把苗苗跟盘菜似的，端到自己身边。

两人靠得特别近，苗苗锲而不舍，又想往旁边移，豹哥一把按住苗苗的头。

"你再动一下试试。"豹哥趴在苗苗耳边，低声威胁。

苗苗不动了，但嘴翘得老高，抻长下巴，全身都在表达自己的不满。

豹哥觉得自己真是惯出了一个祖宗，刚认识那会儿苗苗多听话一女的啊。

"我手工又不好，这是我第一次捏饺子，想着你就捏出了那么个玩意儿，我手不听我的使唤，是我的错吗？"

苗苗还是不说话。

豹哥见说不通，也不说了，自顾自剥了个橘子，然后慢条斯理地把橘子瓣儿上的须给剔掉。

苗苗等了一会儿，看豹哥还是不理她，她左右权衡了一下，最后瘪瘪嘴，委屈巴巴地凑上前。

"我也要吃。"苗苗说。

豹哥嘴角弯出好看的弧度。

他把剔好须的橘子瓣儿举到苗苗嘴边，苗苗张嘴吃进去了。

豹哥捏了捏苗苗的脸："是不是就等我哄你呢？"

苗苗专心吃橘子，听不见豹哥的话。

"越来越娇气。"豹哥又举了一瓣儿橘子，递到苗苗嘴边。

苗苗摇摇头："不要了。"

"你不是喜欢吃橘子吗？"豹哥觉得奇怪，"今天就吃一瓣儿就不吃了？"

"这个橘子很甜。"苗苗笑着说，"你也吃。"

豹哥心脏漏跳了一拍。

他想这是什么绝世小甜心。

豹哥心里流着宽面条眼泪，吃了一口橘子进去。

然后表情骤变。

"迟苗苗……"豹哥被酸得牙齿都在打战，"你知道我现在为什么还安静文雅地待在这里吗？"

苗苗憋着笑："为什么？"

纯粹是求偶的心在作祟。

豹哥把酸橘子咽下去："纯粹是因为我热爱和平。"

苗苗很听话地"哦"了一声，然后说："那你真伟大啊。"还自己鼓了一下掌。

一句话又把豹哥气得够呛。

豹哥电话响了，他一看来电显示，就把手里的东西放下了，拿着手机，推开阳台门，去了客厅外接电话。

苗苗看了豹哥的背影一眼，也没说话，手拿着遥控器，有些烦躁地换频道。

什么人的电话，还得避开她才接？

不过避开她也是对的。

她又不是他什么人。

苗苗哼一声。

苗苗把遥控器扔在沙发上，几步跑到书房，拍门："爸！快！"

"你干吗，警察大过年的来抓你了？"苗苗爸爸打开书房门，问苗苗。

"没有，警察叔叔也需要团圆。"苗苗灵活地蹿进爸爸书房里，"快，给我一本佛经，我诵读诵读，来降降火。"

"字儿都认不全还诵读。"苗苗爸爸把苗苗赶出书房，"我正在写舞台剧呢，你少来瞎掺和。"

苗苗说："就那退休工人舞台剧，您还真把它当作事儿了。"

"啧。"苗苗爸爸教育苗苗，"小小的舞台剧里承载了大大的希望，它是社区生活的一道闪光，点亮人们无聊的晚年生活，这么神圣的工作，你怎么说话的呢？"

苗苗翻了个白眼，她也就是来没事儿找事儿的，现在这边祸害得差不多了，往外一看，豹哥还没从阳台回来。

她心里那股无名火烧得更加茂盛。

她号了一嗓子："爸爸！祝您新年快乐！"

苗苗爸爸给这突然一嗓子吓得够呛："你抽风啊？"

"我今儿是真呀真高兴！"苗苗大声说，"新的一年即将到来，旧的一年即将过去，让我们——"

"给我麻溜地滚开。"苗苗爸爸挥挥手，"烦人。吵得我脑子嗡嗡嗡的。"

　　豹哥接完电话回来，左右上下看了一圈，没有看到苗苗的身影。

　　正好苗苗爸爸从书房里出来，他打了个招呼，然后问："苗苗呢？"

　　"不知道哪儿去了。刚刚还在这儿晃悠呢。"

　　豹哥心里一跳。

　　他下意识地往阳台看，果然，随着"哗啦"一声门响，苗苗从阳台推门进来了。

　　苗苗去阳台，本来是打算去问豹哥吃蘸饺还是汤饺，结果却听到了一个秘密：豹哥的家人根本没去新西兰，人家在家里待得好好的。

　　那么豹哥为什么要撒谎说家里没人，非得跟着她一起过年呢？

　　苗苗觉得心上就跟有不安分的兔子扎堆蹦迪似的，把她好好的安安稳稳的心房给搅得乱七八糟的。

　　她深呼吸一口气，挺直腰杆，从阳台走了过来。路过豹哥的时候，那叫一个目不斜视。

　　豹哥也不管现在客厅里还有苗苗爸爸在场，他直接拎起苗苗的后衣领，把人拽到自己眼前："你就这么直接走过我了？"

　　苗苗看了一眼豹哥，然后迅速移开目光，她手来回绞着家居服衣摆，都快拧成一朵花了。

　　"那我也不能绕过你走啊。"苗苗小声说。

　　"我就出去接了个电话，现在你见我还打算绕道了？"

　　豹哥不可思议，他拎起沙发上的外套，另一只手拉着苗苗，把人带到阳台上，打算进行一场亲密的交谈。

苗苗无助地回头看自己的老父亲。

却看见老父亲笑呵呵地捧着一杯茶，一脸"年轻真好"的表情，笑意盈盈地看着他俩。

豹哥把苗苗拉到阳台，伸手把外套给苗苗披上。

"你都听到什么了？"豹哥问。

"我说什么都没听到，是不是有点假？"苗苗说。

"是。"豹哥背靠着栏杆，月光从头顶漫过来，精致的五官在月光下柔和了很多，"我其实不怕从你这儿得到答案。"

"我怕你直接逃了。"豹哥笑了笑。

苗苗抿抿嘴，怎么会逃呢？

她巴不得。

万里江山倾颓只在一瞬间，所有的坚持、所有的自尊、所有的虚荣心，在日渐明朗的心意面前，显得那么卑鄙和微不足道。

她不摘星星，她要星星为她而来。

星星真的来了。

那么还是要摘一下的。

她下定决心般，确认一遍："豹哥，不，秦锐，你是不是喜欢我啊？"

时间仿佛静止，夜的浓稠搅拌了所有吹过的大风。城市的星火零散而盛大地绽放在夜幕之间，黄澄澄的光模模糊糊地晕染在天边。

穿过小区那条弯折的路，顺着石头壁一直走，就是她的小学，在那里，她第一次吃到巧乐兹的蓝莓味冰棍儿，巧克力像什么魔术师的障眼法，梦幻而紧密地先行裹住感官。太好吃了，想永久地只吃巧克力。

时光荏苒，她在六年级的时候学会骑自行车，初中开学的第一天，她不太熟练地骑着自行车去上学，身后是父母不放心的目光。后来她自行车骑得越来越熟练，可以双手松开自行车把，迎着风，大笑，飞速地滑下山坡。太快乐了，想永久地骑着自行车穿过大街小巷。

高一是从初三暑假开始的，她被分到了先行班，提前学高中的知识，满屋子的学霸，她紧张，怕自己是里面最弱的一个。所以夜里挑灯学习，如豆的灯光映在书桌前的窗户上，跟外面的街灯相得益彰。

无数个埋头做题的夜晚过去，清晨的阳光照在跑操的他们身上。高考前一百天，年级誓师会，所有人穿过那扇高高的红色状元门。回到教室上自习的时候，一个同样沉默同样刻苦的戴眼镜男生拦住她，问她大学想考哪儿。太沉重了，想永久地逃离考试和名次还有未来。

成长的轨迹像电脑后台程序，一直运行着，一直记录着，只在特定的时候被点开，恍然发现，轻舟早就过了万重山。

她在大学的末尾遇到了一个叫"秦锐"的男孩儿。

长得特别好看，精致漂亮，却是个体育生。

太多人知道他，暗恋他，他太有骄傲甚至傲慢的资本了，但在她面前的他却纯粹干净，有时候幼稚，有时候抖机灵，有时候逞强，有时候抽风，但所有时候，他都让她心动不已。

她从小学不会主动，天生习惯顺从，是最最脆弱的墙头草，稍微有风她就反了。

怕误会，怕自作多情。

但她又从小优秀，是个被人夸赞到大的好学生，面上再谦逊，骨子里却是实打实的傲娇。

好学生都是会掩饰的人。

她无师自通地学会掩饰自己的手足无措，掩饰自己的怦然心动，倔强地站在原地，说着什么要星星自己过来的话，但渴盼的眼神却又早早地出卖了她。

天色将明。

就像数学题的倒数第二个步骤，完成它，就可以得到答案。

秦锐，你是不是喜欢我啊？

豹哥笑了笑。
他像是在沙漠里走了太久的旅人，现在总算放下了担子。
"是。"
他伸手拍拍苗苗的头："怎么样，觉得我配得上你吗？"
苗苗下意识就说："配得起配得——"
豹哥打断苗苗的话："你想想再回答。"

苗苗妈妈在餐桌前喊了一嗓子："孩儿们，吃饭了！"
豹哥笑了笑，他把苗苗的刘海拨乱，然后又一点一点理好："走吧，进去吃饭。"
苗苗似懂非懂地跟着进了客厅，脑子还不太清醒。
这跟她想象中的告白不太一样。
她不是都答应了吗，为什么豹哥让她再想一想。
苗苗没思考出这个问题的答案来，但这不重要，重要的是苗苗"很巧"地吃到了五毛硬币饺子，往常其实会提防一点——怕咬到硬币，所以下嘴比较轻，但今年苗苗心不在焉的，她一口咬下去，五毛硬币都咬出印儿了，更别提她的牙齿。
豹哥听到苗苗的痛呼，第一时间赶过来，拍了拍她的背："呛着了？"
"被硬币硌着牙了。"苗苗皱着一张脸，"疼死我了。"
"怪我，没把硬币煮熟。"豹哥深刻反省自己。
苗苗乐了。
"去你的。"苗苗把豹哥推回到他自己的位置，"你这嘴就说不出什么好话。"

豹哥一挑眉，问了一句："是吗？"

然后下一个饺子，他就咬出了一块钱硬币。

苗苗立马就抗议："你作弊！"

"你教我的。"豹哥优哉游哉。

可不嘛，是她告诉豹哥"先天不足，后天可以补"，所以豹哥才一路坚持地要陪着苗苗妈妈在厨房里准备饺子。

她还没来得及想什么话来回豹哥，那边豹哥已经大爷似的开始算这两天可以使唤她做什么了。

他看了一眼愤愤不平的苗苗，心底偷笑一声，面上却不动声色，看起来像是确认，实际上是在警醒苗苗，他问："这个是吃到五毛硬币的人，必须听吃到一块硬币的人的话，是吧，阿姨？"

"对对对，这个不能耍赖的。"阿姨连忙说。

"好的，谢谢叔叔阿姨。"

他回头看了一眼苗苗，笑得很温柔："那你得听我的话欸。"

苗苗想这有什么好强调的，她知道的啊。

春晚快放到《难忘今宵》了，应该煮元宵了，苗苗妈妈就指挥苗苗爸爸去，结果苗苗爸爸说他肚子疼，得去上厕所。

苗苗妈妈气得天灵盖儿直突突，又跟苗苗爸爸吵了一架。

豹哥从一开始看到他俩吵架的惶恐，现在已经变得很习以为常了，他面不改色地继续剥开心果，苗苗赖在沙发里，不肯坐起来，豹哥就把剥好的开心果，拿纸装着，送到苗苗手上。

"吃吧。"豹哥拍拍苗苗的头。

"谢谢豹哥，"苗苗嘴特别甜，声音也很甜，"豹哥辛苦了，这种无私奉献的精神太让人感动了。"

"对，你记得送我一面锦旗。"豹哥顺着苗苗的话，往下说。

吃完元宵，春晚也接近尾声，大家各自陆陆续续地去洗漱、睡觉，醒来又是新的一年。

苗苗躺在床上，睡意浓厚。

即将步入深度睡眠的时候，豹哥一个电话打了进来。

"喂——"苗苗声音含混不清的。

"出来，我们决定命运了。"豹哥低声说。

"什么决定命运……"苗苗还有些蒙，她迷迷糊糊地睁开眼，"我高考志愿填过了。"

"废话，你高考志愿要填的其他地方，也没我俩什么事儿了。"豹哥催苗苗，"快，出来出来。"

苗苗虽然困得不行，但还是听话地把鞋子穿上，打开了卧室门，走了出去。

阳台上，豹哥背对着她，蹲着的。

她拉开门："干吗啊？"

豹哥回头看她，苗苗这才看到豹哥怀里捧着一盏蜡烛，还是白色的。豹哥睡衣是苗苗妈妈准备的，也是白色的。豹哥皮肤也特别白。豹哥眼睛是绿色的，蜡烛的光这么一照，显得豹哥眼睛里跟没有眼珠子似的。

苗苗被吓了一跳，差点失声叫出来。

"有没有觉得很浪漫？"豹哥有点得意，"我大晚上在这里吹冷风，还得护着这蜡烛不灭，我可太不容易了。"

"那我是不是还得夸你一句？"苗苗扶额，"南丁格尔，走吧，我们进屋行吗，这里你不嫌冻鼻子冻手啊？"

"嗯？"豹哥很困惑，"可是，你不觉得很浪漫吗？"

苗苗实话实说："我刚才有点被吓到。"

豹哥骂了一句："我就不该听许鉴的！信他不如信仙人掌！"

苗苗憋着笑，她伸手把豹哥拉进客厅里，关上客厅和阳台之间的门，两人缩在暖气片前面，你看着我，我看着你，最后一起笑了出来。

"所以……"苗苗先开口，想问豹哥到底想做什么。

其实心里大概有答案，苗苗心里默默地数着数。

数到"6"的时候，豹哥开口了。

"你吃到了五毛硬币，你得听我的。"

"我没打算赖账。"苗苗说。

"你、你亲我一下吧。"豹哥害羞地看了苗苗一眼，然后小媳妇儿似的羞答答地移开眼睛，比白雪公主还纯情。

苗苗瞪大眼睛："这个游戏是走温情向的，你怎么这样啊？"

"我这也不是色情向啊。"豹哥很委屈，"让你亲一下，多温情啊。"

可是我俩还什么都不是啊！

明明晚饭前都要确定关系了，你自己说让我再想想的，既然再想想了，意思就是啥也没确定啊！

苗苗想敲开豹哥的脑袋，看看里面到底装了什么玩意儿，堵住了他脑细胞的发挥。

"我为什么要亲你啊？"

苗苗想，不能生气，得循循善诱。

豹哥不说话了，他低下头，神情看起来有些失落。

"你想想，"苗苗觉得自己可太不容易了，跟喜欢的人确定个关系，确定得跟翻越八达岭似的，"你将一将啊，我们俩之间是不是什么都没有确定？你是不是有点蒙混过关了？"

大年三十虽然万家团圆，但天上挂着的却不是满月。

月亮像是调皮的孩子，在天上忽上忽下地移动，冷了就加一点云围在自己身边，热了就把云拨开，自己睁着好奇的眼睛，细瞧人间的起承转合。

"我没蒙混过关……"豹哥小声嘟囔了一句。

这不是活这么久第一次表白吗，得有点心理支撑。

算了，管他的，人生就是一个"干"字儿。

豹哥深呼吸一口气。

"晚饭前问你的事儿，你考虑清楚了吗？"豹哥问苗苗。

"考虑清楚了呀。"苗苗都要落泪了，他终于问到关键问题了，"真的可以，我挺喜欢你的。"

豹哥瞪苗苗一眼。

他把手里一直当宝贝举着的蜡烛放在地上，正儿八经地再问了一遍："你认真想了吗？"

"认真想了啊。"

"结果呢？"

"真的可以啊，我真的挺喜欢你的！"苗苗真诚地点头。

豹哥也不知道哪儿不满意，反正气呼呼地走了。

苗苗一个人蹲在暖气片前面，满脑袋问号。

不知道为什么，明明她是被告白的那个，但她特别卑微而且被动。

苗苗觉得自己太惨了。

好不容易体验一回被告白，结果全程都在哄告白的那个。

早知道这样，不如她先告白呢。

苗苗垂头丧气地回了卧室。

正月初一，也就是告白的第二天早上，豹哥收拾好行囊，说自己要回去了。

苗苗有点舍不得，她偷偷拽豹哥的衣角。

豹哥特别高冷，高高在上地看了苗苗一眼："怎么？"

苗苗想摊上这么一位大爷，除了自己让一步，还能干吗。

她低声下气地问："你是不是在生我的气啊？"

"没有。"豹哥语气生硬。

"那就是有。"苗苗了然地点点头，然后特别诚恳地道歉，"我错了。"

豹哥皱着眉看她，一双漂亮的绿眼睛眯着，在判断苗苗这话的真实性。

"我不是挺喜欢你的，我特别特别喜欢你，只喜欢你，而且还要喜欢你很久很久。"

豹哥把书包往地上一甩，也不管现在那么多人在场了，他咬着牙捏苗苗的脸："太不容易了！这都新的一年了，你才说出来！"

苗苗被豹哥捏得脸有些疼，她拍开豹哥的手："谁让你不先说！"

"我都先告白了！"豹哥说，"我，江湖人称'豹哥'欸！多少人暗恋明恋我啊！你不珍惜就算了！你还跟我兜圈子！让你亲一下你还不乐意！我费那么大劲儿包饺子就为了让你听话，你还不听！你平时不是尿得要命吗，最近怎么这么有主见？"

苗苗被豹哥这番激情满分的控诉给逗乐了，捂着肚子笑半天。

"我都强忍羞耻的心，来你家过年了！你居然还真稳得起，我不开口，你绝不开口！"豹哥还在委屈。

"谁告诉你，喜欢一个人就得去她家过年？"苗苗擦笑出来的眼泪，颤抖着声音问豹哥。

"许鉴！"豹哥说完愣了一下，但还是坚定地说完了，"算了，我也就是一时糊涂，病急乱投医，信了他的邪！"

豹哥说到一半，意识到许鉴是傻子，信许鉴的话的自己是大傻子。

他叹一口气："苗苗，你看我喜欢你喜欢得都失去判断力了，连许鉴的话我都听了。"

苗苗伸出小拇指，牵住豹哥的小拇指，轻轻摇了摇："那你今天还走不走啊？"

豹哥低下头，亲一口苗苗的额头。

"舍不得我走啊？"豹哥单手捏了捏苗苗的脸。

　　"舍不得。"苗苗老老实实地回答。

　　豹哥一颗扑通扑通甜蜜蜜跳动的少男心都要化了，他看着面前白白嫩嫩的苗苗："都这样了，你还说是'挺'喜欢我的，你都喜欢死我了吧。"

　　豹哥把苗苗揉进自己怀里，手托着苗苗的后脑勺："急死我了你。"

Part 12

"奇迹如喂没有发生在自己身上，那么它就是个倾国倾城的屁。"

苗苗妈妈抱着手，站在厨房料理台边，似笑非笑地看着苗苗。

"'不是男朋友，就是同学，然后关系又稍微比同学要近一点。'"苗苗妈妈明知故问，"这怎么就送个别，就送成男朋友了呢？"

苗苗还挺害羞的。

她臊眉耷眼的，手绞着自己羽绒服的衣角："世事难料嘛。"

苗苗妈妈站直身子，手敲了敲苗苗的额头："我说你怎么没事儿在大过年的时候把人带家里呢，之前二十二年也没见你这么好心过。"

"瞎说。"苗苗为自己辩解，"我那会儿对他没意思哈！"

苗苗妈妈挑起眉，反问苗苗："没意思？"

"有一点点意思。"

"就一点点意思？"妈妈继续问苗苗。

"差不多再多一点意思。"

苗苗妈妈拍了拍苗苗的肩，然后对着苗苗身后，幸灾乐祸地说："你看，我女儿对你的意思真的不是很多。"

嗯？

怎么个意思？

她怎么有种不太好的预感？

苗苗僵硬地转过身，看见豹哥正站在她身后，一张精致的脸上看不出高兴还是不高兴。

她手不绞衣角了，而是干巴巴地伸出来对豹哥打了个招呼："嗨。"

豹哥笑了笑，看起来很温和的样子："你好。"

哪个热恋中的情侣见面第一句是"你好"？

苗苗欲哭无泪，她递给妈妈一个求助的眼神。

苗苗妈妈耸耸肩，表示爱莫能助，接着就好心情地走了。

故意的。

妈妈绝对是故意的。

苗苗现在确定了。

"豹哥，你听我解释。"苗苗伸手拽住豹哥的胳膊，轻轻摇了摇，"我不是对你意思不多……"

"嗯。"豹哥点点头，示意自己在听，"你继续。"

苗苗被"你继续"三个字镇住了。

这么温文尔雅真的不太正常啊，而且就这么放过她了？

苗苗皱着脸，苦兮兮地说："我错了。"

豹哥没搭话，他居高临下地看着苗苗。

"我真的错了。"苗苗继续苦兮兮地忏悔，"我也不知道为什么，当时就是脱口而出，没想那么多。"

"脱口而出？"豹哥重复了一遍，他走进厨房，把厨房门关上，"你觉得喜欢我是一件很丢脸的事儿吗？"

"不是啊！"苗苗迅速回答。

厨房上空就像被倒了一桶混凝土，空气突然凝结安静下来。

"我就是觉得，"苗苗慢吞吞地整理自己的思维，"不管在谁面前，承认自己很喜欢一个人，这事儿好像……反正感觉好像很没有面子。"

豹哥了然地看了苗苗一眼。

就像他没确定苗苗也喜欢他之前，他也没有先捅破窗户纸，是一个道理。

"这个世界上，像许鉴一样那么光明正大地说自己喜欢程小虹的人，其实不太多。"苗苗继续解释，"万一说了喜欢，但是对方不喜欢自己怎么办？就算在一起了，如果我喜欢得很多很多，比对方多很多，那是不是就显得自己有点卑微？谁又会喜欢卑微呢？"

苗苗上前一步，她抱住豹哥："我以前没谈过恋爱，不知道那个度在哪儿。怕太喜欢，成了一种压力或者打扰；怕太冷淡，成了不喜欢……"

豹哥也抱住苗苗："没事儿，你就按照特别喜欢特别喜欢的路子走。反正——"

他揉了揉苗苗的头："反正你再喜欢都有我接着，我回给你加倍的喜欢。"

喜欢一个人就像把自己背朝悬崖摔下去，不知道下面能不能有人接住自己；两情相悦也是把自己背朝悬崖摔下去，不一样的是，摔下去的同时也确定下面会有人接着。

苗苗想，她现在闭眼跌下去也有人接着了。

真好。

出乎程小虹的意料，冰球联赛居然挺多人来看。看台上基本上没什么空位置。

场内运动员们正在热身，穿的都差不多，捂得严严实实的，看不出来谁是谁。

她拿着票，一直走到最前面，刚坐下，就看见"捂得严实"之一踩着冰刀滑过来了。

是许鉴。

他打开赛场的小门，手撑着场边的玻璃。

"早上好，美好的一天开始了。"许鉴摘下头盔，笑出八颗牙齿，傻不愣登地说。

要是以前，程小虹肯定觉得这么说话的许鉴是傻子，但现在她却从兜里掏出两个豆沙包，递给他一个："你要吃吗？

许鉴想了想，按说赛前最好不吃，但这是程小虹给的："吃！"

程小虹看他全副武装的样子，就把包子送到他嘴边："张嘴。"

许鉴笑眯了眼，正准备咬，远处的教练怒喝一声："许鉴！"

许鉴低声骂一句，匆忙间咬了一口包子，对程小虹抛了个飞吻，然后就滑到队伍里去了。

豆沙包很甜，甜到心坎里去了的那种甜，许鉴的心跳很快，快到好像必须大喊一声才能把这股兴奋劲儿熬过去。

程小虹看着手里被咬了一口的豆沙包，她抿抿嘴，挨着许鉴的牙印，也咬了一口。

唇齿间全是豆沙甜甜糯糯的味道，她找到位置坐下，旁边人问她："你是来看谁的？"

"17号。"程小虹慢慢地说。

"我也是！"坐在程小虹另一边的人说，"他超级帅！"

程小虹皱了皱眉。

"捂得这么严实，你们怎么知道17号很帅？"程小虹问。

"有人装成记者进去过队员休息室，看见17号很帅，笑起来像个小太阳。"女生解释道，"再说了，就算不知道他长什么样子，也是帅的，每次打架斗殴，他都能赢，有一次直接把人头盔都打掉了。"

程小虹吓了一跳："哈？"

"你第一次来看冰球吧。"

"是。"

"冰球的规则默认是打架。每支球队有一个专门负责打架的角色，挑衅对手，或者被对手挑衅的时候，他负责出来把事情摆平。"女生给程小虹科普，"但也不是每场比赛都要打，也分情况。"

"对，但一旦打起来，会非常精彩！17号一举成名就是因为上次他打得太精彩了，一拳下去，对手直接倒地。"

旁边女生还说了很多。

程小虹却听不下去了。

她脑子里只有一个画面，就是许鉴有一天，被别的人打掉头盔，额头出血，倒在地上……

说不清楚心里是什么感觉，反正挺烦的。

程小虹换了个坐姿，脸上看不出表情，继续小口小口地吃手里的豆沙包。

体育馆里气氛很高涨，灯光放肆，变幻着角度形状和强弱，全场扫射，引得看客热血沸腾。

刚开始的时候，程小虹根本看不清楚球在哪儿，许鉴在哪儿她更不知道，只知道满场找17号，刚找到没一会儿，又不见了。

等到周围人欢呼，惊叫，程小虹才跟着看过去，一群人围在一起庆祝，她知道是射门成功了。

慢慢地，程小虹看出点门道来了，逐渐也跟上比赛节奏了。至少不至于得等周围人叫了她才知道发生了什么。

总算明白为什么这么多人喜欢看冰球比赛了——太惊险刺激了。

一个球杆铲下去，冰屑子都起来了，扬起白雾一片。

一片朦胧里，运动员却丝毫不受干扰似的，继续滑着冰刀，贴着地快速前进，球场边围着透明玻璃，运动员之间毫不留情地直接面对面硬刚，剧烈的撞击，让玻璃都颤抖了，程小虹心猛地跳了一下。

许鉴刚刚上场没一会儿就被换下去了，现在他又上场了，估计是休息够了，一来就直接带球滑到右侧争球点，手起刀落，对方守门员都没反应过来，他直接进球。

全场沸腾。

欢呼声震耳欲聋。

许鉴一队的人也很激动——这是一场连他们自己教练都说"输定了"的比赛，实力差距太大，比分是 5:0，许鉴进的这一球，无疑让全队看到了希望。

程小虹看见场边围着的玻璃又抖了很久。因为许鉴的队员们欢呼着把许鉴挤到玻璃边，一群人蜂拥而上，挨个压了上去。

许鉴这一球进得很带动气氛，但没两分钟，他又被换下去了。

程小虹皱皱眉，喃喃自语："为什么又被换下去了？"明明打得很好啊，怎么老是被换下场。

"我们在这里看着好像挺轻松，其实特别累。"旁边女生好心地给她科普，"一般来说，正常的冰球运动员就打四十五秒到一分钟，然后就得下场休息。"

"啊。"程小虹明白了，"难怪刚才我看一队里就坐着乌泱泱二十多个人。"

岳鹿大学冰球队其实不弱，只是今天碰到的对手太强，许鉴下场之后，又被进了两球。

程小虹看得很心急，怕双方最后打急眼了，然后就开始打架。

比分变成 8:1 的时候，许鉴又上场了。

他滑着冰刀，快速地找到进球点，队友从远处一杆子把球打到他面前来，他刚准备接力把球打进球框，对手拦住了球，然后对他挑衅地扬扬下巴。

许鉴骂了一句脏话。

丢下球棍，伸手调了调头盔位置，许鉴滑过去，一拳把朝他扬下巴的人打倒在地，然后以压倒性优势直接把人按在地上捶。

场内先是惊呼，然后开始尖叫，吹口哨，灯光也很配合地来了个全场扫射。

两位裁判以母牛护犊子的姿势，站在许鉴和那个人的两边，看许鉴打得实在很顺利，对手没有能翻身反击的意思，裁判之一伸手把许鉴拉开，示意打斗结束，继续比赛。

没料到对方来了个阴的，趁着许鉴被裁判拉开的空当，一个翻身压过来，扒住许鉴的腿，把他放倒在地。

"嘘——"

"犯规——"

观众们沸腾了，嘘声一片。

裁判把拉许鉴那人罚下场，许鉴站起来后，身子有些不稳，左腿顿了一下。

程小虹心一沉。

苗苗接到程小虹电话的时候，真的吓了一跳。

苗苗一度觉得就算是学校教学楼塌了，而且就塌在程小虹面前，估计她也就是眨眨眼——因为灰尘进眼睛了。

这样一个剽悍强大到让人怀疑人类物种的生物，居然、居然会哭。

不，确切来说，没有哭。

只是哽咽。

"苗苗，许鉴、许鉴他打比赛受伤了……"

苗苗瞪大眼睛，顿时紧张起来。

"没事，你别急，放松，我们马上赶来。"苗苗一边说，一边催豹哥订票。

打比赛受伤了会发生什么？苗苗脑子乱成一团死结，是不是有专门的医生一直在场外等着的？电视里好像是那么演的，可是这是什么比赛？许鉴，冰球！最近冰球有什么比赛吗……

苗苗深呼吸一口气。

冷静。

豹哥很快就打听到消息，安慰苗苗道："别紧张，已经送到市二医院，进手术室了，伤到膝盖了，具体情况得去了才知道。"

苗苗听到豹哥声音，逐渐地平静了："好。"

"我从来没见过小虹这个样子。"苗苗愣愣地说。

"挺好的，"豹哥说，"我一直觉得她活得太飘了，没什么人气儿。"

两人赶往市二医院时，许鉴刚做完手术，麻醉还没完全退去，人也还没醒。

程小虹眼睛有些红，但除此之外，脸上看不出任何痕迹。

苗苗小心翼翼地问："怎么样？"

"医生说手术挺成功的。"程小虹抱着手，脸上又是从前那个冷静理智的样子。

苗苗一时之间不知道该说什么。

"你休息会儿吧。"苗苗去牵程小虹的手，"估计还得一会儿才能醒。"

程小红没动，她伸手拍了拍苗苗的手背，反过来安慰苗苗："没事。我坐在这儿心安。"

豹哥已经大大咧咧在旁边坐下了，还从裤兜里掏出一根棒棒糖，在那儿比着问苗苗："吃吗？"

苗苗怒目而视："都什么时候了，你还——"

没等苗苗说完，豹哥先凑上来，把苗苗拉到椅子上坐好："放松，他打冰球，从小到大受的伤还少吗？正常。"

苗苗没说话，盯着豹哥。

"真的。"豹哥撕开糖纸，拿棒棒糖点了点苗苗的嘴唇，"张嘴。"

见苗苗不配合，豹哥也不生气，干脆就一直拿棒棒糖划拉苗苗的嘴唇，来回碾："那时候才高一，他被对手打到满头是血，眼睛肿得哦，差点直接失明，那送下场的时候，看脸上面真的就写着四个字：不久于世。"

程小虹抱着胸的手收紧了。

她闭上眼睛，脑子里全是许鉴说"我的体育精神就是不在喜欢的女人面前丢脸"的样子。

栩栩如生，活灵活现……这些词儿都不恰当。

但不知道为什么，一想起许鉴，她脑海里就自动浮现出一个画面：阴暗湿冷的屋子里，窗帘"唰"地被拉开，阳光悉数洒进屋子里面。

"后来，慢慢地还是治好了。"豹哥说，"搞体育竞技的，不受点伤，那怎么可能呢？"

他还在拿棒棒糖逗苗苗的嘴唇。

苗苗烦了，就张开嘴，把棒棒糖吃进去了。

"那你也会受伤吗？"苗苗含含糊糊地问豹哥。

"我也是搞体育竞技的。"豹哥说。

苗苗明白了。

她有些心疼地看着豹哥。

豹哥就配合地把头埋在苗苗脖颈间，可怜巴巴地说："可疼了。"

苗苗简直不知道该怎么办，她手紧紧握着豹哥的手，不自量力地想要安慰他。

其实没受过什么大伤……豹哥有些心虚地想：他主要是短跑，不像许鉴那样要随时跟人干一架的体育项目，短跑能遇到的最大的伤就是起跑太急摔一跟头，顶天了就。

程小虹本来一开始想视而不见，现在觉得实在太扎眼了。

谁没事儿在病房里搂搂抱抱啊？

拍电影吗？

程小虹不耐烦地"啧"一声。

烦死了。

这两人真的一点眼力见也没有。

她别开眼睛，看着病床上的少年，麻木了很久很久的心脏，突然钝钝地传来了疼。

她从来不迷信，即使是得知妈妈得尿毒症了，她绝望之余也迅速地、条件反射地接受了。

还能怎样呢？

程小虹经常面无表情地想，最坏又还能怎样呢？

苗苗不知道什么时候，站到了她身边。

程小虹挑眉看苗苗。

"给你。"苗苗递给程小虹一个热水袋，"刚刚豹哥装肚子疼去护士站领了一个，你捂捂。"

说完也不见程小虹有动作，苗苗握着程小虹的手把热水袋递过去："冬天很冷，得取暖才行。"

程小虹鼻子突然就酸了。

她转动眼珠，把泪意憋回去。

"知道了。"

苗苗多此一举地提醒："我看许鉴就挺暖的。"

程小虹瞪苗苗一眼。

苗苗"嘿嘿"笑两声："你比我聪明，我觉得你肯定知道。"

是吗？

突然，病床上躺着的许鉴声儿很小地说："好饿啊。"

程小虹惊喜地道："我给你盛点汤。"她拿过一直备好放在床头的保温盒。

许鉴眼睛一亮："哇，难怪我突然饿了。"

程小虹把许鉴扶起来，靠在床头半坐着。

她一边给他盛汤，一边貌似不经意地问："你为什么会打冰球呢？"

许鉴咽了一下口水，这汤太诱人了，闻着感觉饿得抓心挠肺。

"我跟豹哥从小一起长大，他在短跑方面很有天赋，很早就被选进队里了，我正愁以后找谁玩儿呢，周末被我爸带去看了一场冰球比赛，然后就觉得这玩意儿太刺激了，居然可以万众瞩目地揍人，太拉风了！回去就拉着我爸说要进冰球队，我运气挺好，那会儿冰球根本没普及呢，教练正愁不够人组队，我很轻易就进去了。然后一晃，就这么过来了。"

许鉴心不在焉地解释着，眼睛直直地盯着程小虹手里的汤。

"你再考虑考虑，"程小虹面无表情地说，"如果理由只是可以'万众瞩目地揍人'的话，我现在立马把汤倒了。"

许鉴的尾巴都耷拉了。

他想了想，郑重其事地说："你确定吗？我可能马上要深沉一段，你不要被吓住。"

程小虹嘴角微微翘起："我可太想被吓住了。"

"就是——时间有限，每个人上场时间只有一分钟，激烈的冲突和对抗，没那么多虚招儿，是男人就干，在高强度和快节奏下，竭尽全力，踩着锋利的刀刃，精彩完成每一个一分钟。"

程小虹乐得不行："天啊，这话可太有深度了。"

许鉴面红耳赤的："我作文不太行！这话已经耗尽我全部功力了，你知道我酝酿了多久吗？"

"那你知道这段话其实可以套用在任何体育比赛项目上吗？"程小虹说。

许鉴瞠目结舌，一想，好像真是这个道理。

程小虹一直搅拌着汤，说话间也没停，现在估计没那么烫了，她把碗递给许鉴。

许鉴还在郁闷，他耷拉着眼睛委屈巴巴地接过汤，喝了一口。突然，他眼睛一亮，说："冰球是一个充满奇迹的项目！"

"怎么的呢？"程小虹很配合许鉴。

"就跟足球比赛的阿根廷、德国队一样，冰球里也有一个传统的强者，叫'棕熊'。但我喜欢的球队是'蓝调'，今年斯坦利杯总决赛，'蓝调'并不被看好，可是我觉得它可以战胜'棕熊'。世界上是有奇迹的，奇迹由看起来并不占优势的人创造。"

程小虹觉得许鉴真幼稚。

她有些刻薄地说："可是冰球联赛你们输了。奇迹没有发生。"

"那只是奇迹没有发生在我身上，"许鉴有些急，他觉得自己没有表达清楚意思，"不能因为奇迹没有发生在自己身上，就否认奇迹的存在。"

"你在跟我开玩笑吗？"程小虹一脸不理解，"奇迹如果没有发生在自己身上，那么它就是个倾国倾城的屁。"

许鉴说不过程小虹，只好举手投降："跟你传递个正能量可太难了。"

程小虹耸耸肩，说："喝你的汤吧。"

许鉴笑得眼睛弯起来："超级好喝。"

笑容太耀眼，程小虹一瞬间愣了。

苗苗对她说："冬天很冷，得取暖才行。"

程小虹垂下眼睛，她伸手给许鉴把被子掖好，起身站起来。

"你干什么去？"许鉴很紧张地问，"就走了吗？"

程小虹看着许鉴，向来寡淡清冷的眼神少有的有了温度。

"不走。"程小虹轻声说，"这屋子太暗了，我去拉窗帘。"

窗外阳光温柔，春天真的要来了。

苗苗是水瓶座，年没过几天，她生日就到了。原本豹哥是准备陪苗苗过完生日再回 A 市的，结果因为许鉴受伤，两人去医院看望后，豹哥就把苗苗先送回去了，自己留在了 A 市。

豹哥很重视这次生日。

毕竟这是苗苗和他在一起之后的第一个生日，他想，必须得让苗苗对这个生日永生难忘。

豹哥很少对一件事儿上心，一旦他上心，也就意味着完犊子了。

许鉴好几次开口，想让豹哥在准备之前，先看看网上的攻略，了解了解生活在人间的凡人们是怎么过生日的，但一看到豹哥那张依旧英俊但异常认真的脸，他什么话都说不出了。

"没事，豹哥你勇敢飞，苗苗肯定永相随。"许鉴鼓励豹哥也安慰自己。

"你说什么呢。"豹哥莫名其妙地看着许鉴，"我在踏实努力地创作生日计划书呢。"

许鉴上次冰球联赛腿伤着了，现在挂着拐，脚跟大爷似的翘在椅子上。

他拿起桌上的牛奶，插上吸管，喝了一口奶之后，看起来挺真诚地说："我很期待你的生日计划书。"

豹哥怎么看怎么觉得许鉴欠揍。

他手摸着下巴看许鉴，看了半天，知道哪儿欠揍了。

"谁让你喝奶的？"豹哥说，"那是给苗苗买的。"

"她现在喝奶也不长高了，我是伤员，骨骼需要恢复，正是补钙的时候。"

豹哥心烦地"啧"了一声，觉得许鉴就是个破坏他思路和智力的搅屎棍："喝完赶紧走，去找你的春天，给我一个安静的创作环境。"

许鉴傻乎乎一乐："我感觉春天半只脚已经踏进我怀抱了。"

"那可真是太好了。"豹哥敷衍地祝福他，然后告诉他一个残忍的消息，"我跟苗苗已经成了。"

"啥？"许鉴不可置信，"你不是说遇到红灯了吗？"

"红灯过了就顺畅了嘛。"豹哥说得很轻松。

许鉴知进退懂礼貌，现在豹哥进展比他迅速有效，所以许鉴立马虚心求教："豹哥，你快教教我。"

豹哥也不是个小气的人，他说："你得看女孩儿喜欢什么，我家苗苗喜欢长得好看的，我刚好长得好看，你说说，有招没招，都是上天注定的缘分。"

许鉴气得差点丧失理智。

什么人啊！

苗苗一早就醒了，明天是她生日，豹哥说下午带她出去玩。

"是去哪儿啊？"苗苗问。

"你到了就知道了。"豹哥神神秘秘的。

"你不要吓我。"苗苗想到那些年她看的言情小说，很紧张地说，"我买不起晚礼服。"

豹哥那边不知道在忙什么，没听见苗苗这句话，问了一句："什么？"

"我说，都可以。"苗苗羞涩地低下头，天可怜见，单身这么久，终于可以来个甜甜的偶像剧恋爱了。

豹哥没太明白苗苗在都可以什么，但他觉得自己女朋友得顺着，她说都可以那就都可以吧。

"好的。"豹哥彬彬有礼地说。

两个人同时一头雾水地挂掉电话，感觉宛如在隔着大山说话，但两个人心里又都特别甜。

豹哥兴奋地在屋子里蹦了蹦，谈恋爱的感觉真好。

他走下楼，爷爷正在拿着毛巾擦一个花瓶。

豹哥难得没嫌爷爷装知识分子，他心情很好地走上前，还捏了捏爷爷的肩膀，真心真意地说："爷爷，辛苦了！"

豹哥爷爷手一抖，花瓶差点从手里滑下去。他连忙抱紧花瓶："你缺钱了？"

豹哥跟受了多大侮辱似的："爷爷您怎么这么说我呢！"

"没缺钱就赶紧走，"爷爷很铁面无私，"在这儿影响我艺术鉴赏。"

"这花瓶不太行。"豹哥说得轻轻松松，"青花瓷釉料没有层次感，花瓶胚胎也不咋白润。爷爷您怎么想的，怎么买了这么个玩意儿回来？"

"瞎说！"爷爷说，"这用的是高白泥花瓶瓷胎！"

"这是人在蒙您呢。"豹哥拍拍爷爷的肩，"怎么别人说啥您信啥，我说什么您就老觉得我诡计多端呢。"

爷爷反省了一下，慢慢地琢磨出味儿了。

"你从哪儿知道的这些？"爷爷问豹哥。

"最近我女朋友过生日，我就钻研了一下这方面的内容。"豹哥云淡风轻地说。

"哦？有什么收获？"爷爷挑眉，看着豹哥。

豹哥不云淡风轻了。

他瞪大眼睛："爷爷，您没发现另一个关注点吗？"

"'钻研'？"爷爷认真想了想，"你是从小缺少了一点钻研精神。挺好的，现在开始钻研也不晚。"爷爷很欣慰地看了豹哥一眼。

"我钻研个鬼啊！"豹哥气得直跺脚，"我有女朋友了！"

爷爷笑得眼睛眯成细细的缝。

"早就知道了。"他说，"天天憋着的兴奋劲儿，我能看不出来？"

豹哥被戳穿后就有点羞涩了。

爷爷毕竟是过来人，豹哥觉得可以跟他分享一下："爷爷，我这次礼物准备得特别到位。"

"哦？"爷爷来兴趣了，"是什么？"

豹哥欲言又止："算了！我怕说出来就没那种震撼了。"

豹哥爷爷以为自己孙子在逗自己玩，他一巴掌拍向豹哥的后脑勺："嘚瑟劲儿！"

豹哥就是嘚瑟，他坐车到机场，飞到苗苗的城市，早早地去了跟苗苗约定见面的地方。

"我到了！"

苗苗的声音听起来有些喘："马上，我也到了。"

豹哥想到苗苗是在急匆匆地朝自己这边赶，他眯了眯眼，嘴角翘起来："没事，不急。"

苗苗怎么也不会想到，自己穿着一条背带裙，里面还搭着有小花边的白衬衣，这样淑女且适合约会的装备，会被告知接下来要去攀岩。

"要不我们去重新买条裤子？"豹哥也意识到这个问题了。

"没事。"苗苗咬牙硬撑，"我走过江湖，见的世面多。"

豹哥一下就乐了。

他捏捏苗苗的脸："钱塘江和青海湖啊？"

苗苗以前被豹哥捏脸，觉得捏就捏吧，反正也反抗不了，现在不一样了，她特别有偶像包袱地拍开豹哥的手："我脸上肉是不是有点多啊？"

豹哥觉得苗苗太可爱了，简直不知道还要怎么喜欢。

他把苗苗揽进自己怀里："刚刚好。"

苗苗被豹哥一揽，小脸儿就红了，乖乖地跟着豹哥走，手指扣着豹哥的衣角，把那块布都要拽变形了。

"别拽了，"豹哥伸手把自己的衣角解救出来，然后牵过苗苗无处安放的手，"你这男朋友的手空着呢，怎么不拽？"

苗苗有些不适应自己现在已经脱离单身这个境地，她低下头，小声地重复了一遍："男朋友……"

豹哥应该是听见了苗苗这句嘟囔，因为他突然笑得特别灿烂，他今天没戴帽子和口罩，一笑杀伤力比平时高起码三十倍。

苗苗被美色耽误得根本丧失了思考能力，当即晕头转向，豹哥带她去哪儿就去哪儿。

等她缓过来的时候，自己已经换好运动装运动鞋，面前是一连串山。

Part 13

"豹哥，牵我。"

"我们的第一次约会，必须与众不同。"豹哥对苗苗说。

"所以，所以就来攀岩了是吗？"苗苗一开始没觉得吓人，现在看着高山峭壁，猛地察觉到了恐惧。

"对。"豹哥认真地点头，"想象一下，会当凌绝顶，一览众山小。天地之间，只有你一个人，天地悠悠，怆然涕下！"

苗苗真的要"怆然涕下"了。

搞个对象这么难的吗？

她沉默了三秒："我们要不还是做朋友吧。"

豹哥拉住苗苗，哭笑不得："你敢！"

苗苗哭丧着脸，僵硬地站直身子，任由教练往自己身上系各种绳子，戴各种护具。

豹哥抱着胸，虎视眈眈地盯着教练，稍微有点身体接触，一双绿色的眼睛跟要喷火似的，呼呼往教练身上扇去。

教练心惊胆战地给苗苗把安全措施弄好了，然后松一口气，退开起码两米："来说一下注意事项啊，首先是不要乱，一个锁扣一个锁扣地系好了……"

苗苗听得很仔细，跟着教练的动作，在自己身上实践，那小模样让豹哥看得心特别痒。

他走过去，捏苗苗的脸，一腔赞美仰慕之情，找不到合适的语言抒发。

苗苗别过脸挣脱豹哥的手，最后一遍可怜兮兮地问豹哥："我们确定要做这个吗？"

"迟早都会到这一步的，"豹哥很坚定，"你怕也没用。"

"可是，我们刚确定关系不久欸。"

"但我们的感情已经深厚到这个程度了。"豹哥手捏上苗苗的肩，给她揉了揉，放松放松，"你放轻松，不要紧张。紧张对我们俩来说都没有好处。"

苗苗深呼吸一口气："行吧！"

她睁开眼，目光炯炯，直视高山。

"你干吗呢？"

"嘘。"苗苗转过头，食指伸在嘴边示意豹哥闭嘴，"我在跟山神交流感情。"

豹哥乐得不行，他眼底盛着笑意宠溺地看着苗苗。

"你怎么这么迷信啊。"豹哥等苗苗跟山神沟通完了，他说了一句。

"不是迷信，这叫采天地之灵气，吸日月之光华。天人合一，知道吧。"苗苗说得煞有介事。

豹哥又捏苗苗的脸："欸，你怎么这么可爱啊，大宝贝儿。"

苗苗被豹哥一句"大宝贝儿"给说昏头了，她傻乐了半天，手又悄悄绞上了豹哥的衣角。

豹哥都无奈了，他手包住苗苗的手："走吧，征服高山去了。"

高山把苗苗给征服了。

可怜苗苗悬在空中，离她最近的是风和岩石，手死死抓着挂扣，另一只手刚艰难地把锁扣系上，想到马上又要换手系另一边的锁扣，她就想一头撞晕在岩石上。到这儿还好，情况崩坏在苗苗换锁换累了，目光一瞟，往下一看，用"万丈深渊"来形容都是轻的。

苗苗当场被吓哭。

说什么也不往前走了。

"真是……脑子被鹌鹑蛋堵了才会想……想着要来搞这个攀岩，我要回家！"苗苗哭得上气不接下气。

教练本来在前方带队，听到苗苗的哭声，连忙转过身来，想去带一段苗苗，却看见苗苗被身后的一个高个子金发男生护得紧紧的。

他愣了愣，刚想说这个动作危险，下一秒那个男生手法专业地把自己固定在峭壁上，腾出手抱住女生，嘴里不知道说些什么，女生慢慢地就不哭了，两人重新开始走。教练松了口气，招呼一声："后面的跟紧了啊！"

苗苗还是很怕，尤其后来不只是沿着岩石上固定好的架子爬梯一层一层地往上爬，而是两根绳子上下横着固定在山上，攀岩者要踩一根绳子，手抓一根绳子走过去。

风一吹，绳子就跟着晃，天地广阔，能依靠的寥寥无几，踩错一步都可能直接掉下去。

苗苗眼睛里噙着一包泪，心想自己这是造的什么孽，摊上这么个不走寻常路的大爷，谁家第一次约会是把人架悬崖上让人走的啊。

她不停地深呼吸，心里把豹哥骂了个底朝天。

之所以没直接骂出来，是因为豹哥全程护着苗苗，一步一步带着苗苗踩点和挂绳。

苗苗瘪瘪嘴，行吧。

上到安全台，苗苗总算踩到实地了，她踏实了很多，这才察觉到自己腿被绷得有多紧，猛地一松劲儿，她腿软差点跪地上。

豹哥弯腰伸手把快跪地上的苗苗接到怀里，手固定着苗苗的膝盖窝，往上把人跟抱小孩儿一样举到自己面前。

他亲了亲她的额头。

"真棒！"豹哥软着声音哄苗苗，"我们已经走过来了。"

苗苗被豹哥这么一哄，胸腔里本来堆积成山的委屈和不解，全都没了。

她伸手抱住豹哥的脖子，把头埋在他颈窝里。

"你再叫我一声'大宝贝儿'我就原谅你。"苗苗闷闷地说。

豹哥笑了，湖绿色的眼睛里是几乎已经溢出来的柔情。

"大宝贝儿。"豹哥侧头亲一口苗苗的耳朵尖儿，"我的乖乖大宝贝儿。"

苗苗的耳朵尖儿红了，她把自己的头往豹哥脖颈更里面钻去，恨不得把自己埋在他怀里。

豹哥抱着苗苗往山下走。

风很冷，刮在身上像被冰冷的棉被抽了几巴掌；天很低，看着几乎要垂到山尖儿上；山很广，连绵不绝倚在大地上像沉睡万年的佛。

他当着天地无垠和山阔清风，凑到苗苗耳边说："一辈子很长，不知道你怎么打算的，反正我是决定跟你走下去了。"

豹哥眯了一下眼睛，一步一步抱着苗苗往下走，金色的头发被风吹起来像麦田。

"我们还会经历很多次孤立无援的境地，但我会像今天一样，陪你一起走过去的。我发誓。"

到了山底下，车子一早就等着了，司机师傅招呼着豹哥和苗苗坐上去。

"晚上吃什么啊？"司机师傅问。

"不知道呢。"豹哥理了理苗苗的刘海，"这附近有什么特色美食吗？"

"也就是一些野味，农家饭。"司机师傅说，"我二姨开了一家农家乐，按理说我现在该推荐你们去她那儿，但是啊，我这个人实在说不来谎。我二姨做的饭是真的难吃啊，你们一会儿随便找一家农家乐，进去吃，随便一家都比我二姨家的好吃。"

豹哥乐了："二姨知道您每天这么卖力宣传吗？"

"这要让她知道了我还能活到现在吗？"司机师傅嗨一声，"咱这就属于大公无私，舍身为他人。"

豹哥正在跟司机神侃呢，怀里的苗苗动了动。

豹哥低下头，苗苗睁着一双黑白分明的圆眼睛看着他。

就是这双眼睛，从她刚大一进来的时候，他就惦记上了。

整整四年，他因为懒散，因为嫌麻烦，因为不相信所谓的一见钟情，他人为地把这双眼睛压在心底。好在老天爷终归希望有情人终成眷属，在大学的末梢，把这双眼睛送到了他面前。

然后蝴蝶扑打翅膀，掀起了一场异常繁盛的海啸。

苗苗眨了眨眼睛，黑乎乎的睫毛上下靠拢又分开，白白净净的脸蛋上有因为闷在他怀里而出现的红晕，看起来粉粉嫩嫩的，像刚出笼的小包子。

在不久之前，他在寝室，看着苗苗趴在臂弯里睡觉，也是一个热气腾腾的小包子，他鬼迷心窍地想凑上去亲一口，被突然闯进来的许鉴打断。

现在这个小包子真的是他的了。

他第一次看她的时候，就注意到了她的唇珠，很圆，很翘，红红地落在嘴唇中央……

豹哥离苗苗越来越近。

苗苗眼睛也不眨了，胆怯羞涩地看着他，手紧紧绞着豹哥的衣角，紧张极了，但就算这么紧张，苗苗也没往后躲，她甚至主动往前凑了凑。

豹哥眼底一暗，心想这小家伙怎么这么招人喜欢。

就快要亲上的时候，出租车猛地刹了一脚。

两个人被惯性带的往前，苗苗还不小心撞上了车窗。

豹哥揉揉苗苗的额头，然后轻轻吹气，嘴里说："不疼不疼了。"

苗苗抿抿嘴，后知后觉地害臊了。她把头埋进豹哥怀里，不敢抬头看坐在前面的出租车师傅。

"意外意外。"师傅的语气听起来挺可惜的，"刚刚突然有只鸡冲过来了，不然不能打断你们。"

苗苗的脸"轰"地就熟了。

她小声地叫一声，手又开始绞豹哥的衣角。

豹哥把自己的衣服从苗苗手里解救出来："我这羽绒服都被你绞得不一样长了。"

苗苗不说话，过了好一会儿，她才悄悄地凑在豹哥耳边说："我也是。"

豹哥一头雾水。

什么"我也是"。

他有说什么需要……回应的吗？

豹哥突然就明白了。

他紧了紧抱着苗苗的手："连起来说一遍。"

"我也会陪你一起走过去的。"苗苗说，"不管有多难，我也是你的依靠。"

晚上吃完饭后，豹哥牵着苗苗的手往楼上小花房走。

其实也不是小花房，这是个农村常见的三层小楼，一楼连着院子当作是农家乐饭店了，二楼是主人家自己和客人住，三楼是个露天的坝子，上面木架子架着，晾点衣服，顺带给缠绕着往上的黄瓜、丝瓜一点支撑。挨着墙角的地方摆着几个花盆，里面种着各种不知道名字的花儿，现在季节不好，没开什么花，就几十盆绿叶子在那儿蹲着。

"我发现一个事儿。"豹哥皱着眉，"这地儿跟网上大众点评长得不一样，大众点评上这儿山清水秀民风淳朴，怎么——"

他避开一坨鸡屎："怎么不讲究呢。"

苗苗笑得眼睛弯起来："所以才民风淳朴啊，那么讲究就是都市生活了。"

豹哥叹一口气，他把手上拎着的蛋糕盒拿出来，摆在小桌子上。

"这还没到十二点呢，"豹哥有些遗憾，"你就知道我给你准备生日蛋糕了。"

"这么大这么方的盒子，再过一会儿就是我生日，此情此景，我要是还猜不出来这是蛋糕，你才应该着急吧。"苗苗开导豹哥。

"也是。"豹哥点点头，同意苗苗的看法，"我女朋友这么聪明。"

苗苗咳了咳，她还有些不自然——听到"男朋友""女朋友"这一类词儿的时候。

"反正一会儿你做好心理准备，我给你准备的生日礼物才是一绝。"豹哥说。

"是什么啊？"苗苗很好奇。

"不能说。"豹哥还是这三个字，"说了就不灵了。"

苗苗想到一个好浪漫的："你要送给我一个愿望吗？"

豹哥一挥手："那又不是什么稀奇事儿，我送的比那牛多了。"

苗苗眼睛亮闪闪的，心想一会儿可怎么办啊，豹哥这样子肯定是个大招儿，她一会儿惊喜的时候得做好表情管理才行。

"北京时间，十二点整。"豹哥跟行走的活闹钟似的，"迟苗苗的二十二岁生日，希望苗苗越来越快乐，越来越爱我。"

苗苗笑得肚子疼，就怕人一本正经地搞笑。

"好，我的礼物呢？"一吹完蜡烛，苗苗就迫不及待地问豹哥。

"喏。"豹哥递给苗苗一个长长的盒子。

苗苗接过去，感觉不算重，但也不太轻，总之一时之间猜不出是啥。

"你现在可以打开看看。"豹哥期待地看着苗苗。

苗苗打开了，是一个卷轴，她分不来好坏，但感觉质感可以，应该是好货，轻轻展开，是一副字。

"青巫峡幻真仙人的墨宝。"豹哥现在想想还有点激动，他抑制住激动，低调地补充道，"开过光的。"

苗苗目瞪口呆。

"怎么样，是不是觉得绝爆了。"豹哥又期待地看着苗苗。

"好多人找我问、找我要，我都没说、没给，就等着你生日呢。"豹哥邀功。

"谢谢豹哥。"苗苗还能说什么，亏她之前还在想什么一会儿惊喜了也要记得做好表情管理。现在这个形势，还管理个啥啊，不需要管理，她只想挤出一个看起来足够真诚的笑脸。

豹哥自己开心满意了半天，后知后觉地察觉到苗苗好像不太激动的样子。

他摸摸后脑勺，不确定地问："你喜欢吗？"

苗苗看着豹哥小心翼翼问的样子，她想，怎么会不喜欢呢，这个人太值得喜欢了。

"喜欢。"苗苗扑进豹哥怀里，"超级宇宙无敌霹雳爆炸喜欢。"

开学了。

苗苗坐的火车还没停稳，豹哥的电话就打来了。

"到了？"

"嗯，刚到。"苗苗笑着说。

"我在出口这儿等你呢，"豹哥声音里也带着笑，"还给你带了好吃的。"

苗苗加快脚步往出口走："是吗，那我走快一点。"

豹哥带了一个抹茶蛋糕，装在好看的小盒子里，苗苗一走进他的视线，他就拎着蛋糕盒子上去了。

他伸手接过苗苗手里的行李，把抹茶蛋糕递给苗苗。

苗苗本来不饿，一闻这味道就饿了。

她拿起勺子，把最尖儿上最甜的部分给豹哥，豹哥低头吃了一口："太甜了。"

苗苗自己吃了一口："你不喜欢吃甜的啊？"

"不喜欢。"豹哥今天又戴上了口罩帽子，个子又高，看起来跟机场明星似的，这一路上都是回头转头看他的。

苗苗突然就不吃蛋糕了，她把蛋糕装回盒子里，然后伸手："豹哥，牵我。"

豹哥愣了愣，立马牵住苗苗的手。

回了学校，豹哥把苗苗送到寝室楼底下。

苗苗看着这栋饱经沧桑的楼，心下无限感慨："再待三个月就离开了。"

豹哥说："对啊，这楼也修了够久了。好像刚建校就有它，是第一批修的寝室楼。"

苗苗说："我同学说今年刚好是建校 75 周年，好像能放假呢。"

"是吗？"豹哥捏捏苗苗的脸，"那你快想想想去的地方，我们一起去玩儿。"

苗苗发现豹哥真的特别喜欢捏她的脸，没交往的时候就开始捏了。

"我脸都被你捏大了。"苗苗皱皱鼻子，不满地说。

"那多好，圆乎乎的小包子。"豹哥变本加厉，两只手一起捏，"真的好软啊，你的脸怎么这么软？"

"你不如直接说我肉多。"苗苗抬手拍开豹哥的手，然后自己揉了揉脸蛋儿，"我要减肥了。"

豹哥没说好也没说不好，只是弹了一下她的额头："上去吧。把行李放了就下来，我在这儿等你。"

"哦……"苗苗瘪瘪嘴，她说自己要减肥了，豹哥居然没反应，这是什么意思，是不是说他真的觉得她应该减肥？

苗苗闷闷不乐地上楼，闷闷不乐地把行李放下，闷闷不乐地叹了一口气。

"全球变暖还不够严重吗，"程小虹早就到寝室了，调侃苗苗，"你还叹气，增加二氧化碳排放量。"

"小虹，你说我胖吗？"苗苗忍不住问程小虹。

"不胖啊。"程小虹左右上下看了看苗苗，"现在这样多好啊，软乎乎圆圆的，白白嫩嫩的。"

苗苗被这一段话打击得彻底丧失对生活的信心。

"你要相信你自己。"程小虹语重心长地对苗苗说，"有句古话不这么说的嘛：白白胖胖，充满希望。"

苗苗气得站起来："哪个古人说过这句话！"

程小虹笑得直不起腰，她拍拍苗苗的肩："你快下去吧，我刚看你家豹哥在下面等着呢，路过的人都在看他。"

苗苗一听这话，瘪瘪嘴，不太开心，手脚却利索地直接下楼了。

新学期开始，豹哥又开始训练了。

不得不说，豹哥的教练是一个很了解豹哥的人。

因为上学期种种事情耽搁，后来又放假了，所以实打实算起来，豹哥离开田径场其实挺久了。

所以归队后，教练先让豹哥来了几组负重纵跳、负重蹲跳起、负重深蹲和负重弓箭步交换跳试试。

"可以啊。"教练拍拍豹哥的肩，"宝刀未老。"

豹哥琢磨这话怎么那么不顺耳呢："我这青春正当时，哪儿就用得上这四个字了。"

"都二十五岁高龄了。"教练笑呵呵的，"爆发力目前看来还行，来，试试柔韧度。"

豹哥眼一黑。

他最怕的就是柔韧度。

教练好像根本看不见豹哥的挣扎和痛苦，笑呵呵地让人把侧体前屈的机器搬来了，然后指着机器，笑呵呵地对豹哥发出邀请："上吧。"

豹哥叹一口气。他坐上垫子，僵硬地把脚伸到挡板前，微微弯了一下身子。

教练愣了愣："你是开始了还是结束了？"

豹哥声音听着很虚弱："我结束了。"

"你这弯腰了吗你就结束了。寒假没练过吧？全回去了。"教练毫不留情地直接抬腿压上豹哥的背，"硬得跟老鼠夹子似的，柔韧度太差了。"

豹哥哀号一声："我腿废了！"

"忍着！"教练继续往下压豹哥的身子，"腿打直！"

最后松开的时候，豹哥额头上全是汗。

"没事儿吧？"教练又恢复了笑呵呵的样子，"休息一下。一会儿进行速度练习。"

豹哥瘫倒在垫子上，看着湛蓝如洗的天空，特别想苗苗。

训练一结束，豹哥就瘫在操场上给苗苗打电话，说自己累坏了。

"那怎么办？"苗苗问。

"我走不动了，"豹哥可怜兮兮地说，"你快来陪陪我。"

"可是我记得田径队训练的时候要封操场啊，我进不来。"苗苗说。

"没事，你就说是家属。"

豹哥挂了电话，嘴角还弯着，笑得很开心。

本来队员们训练结束了都可以走人了，但一听说豹哥的女朋友要来，都自发留下来了。

连教练都问豹哥："谈恋爱了啊？"

"谈了。"豹哥笑着点头。

"那刚好，我还怕一下子太累了，你适应不过来。"教练慈爱地拍拍豹哥的头，"现在去练练杠铃深蹲和杠铃半蹲跳吧。"

豹哥不可置信地看着教练："您刚才不说今天练完了吗？"

"那我不知道你恋爱了啊。恋爱的人浑身都是劲儿嘛，反正你现在也闲着，等你女朋友过来，去吧。"

教练笑呵呵地指了指远处的杠铃。

豹哥还是不可置信："您最近夫妻生活不协调啊？"

"这孩子，说什么呢。"教练笑得和蔼极了，与此同时，一点也没收力地踢了豹哥一脚，"快去练吧。"

豹哥不情不愿地去了，动作十分敷衍。

教练也不生气，笑呵呵地问豹哥："一会儿你女朋友来了，就让她看你这副样子？"

豹哥身子一顿。

豹哥以为这就是结局了，紧接着教练慢悠悠地开口继续说："马上有一个大学生运动会，你也知道，这是代表学校出战，我也不能让谁去就谁去。我是这么想的，田径组内弄个小比赛，谁第一谁代表学校去。"

教练喝了一口水："但是呢，如果你没拿到第一，没能代表学校去参加比赛，接下来这半年训练加倍——你呀，就等着和你那小女友鹊桥约会吧。"

豹哥当场模仿爱德华·蒙克的《呐喊》，瞪大眼睛，两只手捂住脸和耳朵，不敢相信自己听见了什么。

"教练您疯了吧？"豹哥惊恐地喊道，"宁拆十座庙，不毁一桩婚啊！"

"没读过书，不知道这话什么意思。"教练微微一笑，很是和善，"我只知道你要连个校第一都没拿着，我倒是想把你给拆了。"

苗苗提着一袋水过来的时候，就看见夕阳西下，豹哥特别认真地在那儿举着杠铃深蹲。

肌肉线条流畅，汗珠都诱人。

真帅。

现在想想还是不可思议，这么好看的男孩子居然是自己男朋友。

苗苗以为自己一出现，就可以吸引到豹哥的目光。

只是怎么也没想到，自己在这儿站着，宛如雕塑一样站着，站了得有三分钟了，豹哥还在那儿特认真地举杠铃。

苗苗目光复杂地看着那个杠铃，瘪瘪嘴。

算了，敌不动我动，男朋友不来，我就自己蹦过去。苗苗乐呵呵地跑到豹哥身边，从袋子里掏出一瓶尖叫和一瓶脉动。

"你喜欢喝哪一种的？"苗苗问豹哥，"我不太懂你训练该喝什么，但超市阿姨说男孩子一般喝这两种比较多。所以我就买了。"

"两个都要。"豹哥伸手把水接过去，"你买什么我喝什么。"

苗苗甜甜地笑了一下："我给你拧瓶盖吧。"

"不行。"豹哥不同意，"我是男孩子，要你给我拧瓶盖，我习武之人的颜面往哪儿搁。"

苗苗已经知道豹哥家里是开武馆的了，许鉴给她说的。

"那行吧。"苗苗点点头，又拎起地上的袋子，里面还有好多瓶矿泉水。

"你干吗去啊？"豹哥问苗苗。

"我把这些水给他们发了。"苗苗手拎着袋子，就用下巴指了指不远处的其他田径队队员——从一开始她走过来的时候，那群人就直勾勾地盯着她看了，看得她后背发凉。

"你管他们干什么。"豹哥皱着眉，"你管好我就行了。"

苗苗还没来得及说什么，队员们不乐意了。

"嘿，豹哥您怎么这样啊！"

"什么怎么就不管我们了？"

"对啊，苗苗心地善良，你怎么还阻止人的善行呢？"

豹哥长腿一迈，一脚踢上刚才说话的人："没大没小，'苗苗'是你叫的？"

那人捂着屁股，苦兮兮地道歉："错了错了，我一时嘴快，该叫'大嫂'的。"

苗苗本来笑呵呵地站在一旁看戏，觉得这群体育生七嘴八舌的真好玩儿，突然被叫"大嫂"，她立马就被口水呛住了。

她面红耳赤的，那群人还不放过她，纷纷在那儿大声喊"大嫂好"，有些戏剧冲突强烈的，居然还九十度鞠了个躬。

豹哥伸手拍苗苗的背，帮她顺气。

等苗苗缓过来了，他突然坏笑着凑到苗苗耳边，轻声说："被叫'大嫂'这么激动啊？"

"才不是！"苗苗瞪豹哥一眼。

刚咳过，苗苗眼睛还红红的，里面水水润润的，这么被瞪一眼，豹哥觉得自己骨头都酥了。

他突然就觉得身边这群一起训练了几年的队友特别碍眼。

"你们怎么还不走？"豹哥转过头，皱着眉问。

"这就走了？"队员们自然不乐意，豹哥的粉色场面，怎么能错过，"豹哥大学七年单身，一朝铁树开花，我们得蹭蹭这个喜气。"

"我还挂了9门课，你们要不也来蹭蹭？"豹哥挑眉，反问他们。

队员们相视一望，默默对豹哥竖了个大拇指，默默地收拾东西走人了，走之前还不忘一人拎走一瓶苗苗的矿泉水。

"啧，我才发现，大嫂给豹哥的水要贵一点！单身人士没有尊严，只配喝矿泉水。"

苗苗本来看人要走了，都从豹哥身后探出头了，听见队员们这么一嘀咕，她觉得脸上火辣辣的。

她拽拽豹哥的衣角："我们什么时候走啊？"

豹哥左手尖叫，右手脉动，对着其他人手里的矿泉水笑得特别嘚瑟。

听苗苗这么问了，他才低下头，收敛了一点嘚瑟之情："饿了？"

"还行。"苗苗说，"不是很饿。"

"今天有人送了我一点零食，"豹哥看着苗苗的脸色，"跟我去休息室拿吧。"

苗苗没多想："好啊。"

豹哥挠挠头："可是谁会送我零食呢？"他循循善诱，"男孩子一般不太喜欢吃零食吧。"

苗苗这才明白豹哥的意思。

她好笑地抱住豹哥："女孩子送的啊？"

"嗯。"豹哥乖乖回答，"我没想过要收哈，是去了才看见已经摆在我柜子上了。我百度了一下，说这种情况最好跟女朋友交代清楚。"

他伸手挑起苗苗的下巴，自己低头看着苗苗："我这处理方法对不对？"

"特别对！"苗苗笑得眼睛眯缝起来，"以后别的女孩子送你的零食，你都给我留着。"

豹哥点点头，说好。

过了一会儿，他突然意识到那话好像不太对，他像是要确定一下似的，问苗苗："不需要我直接拒绝？"

"不需要。"苗苗特别大度地摆手，"留给我，我喜欢吃零食。"

豹哥都气乐了。

"你这时候如果吃醋一下，我会特别开心。"豹哥说。

"没必要啊。"苗苗一副看得很开的样子，"喜欢你的女生海了去了，你看，就算知道你有女朋友了，还是有人给你送礼物，我这要一个一个醋吃下去，我不得酸死。"

苗苗说："再多的女生喜欢你我也不怕，只要你喜欢我就成。"

豹哥被苗苗这话说得心里软成一片。

他捏捏苗苗的脸，郑重其事地说："我只喜欢你。"

被很多女孩子喜欢的豹哥，现在面临一个重大的人生挑战：校内赛。

换到以前，他肯定会觉得自己神经病，区区一个校内比赛，居然让自己这么重视。

但是呢，这个校内赛关系到他跟苗苗的两人独处相会时间，间接影响着他们俩的恋爱健康发展情况——想到这里，豹哥就觉得一定不能掉以轻心。

他回到家之后，认认真真地在群里给自己的队员们发消息：

"郑重警告你们，周三的校内赛，你们谁敢跑赢我，我们就放学见。"

队员们回复过来的消息都是一串问号——

"有事吗？现在流行用这种方式侮辱人吗？"

"有事吗？我以前也没放水啊，但就是输了啊？"

"有事吗？我现在实力已经允许我放豹哥水了吗？"

豹哥稍稍放下了心。

也是，自己跑成什么样，也不是不知道，何必搞这些花里胡哨的。

但在群里，豹哥还是严肃正经地咳了咳："少来这一套。"

然后，他又画蛇添足地补了一句："我倒也是知道你们跑不过我。"

队员们一阵沉默。

良久，刘守才小声地说了一句："要不是这个群里时不时地会发红包，我真是何必受这窝囊气！"

下面齐刷刷地刷起了"加一"。

校内赛豹哥不负众望也是情理之中地拿了第一，代表学校去参加大学生运动会，为了庆祝，豹哥说要带着苗苗去吃饭。

苗苗手又在绞着豹哥的衣角，豹哥现在已经不管这事儿了，爱绞就绞吧，反正有钱，绞坏了再买。女朋友开心最重要。

"我带你去吃正宗的豆浆包子和油条。"

"现在还有呢？"苗苗问。

"现在八点半。"豹哥抬手看了看时间，"有呢。"

苗苗其实不太关注正宗的豆浆包子和油条，她比较在意另一件事儿。

"你怎么会喜欢我呢？"苗苗问豹哥。

"大清早你就开始叩问我灵魂了啊？"豹哥被这个问话问得措手不及。

"你不要转移话题好不好？"苗苗今天不买账，她眼巴巴地看着他，一副真的很想知道的样子。

都这样了，豹哥还能怎么办。

刚好现在路过教学楼，他伸手拉过苗苗，把苗苗带到教学楼后侧，斜斜靠在墙上，侧着围住苗苗。

"你大一刚进校的时候是不是迷路了。"豹哥问苗苗。

"嗯。"苗苗思考了一下，确实是迷路了，新生接待处在正门，她来的时候正好人手不够，她怕给人添麻烦，所以问了学姐大概方向在哪儿她就走了，打算自己找寝室楼。

"我当时就坐在那儿，"豹哥指了指远处的围墙，"看见你跟个蜗牛似的，慢吞吞地挪着走，然后方向还走反了。"

"啊！"苗苗叫一声，"那个明明很热还戴着口罩帽子的怪人就是你！"

豹哥眨眨眼。

"我刚才有点没听清，你再说一遍呢？"豹哥把口罩摘了，帽子往后反戴着，露出五官，往苗苗这儿凑近。

苗苗咽了一口口水，太久没被豹哥威胁过了，她都快忘了之前没确定关系前过得有多丧失主权。

现在都是……情侣了，可以争取主权了吧！

苗苗给自己加油打气。

"我错了。"苗苗诚恳地道歉，"我真的错了。"

豹哥嘴角微微翘起，笑得很邪气。

"你怎么还是这么尻。"他捏捏苗苗的脸。

"不要捏了。"苗苗伸手揽住豹哥的脖子，踮起脚亲了一口豹哥，"原来我大一时候你就喜欢我了啊。"

豹哥虽然自己没意识到也没思考过这个问题，但关键时刻他脑子特别好使，嘴特别甜。

"对啊，我暗恋你四年。"

苗苗笑得眼睛眯成一条缝："真的假的。"

"真的。"豹哥温顺地点头，然后指指自己的嘴唇，"快，奖励我一下，再亲一个。"

苗苗又踮脚亲了一下，只是这一下亲了就没松开。

"来，教你一点大人的亲法。"

Part 14
"多么血气方刚的一个年纪啊！"

豹哥揽着苗苗的腰，固定住她，让她踮脚不那么累，然后舔了一下苗苗的唇珠，嘴角微微翘起来，跟他想的一样，果然很软很甜。他松开唇珠，叼住苗苗的唇，左右辗转，亲得特别黏糊。

"光天化日！干吗呢你们！"一个十分耳熟的声音，特别不衬景地炸开。

豹哥叹一口气，眼睛里冒着杀气转过头去，一看，果然是许鉴那缺心眼儿的玩意儿。

"哦哦……豹哥，嘿嘿，欸，这，我不知道是……"许鉴苦哈哈地摸着后脑勺，一步一步往后退，"我以为是谁呢，你这帽子又往后戴的，根本没看见你金毛，不，金发……那啥，豹哥，我先走了！"

本来苗苗特别害羞地躲在豹哥怀里，听到"金毛"两个字她就乐了。

"哟！苗苗你也在哈！"许鉴看苗苗从豹哥怀里钻出来了，以为自己有救星了，特别开心地打招呼。

豹哥黑着脸，想踢死许鉴："废话！她不在我跟谁亲？"

苗苗脸又烧了，她胡乱地对许鉴招了招手，意思是打了招呼了，然后就又开始绞豹哥的衣角。

"我先走，我错了，我单身，我嫉妒，我刚才就吃饱了撑的没事儿号一嗓子，你们继续！"许鉴念了这一长串儿，他趁豹哥现在衣角被苗苗绞着的，暂时脱不了身，反应很是迅猛地蹿开了。

等许鉴走远了，豹哥抬手把苗苗抱起来压在墙上，平视苗苗的眼睛："那我们继续？"

被许鉴这么一打岔，苗苗冷静了很多。

她觉得刚才豹哥是在哄她开心。

"如果我大一的时候，你就喜欢我了，"苗苗问，"那怎么你上学期才找到我？"

"我天天在田径场挥洒汗水呢，我们俩又不同院儿，学校这么大，根本不会有交集。"豹哥说。

苗苗只要冷静了，那么是真的冷静。

"少来。"她看着豹哥的眼睛，"以你在我们学校的号召力，如果你真的想找到我，根本不难。"

豹哥看含糊不过去了，只好老实地说："其实你大一那时候只是给我留下一个印象了，没到刻骨铭心的程度。而且我也挺不相信就那么多看了你一眼，然后就喜欢了……多扯啊这事儿。后来训练啊、玩儿啊什么的，注意力一被分散，就把你给忘了。"

苗苗瘪瘪嘴："你也太真实了。一点都不浪漫。"

"嘿，你说说你，是你让我说实话的！"豹哥捏苗苗的脸，"这位小老师怎么回事？"

苗苗很久没被豹哥叫小老师了，陡然被这么一温习，有点害臊。

想了想，她也觉得自己挺莫名其妙的，于是伸手抱住豹哥的脖子，踮起脚要亲豹哥："好啦，我错了。"

"以后我还能不能说实话了？"豹哥不让苗苗亲，扬起下巴，苗苗只亲到了豹哥的喉结。

"能能能！"苗苗埋下头，蹭豹哥胸口，"哎呀，我错了，你原谅我嘛。"

豹哥觉得自己血管里好像有辆车子在横冲直撞。

他把苗苗推开了一点。

"你先让我缓缓。"

"啊？"苗苗没明白豹哥意思。

"我留级了三年，今年二十五岁，你知道吧？"豹哥说。

"知道啊。"苗苗点点头。

"多么血气方刚的一个年纪啊！"豹哥暗示苗苗。

苗苗愣了愣，大概过了三秒，猛地明白了豹哥什么意思。

她脸"噌"地就红了，然后满脸通红地往后跳了一大步。

"你……那、那你缓缓。"

豹哥看了一眼慌张的苗苗，乐了，伸手把苗苗拉到自己身边，两个人并排靠在墙上。

"想想挺悬的，要不是上学期我突发奇想去了趟图书馆，我们可能到现在都遇不上。"

苗苗深以为然，喜欢真的是一件特别靠运气的事儿："太惊险了。得亏你突然去图书馆了。"

二食堂一楼短头发阿姨家的豆浆，一食堂二楼左脸有颗痣的叔叔家的包子，三食堂三楼卖饺子旁边的那家的油条。

苗苗是真的吃上了才知道原来味道真的不一样。

"那时候我被狗咬了，让你给我带豆浆包子和油条，你根本就是随便买的，我一吃就知道。"豹哥翻旧账。

"嘿嘿。"苗苗咬了一口酸菜包，"我以为你吃不出来呢。"

"怎么可能吃不出来。我就是舍不得再折腾你。"豹哥给苗苗的豆浆插好吸管，"你还老说我刚开始的时候欺负你，你自己看看，我哪一回不是欺负着逗着然后自己先心软算了的？"

苗苗被豹哥这番话说得特别感动。

她伸手拉住豹哥的袖口："你怎么对我这么好啊？"

豹哥的妈妈从小就告诉豹哥，一定要警惕经常夸自己的女孩儿，因为女孩儿可能就是想让他做事儿。

豹哥记得清清楚楚，但这是苗苗欸，苗苗在夸他，那还有什么可说的，他兴高采烈地继续奉献了。

"你是喜欢吃干油条，还是喜欢把油条泡在豆浆里？"

"都行。"苗苗很没有主见，"两种的我都觉得可以。"

豹哥就把一半的油条泡在豆浆里，一半的油条不泡，直接放在盘子里。

苗苗一看豹哥都这么贴心了，她要是不吃完还是人吗？

她就吃完了，然后撑得腰都直不起来。

那边豹哥还在思忖呢："苗苗原来你饭量这么大，那之前你跟我在一起吃饭的时候是不是就没吃饱过啊？"

"不是。"苗苗说，"我吃饱了的。今天我是吃撑了。"

"那刚好，来吧，散散步。"

学校的人工湖有三片，据说在空中看是一朵丁香花，反正就是挺大的，周围隔段距离就有一个长椅，供文学青年和情侣们享用。

但现在这个季节没什么人，太冷了。春天还没来，人工湖上面冰都还特别厚一层，上面又铺了层新雪，好多人都在上面写一些"××喜欢×××"这样的话。

苗苗手被豹哥握着，随口说了一句："感觉很浪漫欸。"

"什么？"

"在这个湖上面写字儿告白，"苗苗说，"来来往往的人都可以看见这份喜欢，女孩子就算不喜欢那个男孩子，面儿上再怎么嫌弃，心里也一定暗戳戳地很开心。"

对此，豹哥特别高贵地说："这有什么。幼稚。"

苗苗想了想豹哥的架势：一不小心就把人整到悬崖边让爬过去，比起来这个湖面上写字确实不算什么。

她笑了笑，叹一口气，说："好冷啊！"

豹哥于是松开牵着苗苗的手："那你把手揣进衣兜里吧。"

苗苗眨眨眼。

偶像剧剧情终于要发生在自己身上了！

她羞涩一笑，垂下眼睛，羞答答地把手揣进豹哥衣兜里。豹哥手也正往衣兜里放，刚好和苗苗的手撞在一起。

"你羽绒服没有口袋吗？为什么要往我的口袋里放手？"豹哥问苗苗。

苗苗深呼吸一口气。

她觉得自己要窒息了。

"对哈。"苗苗很是尴尬地把手从豹哥衣兜里抽回来，"不好意思啊。"

豹哥很大方："没事儿！"

没事儿你个棒槌。

苗苗微笑着想。

又围着湖走了半圈，豹哥突然反应过来。

他瞪大眼，恍然大悟。

"你刚才——"

"刚才什么也没发生。"苗苗这话说得斩钉截铁。

豹哥嘿嘿一乐，他把苗苗的手从她自己的衣兜里拽出来，然后握着苗苗的手，装进自己口袋里。

"我第一次谈恋爱，"豹哥亲了一下苗苗红彤彤的耳朵尖儿，"有什么不熟练的地方，你多多担待。"

"好……"苗苗手指抠了抠豹哥的掌心。

豹哥笑了："暖和不？"

"暖。"

苗苗笑眯了眼，两个人顺着人工湖一圈一圈地走。

风还没消停，确切来说，风在冬天里就没有消停的时刻，尤其这座城市临海，冬天风一吹，特别冷。

这是苗苗在这座城市待的第四个冬天，却是第一次觉得，冬天好像也不是那么冷。

"我高中的时候认识一个学姐，我反正特别喜欢她。"苗苗慢慢地说，"她后来跟一个挺出名的沉香雕刻师在一起了，现在日子过得甜甜蜜蜜的。她说过一句话：爱情就是随时随地让你想到'天长地久'这一类词语的东西。"

苗苗嘴角噙着一抹淡淡的笑："我记得特别清楚，因为当时她跟我说这话的时候，我心里只浮现了三个字：好肉麻。"

"可是现在我也肉麻了。"苗苗手指又轻轻地挠豹哥的手掌心，"我现在脑子里就飘着'天长地久'这个词儿。"

豹哥握紧苗苗的手："我不太喜欢说承诺，总觉得说出来以后肯定就会被打脸。"他笑了一下，"我们不说天长地久，我们直接成为天长地久，好不好？"

"好。"苗苗也握紧豹哥的手。

晚上，岳鹿大学里面特别安静。

橙黄色的路灯一盏一盏地立在道路两旁，风很轻，吹在人的头上，感觉特别温柔，好像是被纱布笼罩在了头顶。

人工湖上面的雪还很厚，一个人影从湖边跳了下去，看得出来是有计划在进行活动的，他拿着一根很粗的棍子直奔湖中央。站在那里看了很久，最后拖着棍子在上面写了什么东西，还来回描了几遍。

苗苗第二天早上起来，人有点蒙。昨天在湖边散步散久了，现在好像有点感冒。

正在想感冒了应该吃点什么，程小虹突然就很激动地拍她的床。

苗苗被吓了一跳，能让程小虹这么激动，那该是多大的事儿啊。

"地震了？"

"比地震还震。"程小虹笑得很幸灾乐祸，"你可以啊，言情小说女主角的待遇，终于给你安排上了。"

"啊？"

"两男争一女，女主夹在男一男二之间左右摇摆，不知道该怎么办。"

"啊？"她就睡了一觉，怎么感觉世界天翻地覆了。

"你打开微信刷一圈儿朋友圈就知道了。"程小虹说，"你是豹哥的女朋友，全校都知道吧，结果今天学校人工湖上面有个不知道哪儿来的胆儿大的，公然向你告白。"

苗苗拿手机刷朋友圈。

果然大家都在转。

"@ 豹哥。有人抢你女朋友。"

"@ 豹哥，你老婆被人惦记上了。"

苗苗点开图片一看，冰封的雪地上，写着大大的几个字——

秦锐天长地久喜欢迟苗苗。

苗苗愣了愣，然后抿抿嘴，嘴角的笑意根本压不住。

秦锐天长地久喜欢迟苗苗。

苗苗觉得头上像洒下了五彩纸屑一般，特别开心，心里特别满，高兴得快要爆炸了。

秦锐天长地久喜欢迟苗苗。

太满了，太开心了，以至于苗苗突然觉得鼻子有些酸，她吸了一下鼻子，捂住心脏，你矜持一点，再这么激动下去，可能就猝死了。

苗苗把手机压到枕头下。

整个人重新倒在床上，瞪着天花板瞪了三秒，突然掀起被子盖住自己，又是三秒的沉默，然后兴奋地在床上乱蹬。

你有没有遇到过这种情况。

你的外号特别响亮，大家都叫你外号，然后有一天，你突然用个本名，你猜怎么着，没有人反应过来，那个人是你。

豹哥死都不会想到，自己整了个这么浪漫的事儿，最后会是这样的结局。

苗苗整个脸都埋在豹哥怀里，笑得耳朵都红了。

"你怎么会突然想起来在湖上面写字啊？"苗苗擦了擦笑出来的眼泪，从豹哥怀里抬起头，一双黑白分明的眼睛弯弯的。

"你不是说在湖面上告白很浪漫吗？"豹哥很委屈，"我浪漫了，怎么结果成了这个样子。"

苗苗这才想起，昨天一起散步自己随口说的话，被豹哥记住了。

"可你不是挺嗤之以鼻的吗？"苗苗垂下眼睛，手又开始绞豹哥的衣角。

"啧。"豹哥捏捏苗苗的脸，"你当着我的面夸别人，我嫉妒嘛。"

最后一个"嘛"字儿拖得太长，有种他在撒娇的错觉。

苗苗眨眨眼："豹哥，我发现你其实特别可爱。"

"我还特别英俊帅气。"豹哥说，"我这人身上优点特别多，你快多发现一点。"

这事儿都过了好几天了，苗苗想起来还觉得搞笑。

她问豹哥："你的本名都已经被大家忘了，对此你有什么看法？"

豹哥已经从这次失败的浪漫行动里走出来了，他呵呵一笑，很温和很好说话的样子，"不会啊，我的本名怎么会被忘了。当时你在你的小本本上面叫我的大名不是叫得挺顺畅的吗？"

苗苗欲哭无泪："哎呀，你怎么这么记仇啊？"

豹哥学着苗苗说话的语调："哎呀，我就是这么记仇，所以你一定要对我好一点。"

就算春天来得再迟，但是它最终还是会来。

又是一年春暖花开，学校的75周年校庆活动终于来了，许鉴从知道这个消息开始就特别兴奋。

"豹哥豹哥，走，我们去搞个节目，当作给自己大学生活的纪念。"

"你有病啊？都要毕业了，为什么还要去搞这些？"豹哥骂许鉴。

许鉴说："正因为我们要毕业了，所以才要去。就算在台上丢脸，挂在台上了，但问题不大啊，我们拍拍屁股，就走了，谁还知道我们姓甚名谁。"

豹哥一想，觉得许鉴说得有道理。

他拍拍许鉴的肩膀："加油，我支持你，你去做吧。"

许鉴就很蒙，愣愣地问豹哥："你不跟我一起去吗？"

豹哥笑得很慈祥，一副款款情深的模样："我不太行。

"我得谈恋爱。"

许鉴气得牙都酸了。

他愤怒地瞪了豹哥一眼。

豹哥浑不在意地耸耸肩，闲适地说："你也知道，哦，你不知道，我们谈恋爱的人都很忙的。"

许鉴中午气得多吃了两个馒头，教练都惊着了："鉴儿啊，你都吃十八个馒头了，喝点水吧，我怕馒头再给你挤成结石了。"

许鉴恶狠狠地咬一口馒头，眼睛里是必胜的光芒："教练！我想谈恋爱！"

教练骂了一声，愤怒地敲许鉴的头："别人都是'教练，我想打篮球'，你在这儿简直就是侮辱体育精神，赶紧滚！"

许鉴哀愁地走在初春的校园里。

其实想想这种状态还挺愁人的。

他和程小虹算是怎么回事儿呢，情侣吗？不太像。平时有的时候一周也见不着一次面，见了面也没有说什么话；但是你要说不是情侣，可她都已经给他做饭了，而且她对别人态度都爱搭不理的，但是对他态度特别特别好。

许鉴想那自己应该算是程小虹的一个很特殊的存在吧。

嗯，肯定是这样。

许鉴给自己加油打气。

他给自己的定位是 special boy（特殊男孩），豹哥身上的恋爱酸臭味太浓，许鉴为了不甘示弱，只能说自己是 special boy。

晚上的时候，许鉴给程小虹发消息。

"今天一天过得怎么样？"

"也就那样。"程小虹回消息回得不算快，但好歹还是回了。

许鉴就不知道该说什么了，但是又一想，程小虹就是这样的性格呀，如果他再不继续问的话，那就更没有机会了，因此他又接着问：

"学校 75 周年校庆你要参加活动吗？"

程小虹反问他一句："你觉得我会去参加活动吗？"

许鉴沉默了一秒，然后声儿有些低地发语音，说："我觉得你好像不会去。"

程小虹也回过来一条语音："对呀。恭喜你猜对了。"

许鉴听程小虹声音里全是疲惫，愣了一下，觉得自己实在没有委屈的理由，现在以程小虹的状况，跟谁都不太可能谈恋爱。

他打了语音电话过去："那我参加校庆，上台表演节目，你会来看我吗？"

程小虹问："你要表演什么节目？"

"你希望看我表演什么节目？"

程小虹在屏幕那边手托着下巴，想了半天，觉得其实许鉴表演什么应该都不错，于是她开玩笑说道："我还挺想看脱衣舞的。"

"你居然觊觎我的肉体！"许鉴一副很惊恐的样子。

　　程小虹打了个寒噤，男孩子做作起来是真的要命啊。

　　"行了，我错了，你当我没说过，想表演什么就表演什么。"

　　许鉴还在那边演技爆发，一副羞答答的样子，娇嗔着声音说："哎哟，其实你不用觊觎啊，我是你的，一直都是。"

　　得，还用上了时下流行的青春偶像剧台词。

　　程小虹面无表情地骂了句脏话，然后毫不犹豫地挂了电话。

　　真的是个神经病啊，程小虹想，但这个神经病让她挺快乐的，好像没那么累了。

　　她笑了笑，耸耸肩，深呼吸一口气，锁上店门，回家去。

Part 15

"给我剥一颗糖吃，甜蜜温暖一下我受伤的心灵。"

冬天的脚步似乎越来越远，春天就这么悄无声息地来了。

整个春天，许鉴都特别亢奋。

豹哥看许鉴实在太亢奋了，他忍不住泼冷水："是说会迎来转折点，没说是往好转还是往不好的转呢。"

许鉴呸呸呸三声："肯定是往好的转。"

"这种算命算桃花的，你就听一乐呵就成。"豹哥说，"你怎么还说啥信啥呢。"

许鉴微微一笑，不过多解释自己的心虚和不确定。

废话，要是他跟程小虹能像豹哥跟苗苗一样已经稳定了，步入甜蜜爱情了，他还去求什么别人。

"豹哥，你真的不跟我一起弄校庆节目吗？"许鉴又问了一遍豹哥。

"不。我要谈恋爱。"豹哥又回答了一遍。

于是许鉴又酸了一遍。

不参加就不参加，许鉴靠自己也能整个万众瞩目的节目。

最近所有人都知道，许鉴跟活了二十二年，突然意识到音乐的美好似的，天天戴着耳机，一副不理世事的样子，嘴里还时不时跟着哼一些不知道什么玩意儿的歌。

豹哥怕许鉴就此丧失"智商"这个东西，特别担忧地问许鉴："鉴儿啊，你最近很反常啊。"

许鉴摘下一只耳机："啥？你说啥？"

豹哥沉默一秒，关心这种东西第一遍的时候最自然顺口，要是再重复一遍的话，就显得特别做作。

"没事儿。"豹哥说，"你继续。"

"好嘞！"许鉴继续戴上耳机，在那边自顾自哼哼哈哈。

豹哥偷偷在微信上问苗苗："你跟程小虹认识得比较久，你觉得许鉴能成功跟她在一起吗？"

苗苗最近也在思忖这个问题。

"应该可以吧。"苗苗认真想了想，"喜欢程小虹的人特别多，但没几个能把她约出去。"

豹哥哀愁地叹一口气："许鉴最近有点疯魔了，天天戴着耳机不知道在搞什么。"

苗苗在手机那头笑："豹哥，我发现你对许鉴其实挺好的。"

"吃醋了？"豹哥期待地问苗苗。

"没有。"苗苗发来笑哭的表情，"我吃你跟他的醋干吗啊？"

苗苗觉得豹哥这个人真的很幼稚，谈恋爱谈得好好的，非得纠结她从来没吃过醋这事儿，老是在那边嘟囔她不吃醋说明不够喜欢他。

我才不会吃醋呢。苗苗咬一口苹果，吃醋的人都是对自己没信心的人。

后来豹哥和苗苗有了个小孩儿，叫绵绵，可爱软糯，从小到大就缠着豹哥。苗苗怎么也不会想到，自己有一天会和自己的孩子吃醋。

"吃醋的人都是对自己没信心的人。"豹哥手撑着下巴，调侃地看着苗苗，"嗯，这话是你说的吧？"

"你烦死了！"苗苗大吼，扑过去打豹哥。

一直到校庆的前一天，豹哥才知道，原来许鉴一直戴耳机是在学 BBOX（节奏口技）和说唱。

事情是这样的：许鉴突然神神秘秘地把豹哥拉到角落，羞涩地问豹哥想不想提前看看他准备的校庆节目。

豹哥本着照顾儿子的心情，很有耐心地答应了。

然后，豹哥就目瞪口呆了。

许鉴说说唱里面蕴含了他的真心，只能在明天，当着所有人的面，对程小虹说，但可以先 BBOX 一段。

表演完，许鉴双眼亮晶晶地望着豹哥。

"怎么样？"

豹哥用手抹了一下脸，沉淀了一下自己的心情，最后挑了句不是脏话的话，说："您这劲儿是真不小啊。"

许鉴恼羞成怒："潮流前沿，时尚先锋懂不懂！"

"你这潮流被山堵了两年现在才来？"豹哥说，"《中国有嘻哈》都过去那么久了，你怎么还开始复古整 BBOX 了呢。"

"我不说了我还有一段说唱嘛。"许鉴无力地辩解，"复古和摩登的完美结合。"

"关键这说唱的风也快刮完了啊。"豹哥眉头皱得死死的。

"那之前正刮的时候，我不是没有情感抒发的对象嘛。"

豹哥想了想，融会贯通了，知道许鉴是要干什么了。

他沉默了一下，试探地问许鉴："你要在台上对程小虹告白？"

许鉴挺不好意思的："我表现得这么明显吗？"

豹哥不知道该怎么说。

他就是觉得，之前自己跟苗苗没确定关系前，自己脑子不清醒听了许鉴的话，以他的话作为行动纲领去接近苗苗这件事儿，挺惊险的。

豹哥拍拍许鉴的肩，一时之间"槽点"太多，不知道该怎么纠正了。

"你自求多福吧。"豹哥怜悯地看着许鉴，但愿程小虹不要因此与你死生不复相见。

"什么意思？"

许鉴没明白豹哥的意思。

说什么自求多福，豹哥从小就被逼着背古诗词，所以嘴里老是不自觉冒几句古文，许鉴没几句能听懂的，但是根据上下文，稍微阅读理解一下，也能猜出豹哥大概想表达个什么，但是这一次，许鉴是真的没明白豹哥说的是什么意思。

"没什么。"豹哥深深地看了许鉴一眼，然后转头去跟苗苗打电话了。

苗苗接到豹哥的电话，听到的第一句就是："我向你郑重地道歉。"

"怎么了？"苗苗被豹哥整得很紧张。

"之前追你的时候，我一时鬼迷心窍信了许鉴的邪，按照他说的话去追你。"豹哥沉痛反省，"是我错了。我现在看他追程小虹那方式，我是真的看不下去。之前，我要是有什么做的莫名其妙的地方，你包涵一下，我正常情况下不那样。"

"还说呢。"苗苗瘪着嘴说，"你这整个追我的过程都属于蒙混过关，仗着我也喜欢你，追得一点也不走心，还动不动就凶我。其实我一点也不好勾搭，一般男孩子我都不理的。"

豹哥也很冤枉："我也第一次追人嘛，我连喜欢人都是第一次，荀子都说了，'人之生固小人，无师无法则唯利之见耳。尧禹者，非生而具者也，夫起于变故，成乎修为，待尽而后备者也。'"

苗苗眨眨眼："你有时候有文化得我都害怕。"

豹哥乐了好半天。

"今下午我得留下来训练，教练最近不知道怎么了，跟疯了似的，好久没这么高强度训练了。"

"是不是最近有什么比赛啊？"苗苗问。

"嗯，有个大学生运动会，分专业的和非专业两组，专业组教练派了我。"

"感觉挺大一比赛呢？"苗苗不懂这些比赛，她挠挠头，"我感觉你教练挺温柔的啊。"

"都是假象。"豹哥很冷静，"其实是特别狠的一个人。"

"我一直以为许鉴那个教练比较吓人，有一次我去找许鉴，看见他教练在那儿抱着手站着，面无表情，特别魁梧。看着就挺凶神恶煞的。"苗苗说。

"其实许鉴那个教练还好，看着凶。"豹哥悔不当初，"我那会儿也被他们的表象给欺骗了，还在那儿笑许鉴呢，说他摊上这么个教练，以后肯定特别惨。"

"那你结束训练得什么时候啊？"苗苗很心疼地问豹哥，"要不我给你带点儿吃的过来吧。"

下午，苗苗拎着一袋子吃的和一袋水去田径场。

路过主教学楼的时候，看见上面拉了好长一横幅，门口还摆着立牌——挺像豹哥的。

嗯？

苗苗停下脚步。

她眯着眼，仔细看了一眼立牌。

秦贺军，岳鹿大学董事会成员，校务监督委员会会长……

一大堆身份，苗苗大概扫了一眼，看得她头昏眼花的。

但那不是重点。

重点是——

苗苗盯着那个头像，头发花白，脸上挂着慈祥的笑，仔细看五官不怎么像豹哥，但那精神劲儿和眉眼之间的气度，真的很像。

她乐了，这就是豹哥老了的样子吗？

苗苗拎着水，继续往田径场走。

到了操场，看门的已经认识她了，笑眯眯地问："又来慰问男朋友啊？"

苗苗嘿嘿一乐，从袋子里拿了两根棒棒糖给他："这个糖挺好吃的，你试试。"

"大嫂来了啊！"队员又起哄。

"吃糖，吃糖。"苗苗不好意思答应，于是拿糖给他们，"那儿还有水，你们自己去拿吧。"

豹哥老远就看见苗苗了，他大步走过来，伸手揽住苗苗的肩膀，把苗苗发给队员们的糖又都抢回来。

"想吃糖自己买去。"豹哥一边抢一边说。

"豹哥，你现在怎么抠成这样了？"队员不可置信，"吃颗糖是能把你吃穷吗？"

"不能吃穷，但我会吃醋。"豹哥说。

"哎哟我呸啊。"队员们觉得自己要被腻死了，最怕单身七年的人突然谈恋爱，"这我吃的是糖还是狗粮啊？"

等训练得差不多了，苗苗凑到豹哥耳边，轻声说："一会儿带你去看个东西。"

豹哥挑眉："什么啊？"

"嘿嘿，"苗苗笑得眉眼弯弯，"我带你穿梭时空，看看年老之后的你。"

话说得莫名其妙的，豹哥没听明白，就觉得苗苗傻乎乎的。

他笑着捏了捏苗苗的脸："不知道你在说些什么。"

但是，最后到底没带豹哥去成。

教练单独把豹哥留下来了，要准备大学生运动会。

苗苗本来是想陪着豹哥的，但是豹哥让她先去吃饭，一会儿她饭吃得差不多了，他这边估计也快结束了。

"那好吧。"苗苗摸摸肚子，确实有点饿了。

苗苗走出田径场，往食堂走，一路上来来往往的学生特别有活力。

一看就是大一的，没见过世面。

苗苗有种自己长大成熟了的感觉。

到了食堂一看，人山人海，但凡好吃一点的窗口都排了长长的队。

苗苗皱着眉，毫不犹豫地转身离开，打算去教职工食堂吃，反正她手上导员的饭卡还没还。

果然，教职工食堂的人数就正常很多，她心情很好地打了一份盖浇烧茄子饭，然后又去打了一份鸡公煲和小火锅——这两样东西不容易凉，一会儿豹哥训练完，可以直接吃。

苗苗来回了好几趟才把点的菜端完，坐在椅子上正要吃，就看见面前站着那位"豹哥年老版"。

苗苗眨眨眼，下午那会儿看好像是个学校领导来着？天啊，是不是看她点太多，觉得她浪费粮食？

"我没有浪费！"苗苗连忙解释，"这不是我一个人吃的。"

"豹哥年老版"笑了，眼睛眯起来，眼角有很深的皱纹："我又没说什么。别紧张。"

他和善地看着苗苗，指了指她对面的位置："我可以坐吗？"

"可以啊！"苗苗说，"您是不是没有饭卡啊？我帮您打一份菜吧。"

他当然吃过了，还是和校长一起吃的。但是，他笑呵呵地点头："谢谢丫头，麻烦了。"

苗苗嘴角咧开成一个大方自然的笑："没关系。"

想着是个老人，牙口估计不太好，所以苗苗特意点了蒸鸡蛋羹，倒是有麻婆豆腐，只是怕麻婆豆腐太辣，老人肠胃不好消化。

思前想后，苗苗最后端了一碗鱼籽面和一碗鸡蛋羹过去了。

"不知道您吃不吃香菜，我就自作主张没给您放，这个鱼籽面很好吃，清淡，不油腻，好消化也好吸收。我觉得还可以，您试试吧。"苗苗说。

秦贺军越看苗苗越顺眼。

他也就是没胡子了，不然肯定跟古装电视剧一样，逮着自己胡子狂薅，顺带还点头微笑，满眼的赞赏。

"好好，"秦贺军连说了两声好，然后就问，"有没有男朋友啊？"

苗苗瞪大眼睛，怎么会转到这个话题上！

"有、有……"苗苗挠挠头，脸有些烫。

"男朋友对你怎么样啊？"秦贺军还是笑眯眯的。

"挺好的……"苗苗说。

"挺好可不行，得特别好。"秦贺军教育苗苗。

苗苗焦头烂额，根本不知道该说什么。

现在的学校领导怎么回事，这么关心学生的恋爱问题吗？

除了十分八卦她恋爱问题之外，这个"豹哥年老版"就没别的毛病了，和蔼慈祥幽默，尤其在提到自己孙子的时候，那个恨铁不成钢的劲儿，把苗苗乐得不行。

"听您这么一说，感觉您孙子也挺有趣的。"苗苗手撑着下巴，笑着说。

秦贺军意味深长地看了她一眼，说："是挺有趣的。"

苗苗没看懂这个眼神，总觉得背后发毛。

在快吃完的时候，苗苗才突然灵光乍现，有了一个不得了的想法。

"是——"苗苗不太确定，但是种种巧合，又确实指向这一点了，"您姓秦，是吗？"

"对啊。"秦贺军笑呵呵的。

"我是不是认识您孙子？"苗苗问。

"认识。"秦贺军回答得很果断，"你还和他谈恋爱呢。"

一道天雷打下来。

苗苗心想这都是造的什么孽啊！

"他寒假没回来过年，好不容易回家了，见天儿跟我显摆你。"秦贺军叹一口气，"搞得我对你特好奇。"

苗苗挤出一个笑容："我说您跟豹哥长得那么像呢，哦不不，是豹哥跟您长得这么像。"

"我比他帅点啊！"谁知道秦贺军一听这话，不乐意了，"我铁骨铮铮的北方汉子，秦锐这小子爸爸运气不错，找了个俄罗斯老婆，秦锐的脸完全继承了他妈妈的长相。好看是好看，就是不硬气。"

苗苗哈哈大笑，心情放松了许多，慢慢地跟秦贺军聊开了。

虽然两人年龄相差大，但是别说，还挺聊得来。

豹哥训练完，兴冲冲地来找苗苗，看到的就是自己爷爷和苗苗相谈甚欢的样子。

什么情况？

豹哥道："爷爷，您怎么来了？"

"我校务监督委员会会长，来对岳鹿大学的工作进行调查研究，对最近的教育政策和教育实践提出建议，顺带支持支持岳鹿大学的重大活动，怎么了？有什么问题吗？"

豹哥听他爷爷一说，挑眉道："最近没什么教育政策让您提建议，教育实践，您读大学了吗，还指导实践呢？最后——您别说，最近岳鹿大学还真没有什么重大活动需要您支持。"

苗苗连忙扯豹哥的衣角，怎么可以跟老人长辈这么说话！

谁知道豹哥爷爷却一脸早以习惯的样子，他一点没受影响，心情很好地转头看着苗苗。

"苗苗闺女，"豹哥爷爷秦贺军笑眯眯的，他从怀里掏出一个红包，"之前过年秦锐这傻愣子也没说把你带回家，爷爷这红包都没人要。"

苗苗连连摆手："不用不用，真的不用！"

"用的。"秦贺军把红包揣进她的衣兜里，拍了拍，"收下，听爷爷的话。"

苗苗觉得太不好意思了。

第一次见面，就收人红包，感觉不太好。

她还想拒绝，豹哥走过来揽住她的肩。

"收下吧，我爷爷平时可抠了，难得大方一回，一会儿赶紧看看是多少钱，低于五位数，咱们再把钱退回去。"

秦贺军气得瞪豹哥："不是我说，我看见鉴娃给我发的小视频，你在那儿背单词，我觉得这个劲头就很好嘛！不要整天就知道跑步，跟一群体育生大老爷们儿聚一块，越活越糙……"

豹哥哀号一声。

又开始了。

苗苗看豹哥一副很痛苦的样子，于是主动给豹哥解围："什么背单词？"

秦贺军一提这个还是很高兴的。

"鉴娃有一天给我发了个视频，秦锐这小子一个人在寝室，戴着耳机背单词呢。"秦贺军感激地看着苗苗，"还是多亏了你，不然就他那除了学习就喜欢全世界的性子，我真是闭眼都看不见他自己主动学习。"

苗苗看了一下豹哥，然后笑着转头，对秦贺军说："豹哥其实挺聪明的，一学就会。"

秦贺军点点头："这倒是，小时候刚五岁，唐诗三百首就背完了，而且还会背完整的《离骚》，小娃娃站在跟前，奶声奶气地背'路漫漫其修远兮'的样子，别提多可爱——哪像现在，跟头不开化的倔驴似的，天天就想着跟我斗智斗勇。"

送走秦贺军，苗苗似笑非笑地看着豹哥。

"原来你回寝室还在背啊？"她嘴角藏着狡黠的笑，"那你跟我吹牛，说你过目不忘。"

豹哥手捏成拳头，放在嘴边咳了咳。

"方仲永，听说过吗？"豹哥又开始间歇性拽文化，"百分之九十的儿童都是神童，百分之九十九点九九的神童，最后都会重新成为儿童。我这后天本来就缺少学习方面的锻炼，那点天赋早还给娘胎了。所以，不就只好背后努力了嘛。"

苗苗笑得特开心。

"太好了。"她说，"我之前真的以为你是过目不忘，心里还不平衡过好一阵子。"

"天啊！"豹哥夸张地捂住嘴，"枉费你披着人类的皮囊，居然还怀揣着一颗嫉妒之心！"

"滚啦！"苗苗白眼翻上天，真是不想和这个"戏精"说话。

因为马上要大学生运动会的缘故，豹哥天天被留下来单独练习。

今天也不例外，但是不同的是——

今天是周五。

意味着明天就是周六，苗苗和豹哥打算去约会，促进促进感情。

所以苗苗很早就来了田径场，背着小书包，乖乖坐在一旁，看豹哥训练。

豹哥心早就没在训练上了。

再加上今天教练明确表示过，要回家吃饭，所以不留豹哥单独训练了。豹哥就更加心不在焉，心思早飘到明天的约会上，训练的时候有些恍惚，动不动就跟苗苗眉目传情一下。

教练叹一口气。

他说："来，聚一下啊。"

队员们围过去。

"最后一组训练，仰卧起坐，两两组合，做完这个，我们今儿就算收了。"

豹哥眼睛一亮，他拽住身边的陈浩："走！"

"你去跟大嫂做去。反正我们平时也少一个人，刚好现在大嫂来了，不需要教练出场压腿了。"陈浩说。

豹哥愣了愣，他觉得有些羞涩，看了苗苗一眼，她正规规矩矩坐在场边托着脸看他呢。

他招招手。

苗苗指了指自己："我？"

豹哥点头。

苗苗就小跑过来了："怎么了？"

"我们做一组仰卧起坐就可以走了。"豹哥说，"你来帮我压个腿吧。"

"行。"

豹哥把苗苗抱到自己脚上坐着，伸手捏捏苗苗的脸："明天想去哪儿玩？"

"没想好。"苗苗手抱住豹哥的小腿，"我们附近有什么好玩的？"

"也没什么好玩的。"豹哥一边跟苗苗讨论，一边懒洋洋地做着仰卧起坐，"我听许鉴说商大那边有个湿地公园，里面还挺漂亮的，要不要去？"

"好。"苗苗点点头，特别乖的样子。

豹哥心痒痒了，仰卧起坐坐起来就不躺下去了，直接面对面对着苗苗开始闲聊天。

"我要不再给你支个桌子摆上茶点？"教练背着手走过来，笑眯眯地问豹哥。

别说豹哥了，就是苗苗被教练这么温和地一问，背后都发凉。

她连忙按着豹哥的肩，把人推下去了。

"这就对啦。"教练赞许地看了苗苗一眼，竖了个大拇指，"这才是好孩子。"

苗苗被夸了特别开心，于是还真就认真监督起豹哥的动作了。

豹哥稍微有点偷懒，她就瞪大眼睛，两只圆圆的眼睛跟杏仁儿似的："你动作都不标准。"

"你还知道动作标准不标准呢？"豹哥说，"那我标准了你别后悔。"

"我有什么好后悔的。"苗苗不明白豹哥这话的意思。

豹哥微微一笑，然后做了一个特别标准的仰卧起坐。

起来的时候距离苗苗只有五厘米。

苗苗下意识就往后躲。

豹哥伸手拉住苗苗，嘴角噙着一抹坏笑："你躲什么啊。"

他又往前凑了一点，鼻尖都碰上苗苗了。

"你看我这动作标准吧，"豹哥挑眉，"来，给男朋友奖励，亲一个。"

"哟哟哟！"

"哟哟哟哟哟！"

豹哥没得到苗苗的奖励，因为周围的队员们一个个跟嗓子进头发丝儿似的，见他和苗苗靠得近了点，纷纷起哄。

苗苗手忙脚乱地推开豹哥。

豹哥都没反应过来，整个人直接被苗苗砸到地上，起来的时候看人都有重影了。

"你没事儿吧？"苗苗问豹哥。

"身体没事儿，但是心灵受到创伤了。"豹哥揉着脑袋。

"对不起哈。"

"说'对不起'有什么用，"豹哥教育苗苗，"你得拿出实际行动。"他用下巴指了指旁边的糖，"给我剥一颗糖吃，甜蜜温暖一下我受伤的心灵。"

与此同时，这边许鉴也在紧锣密鼓地准备着校庆。

他被豹哥那句"自求多福"搞得很忐忑。

但是又一想，豹哥那会儿追苗苗的时候，不一样没什么办法吗，还是自己给他出谋划策呢。

这么一想，许鉴的信心噌噌噌就往上涨了。

晚上，他发语音给程小虹。

"你明天要来看校庆晚会吗？"

"不一定呢。"过了一会儿，程小虹才回复，"刚刚陪我妈做透析去了。"

许鉴被程小虹这难得的解释整得一愣，然后心脏就跟踩了跳跳鞋似的，怦怦怦地不听人使唤。

他直接给程小虹打了个电话。

"没事没事没事。"许鉴拉开窗子，呼吸新鲜空气，打算让自己冷静冷静，"你能回我我就很开心了。"

听完这话，程小虹也不知道该接什么。

于是两人就尴尬地安静了一会儿。

"你明天要是没事儿的话，就来吧，我、我有节目，我觉得你要是来了，我一定能拿一等奖。"

程小虹笑了，说："上次你让我去看冰球联赛，你也是这么说的，你说我去了你一定能赢，但是最后你没有赢啊。"

"哎呀，你记性咋这么好呢。"许鉴嘿嘿一乐，挠挠后脑勺，"这不是客观事实太强大，主观能动性奈何不了吗。"

程小虹惊讶极了："你还知道客观事实和主观能动性呢。"

"啊，这学期完了就毕业了嘛，得大四清考，最近在学习呢。"许鉴解释道。

程小虹"哦"一声，明白了。

过了一会儿，程小虹反应过来："不对啊，这学期才清考的话，怎么上学期豹哥就开始嚷嚷着要苗苗给他补课，说什么要考试了？"

"上学期豹哥其实原计划是只打算背背单词，提前积累一下词汇量，哪儿用得着补课。"许鉴毫不犹豫地就把豹哥的底托出来了，"后来说什么补课，其实就是找借口接近苗苗。"

"那他学的还挺好。"程小虹说，"我记得苗苗说他上学期期末好像所有课都过了，还有一门什么来着，考了 87 分。"

"废话。他在苗苗手底下学了那么久，最后期末考试都过不了的话，那不就等于在苗苗面前身体力行证明自己脑子不好使吗？"

程小虹咯咯乐，乐完又不知道说什么。

她在电话那头沉默三秒，然后挺尴尬地说："那没什么事儿的话，我挂了？"

"怎么会没什么事儿呢，明天校庆你到底来不来啊？"

程小虹说："明天我如果没事儿就来。但是如果我来了，结果你表演了一个莫名其妙的东西的话，我真的会把你拉黑。"

许鉴笑得眼睛眯成一条缝："不会，不会，我精心准备了好久呢。"

"精心准备了很久"这句话，不知道为什么，让程小虹觉得瘆得慌，总觉得会发生什么不得了的事情。

她语重心长地"叮嘱"许鉴："你最好悠着点儿啊。大庭广众之下，你要是做出什么大动作，我不会配合你的。"

许鉴傻了。

彻底傻了。

他挂掉电话后，很是忧愁，把刚才拉开的窗户合拢，然后又哀愁地拉开，看着窗外迷蒙的夜色和皎洁的月光，心想：

完了。

校庆。

其实不仅是校庆，任何大型晚会上，不管是什么主题，只要是人数超过一千的集会，必定有个节目叫作《保卫黄河》大合唱。

这次校庆也不例外，生科院的节目就是一伙人穿着军绿色的军训服，人挨着人站在梯子上，一起唱《保卫黄河》。

特有激情，指挥合唱的人特别投入，甩脑袋甩得苗苗担心他脑袋会飞出去。

一曲完结，随着大家毫无灵魂的掌声，苗苗问豹哥："许鉴的节目还有多久？"

豹哥看着节目单，说："下一个就是。"

苗苗眼睛一亮："欸！"

结果许鉴并没有表演那复古和摩登并驾齐驱的节目，他当着全校师生的面儿，朗诵了一首《长江之歌》：

你从雪山走来
春潮是你的风采
你向东海奔去
惊涛是你的气概
……

豹哥目瞪口呆。

苗苗也目瞪口呆。

在场几乎所有人除了校领导都目瞪口呆了。

然后在短暂的沉默后，所有人一起笑了。

笑声宛如音浪，一波一波地从后往前涌，然后又从前往后推移回去。

整个会堂就像掉进了欢乐的海洋。

苗苗笑得肚子都疼了，她捂着肚子，脸红彤彤的："看不出来他对我们的长江有这么深厚的情感。"

豹哥伸手把苗苗揽进怀里，擦掉苗苗笑出来的眼泪："我为是他从小一起长大的兄弟感到由衷地羞耻。"

程小虹坐在观众席上，她倒是没笑，她就是觉得有些不真实。

这就是他准备了好久的节目？

这怎么看怎么像前一晚上临时整出来凑数的啊！

完事儿了，程小虹去后台找许鉴。

许鉴一个人背对着所有人坐在桌子上。

孤零零地，看起来有些可怜，像无家可归的大型流浪犬。

程小虹不自觉就放缓了表情，走过去拍拍他的肩："挺好的。"

许鉴回头看到是她，眼睛亮了一下，但也就是一下，然后又耷拉下去了。

"你别安慰我了。"许鉴低落地说。

程小虹长这么大就没安慰过人，她眨眨眼，笨拙地找话题："这就是你精心准备了那么久的节目？"

许鉴摇摇头，委屈地说："不是。"

"我本来准备了一段BBOX，然后还有一段说唱，但是，唉，算了。"

许鉴深沉地叹一口气："过去了已经。"

程小虹想起自己昨天电话里说的话。

她眼神有些飘忽地移开目光，想了想，又坚定地把目光移回来。

"你跟我来。"程小虹拉住许鉴的手，走到礼堂外面。

和礼堂内热闹的氛围不同，礼堂外静悄悄的。

天黑了，只有路灯站在道路两侧。

程小虹松开拉着许鉴的手。

许鉴有点蒙。

怎么个意思，看这架势，他的春天终于要来了是吗？

许鉴咽了一下口水，稳住，稳住。淡定，淡定。

程小虹低着头，小声说："你把你原来准备的节目，给我来一遍吧。"

许鉴傻呵呵地笑了。

他点点头："好！"

然后，他就捂着嘴来了一段没有话筒的BBOX。

程小红听得一愣一愣的，莫名其妙地心底还窜了一点怒火。

许鉴表演完了，很认真地问程小虹："怎么样？"

程小虹面无表情地说："什么玩意儿啊，你得亏选了诗朗诵，你要是今晚上真的上去来这么一段儿，那才叫真的'当代迷惑行为大赏'。"

许鉴有些不甘心："其实这个还是要用话筒表演比较好。"

程小虹冷笑一声，这是个什么绝世棒槌啊。

"得了吧，你这再加上话筒，那可真是高音喇叭放屁。"

说完，她头也不回地转身走了。

苗苗和豹哥是在所有节目都表演完了之后才离的场。

虽然说已经到了春天，但大晚上的温度还是有点低。

苗苗穿着长羽绒服，走出礼堂的时候，豹哥弯下腰，蹲在地上，给苗苗把拉链从下头一直拉到最上面。

苗苗心里暖暖的。

等豹哥站起来，她张开手臂扑到豹哥怀里。

豹哥捏捏苗苗的脸："饿吗？"

苗苗摇摇头："不饿。"

豹哥皱着眉，不认同的样子："晚上才吃那么一点，现在不饿？"

他牵住苗苗的手："走，带你去吃夜宵。"

苗苗连连摆手，说："不了不了不了，我减肥。"

豹哥说："你减什么肥。上次我就想说你了，现在这样刚好啊，再减就成蝎子精了。"

苗苗回忆了一下豹哥说的"上次"。啊，是开学那会儿。

"那会儿我说我减肥，你没有说话，我以为你也觉得我应该减肥。"

"什么啊。"豹哥又捏苗苗的脸，"那会儿刚开始跟你交往，不太好意思直接干涉你的决定，得留个好印象嘛。"

苗苗笑眯了眼。

过了一会儿，她反应过来："什么意思，现在交往久了，你就不用在意这些了？"

"哟！还挺会钻博大精深的汉语的漏子啊，不愧是文院儿的！"豹哥做作地作了一个揖，一脸"承让承让"。

苗苗踩了一下豹哥的脚："那你后悔吗？"

豹哥托着苗苗的膝盖，把苗苗抱起来，平视她："我特别开心你在我面前这样。你还可以更过分，更无理取闹，更胡搅蛮缠。"

苗苗眼睛弯起来，笑得唇珠都不见了："我才不会无理取闹，我也不会胡搅蛮缠。"

现在十点多了，正是夜市繁华的时刻。

豹哥把苗苗带到学院路里面的烧烤一条街里。里面各种小吃，远远地就闻见香味了，苗苗咽了一下口水，说："本来不饿的，现在是真的饿了。"

"饿了就吃。"豹哥一副挥金如土的样子，"从这儿，到那儿，整条街都是你的。"

苗苗配合豹哥，说："哇，有个有钱的对象就是好。"

豹哥没绷住，笑了出来。

虽然苗苗不吃肉，听起来吃东西好像没什么选择似的，但其实不然。

烤豆腐干、炸薯片、烤韭菜……各种东西零零碎碎地吃下去，其实也不少。

吃到后面，苗苗都吃不下了，她摸着胀鼓鼓的肚子，喟叹："天啊，垃圾食品怎么这么好吃啊！"

豹哥拿纸擦苗苗油乎乎的嘴，特别宠溺地拍了拍苗苗的头："但也不能多吃。"

走出烧烤一条街，回学校路过过街天桥，上面跟世界上所有的过街天桥一样摆着各种小摊儿。

苗苗走过去，发现有一个发卡挺好看。

她多看了两眼。

豹哥问："喜欢？"

苗苗想了想，特别不客气地说："喜欢。想要。"

豹哥笑得眼睛眯起，他太喜欢这个在他面前越来越不尿的苗苗了。

拿出手机的付款二维码，他把那个发夹买了下来。

"你扯到我头发了，痛死了。"

豹哥买了发夹就顺手要给苗苗戴上。

"少一两根，没事的。"

"我都要秃了，你还扯掉了一两根！"苗苗大声说，"你知道我的毛发有多稀缺吗？"

豹哥揉了揉苗苗的头，说："这不挺多的吗？"

苗苗一脸痛心："什么啊，要防患于未然。我现在这个发量，要是再掉一点，那就真的秃了！"

"放心，你要是秃了，我就给你买假发。"豹哥自认为说了一句很好的情话。

谁知，苗苗两只眼睛一瞪："秃了你觉得不顺眼是吗，买顶假发你才喜欢我是不是？"

豹哥眨眨眼。

苗苗还在那儿演呢，一副苦情的样子，甚至还唱起了张宇的《一言难尽》。

"不要这场记忆，不要问我结局，心里的痛楚和脸上的笑容早就合二为一。那信誓旦旦的爱情到底在哪里……"

豹哥气乐了："我抽你啊！"

不得不说，许鉴说的那个商大旁边的湿地公园景色确实不错。

尤其现在是春天，草长莺飞的。

豹哥租了个两人的自行车，和苗苗一前一后踩着脚踏板围着路骑。后来骑一半儿苗苗累了，她就抓着豹哥的衣服，讨好地顾左右而言他："这衣服真好看。"

豹哥都无奈了，他停下来，把身后的苗苗拎到自己前面横杠上坐着："本来也没指望你能骑多久。"

苗苗一听这话，心安理得了。

她伸手抱住豹哥的腰，把脸埋进豹哥怀里："我发现这衣服还特别软，特别适合抱着。"

豹哥嘴角噙着笑，说："抬一下头。"

苗苗乖乖地把头抬起来，懵懂地看着豹哥："干吗啊？"

"欣赏欣赏我好看的下颌线。"豹哥说，"大活人在你面前呢，老是埋头夸衣服是怎么回事。"

骑了一圈，把车停在湖边，豹哥问苗苗想不想坐船去湖里面逛逛。

湖挺大的，现在站在岸边能看见茸茸的芦苇，密集地扎堆儿长着，风一吹，摇摇晃晃的，特别好看。

苗苗说："想是想，但是我不会游泳。"

豹哥拽着苗苗往坐船的地方去："让你坐船，没让你在湖里面游泳。"

"万一船漏水了，或者不小心船翻了怎么办？"

"放心，我会游泳。"豹哥故意逗苗苗，"我肯定能活下来，到时候带着你的份儿一起好好活下去。"

"呸！"苗苗不乐意了，也不让豹哥拽了，在他手底下挣扎着要离开，"我看我们的爱情是场骗局，也不值得你生死相依。"

苗苗的挣扎在豹哥眼里跟玩似的，他伸手把苗苗捞起来，抱在怀里，从她衣服兜里掏出一颗糖："给我剥一下。"

"你手不挺健全的吗？"苗苗鼻子不是鼻子，眼睛不是眼睛地瞪豹哥，"好好的手不用的话，你可以把它们捐给需要的人。"

"那不行。"豹哥笑着说，"我手捐出去了，以后还怎么抱你，怎么举高高？"说完直接把苗苗架到自己脖子上。

苗苗一声惊呼，手连忙抱住豹哥的脑袋。

"感觉怎么样？"豹哥问道，"是不是觉得上面的空气特别清新？"

"太刺激了！"苗苗很兴奋，"原来长高的感觉是这样！"

豹哥说："现在能奖励我一颗糖不？"

"能！"苗苗大方地从兜里掏出三颗糖，一一剥开糖纸，喂到豹哥嘴里，"给你三颗。"

两人坐上船，苗苗规规矩矩地坐在船尾，一动不动，生怕破坏船的平衡，豹哥稍微转身一下，立马就被她喝止："使不得！"

重复了几次，豹哥乐了，他把苗苗拉到自己那边坐着。

"放心吧，不会翻。"豹哥说，"翻了我肯定救你。"

苗苗伸手抠豹哥的衣角，羞答答地说："那我真的是太感动了。"

划到湖中央的时候，离芦苇远了一些，视野开阔，风也阔。

"我发型都被风给吹乱了。"苗苗瘪着嘴说，"我都不好看了。"

"那怎么办呢？"豹哥把苗苗按到自己怀里，"这样可不可以？"

苗苗抿嘴笑得特别甜，把脸往豹哥怀里藏："太可以了。"

豹哥亲了一下苗苗的头顶："越来越会撒娇。"

2019年斯坦利杯总决赛，圣路易斯蓝调队连赢13场比赛，来到榜首。

许鉴特别高兴。

他打电话给程小虹，激动地说："你看！我最喜欢的冰球队夺冠了！

"它们打败'棕熊'队了！奇迹出现了！这个世界上是有奇迹的！"

程小虹的声音听起来很平静：

"我妈死了。"

许鉴拿着外套赶到医院，推开门，就看见程小虹趴在扶手上，没动，像是睡着了。

心脏像是被千斤顶顶着，许鉴走过去，把外套披到程小虹身上。程小虹抬头看了他一眼，眼角红得要滴出血。

"奇迹呢？"她小声地问许鉴，"奇迹在哪儿？"

许鉴抱住程小虹："你饿不饿，我给你买了一点粥。"

程小虹像是听不见许鉴的话，她固执地盯着许鉴："奇迹呢？你口中的奇迹，它在哪儿？"

"世界上的奇迹是有限的。有的人得到了，有的人就会得不到。"许鉴艰难地开口。

"哦。"程小虹看起来似乎被这句话给说服了。

她沉默地低下头，看着自己的脚尖："我从小到大运气都不好。排的队老是前进得很慢，走路走着走着就崴脚，老是赶不上公交车，干了活儿但是拿不到钱，好不容易有一次在街上看到钱，还没来得及蹲下身捡，失主就回头来把钱拿走了，住的楼特别破，但我那间最破，跟老鼠大本营似的，天天晚上它们都在我头顶跳恰恰……我都认了，宇宙喜欢搞'平衡'这一套嘛，我吃点亏，倒霉了一点，我妈可能就幸运一点，会活得久一点。"

　　"但是没有。"程小虹抬起头，一双眼睛平静得吓人，重复了一遍，"但是没有。"

　　"有的人得到了，有的人就会得不到。"程小虹面无表情地重复许鉴的话，"那为什么就该是我得不到？"

　　"而且还是一直得不到？这么多年了，轮也该轮到我得到了吧？"程小红心平气和地问出这一串问题。

　　问题尖锐，但是声音却又很平静，连在一起其实挺瘆人的。

　　许鉴好像看到一座冰山在自己面前破碎，露出水面的部分就已经足够悲怆，难以想象，水面之下，该有多强烈的悲痛。

　　他深呼吸一口气，压住鼻酸的感觉。

　　"难过就哭出来吧。"许鉴拍拍程小虹的背。

　　"我不难过。"程小虹认真地说，"我就是搞不懂。没明白。"

　　那么广阔的平原，那么多高耸的树，怎么雷电就偏偏劈了她这一棵。

　　许鉴也没搞懂。

　　真实的人生和那些励志的道理总是有出入。

　　他连着外套把程小虹抱起来，走出门，坐电梯直接去了地下停车场。

　　他今天出门急，直接开了自己的车出来。

　　程小虹说着不难过，把头埋在许鉴颈侧，但是没一会儿许鉴颈侧那片皮肤就被濡湿了。

许鉴觉得心都被程小虹的眼泪给揪碎了，他把程小虹放在车前盖上，笨拙地给她擦眼泪。

"哭吧，使劲儿哭的时候，脑内就会分泌内啡肽，"许鉴记得自己看过一个科普，"好像是这个名儿，反正就是哭了之后就会好受一点。"

"闭嘴。"程小虹哑着嗓子说。

许鉴就不说话了，手放在程小虹背后，任由她哭，一边给她顺气。

过了一会儿。

"没事儿，会过去的。"程小虹自言自语，"约翰·肖尔斯说了，没有不可治愈的伤痛，没有不能结束的沉沦。所有失去的，会以另一种方式归来。"

程小虹又问："可是如果约翰·肖尔斯错了呢？如果我一辈子都这么痛苦呢？如果我一辈子都走不过去呢？"

许鉴抱紧程小虹："那也没事儿，我陪着你呢，我给你打着伞呢。"

让豹哥准备了很久的大学生运动会终于来了，比赛地点就是岳鹿大学本校——岳鹿大学的田径场是全市，乃至全省最新、功能最全、最高端的一个了。

豹哥知道后还挺不高兴的。

"这什么啊，背着一个'大学生运动会'的名儿，但是就在本校，搞得跟我们学校自己办的运动会一样。"豹哥说。

"不都是比赛吗，有什么区别。"苗苗不懂就问。

"如果去一个陌生环境比赛，我会很亢奋，最后成绩都比较好；但是如果就是在本校，我就觉得跟平时训练没什么区别，我就很难兴奋起来。"豹哥解释道。

饶是苗苗这个不懂体育的，也觉得豹哥这话有些反——跟平时她所了解的那些运动员相反。

"我以为在熟悉的地方比赛，会没那么紧张，可能发挥得会更好。"

"有的运动员是那样，但我不行。"豹哥摇摇头。然后说出自己的真实目的，"所以，如果这次我没拿到第一，你不要觉得是我很弱，知道吗？我的百米短跑纪录，现在还没被破呢。"

"你怎么会担心这个？"苗苗不可思议地看着豹哥。

"谈恋爱了，偶像包袱有些重。"豹哥羞涩地挠头。

苗苗好笑地看着豹哥，看了好一会儿，把豹哥都看得不好意思了。

"你可真是一个神奇男孩。"苗苗无可奈何地说。

"也就一般般吧。"

事实证明，豹哥的担心是多余的。

广阔的绿荫操场上，随着枪声响起，豹哥就像一只离弦的箭，"嗖"就蹿出去了。

认认真真实打实地算起来，这还是苗苗第一次看豹哥现场跑步，正儿八经地跑步。

紧绷的大腿肌肉，让人看着眼晕的两条腿交换频次，那头耀眼的金发，就像初升的太阳，在风里放肆地盛开。

他是永远夺人眼球的中心，是一出场就吸引无数人目光的人。

苗苗站在终点不远处，手里拿着一瓶水，等待豹哥冲过来。

他果然是第一个，而且脸上居然还带着笑，快到终点的时候，看见苗苗了，于是嘚瑟地张开双手，在全场观众的惊呼中，冲过终点线，直接把苗苗举了起来。

"我天！"

"太刺激了！豹哥谈个恋爱这么生猛的吗？"

苗苗猝不及防被豹哥举起来，吓得连忙抱住豹哥的头，听见周围人的议论声，面红耳赤。

她伸手揪豹哥的耳朵："你这突然袭击也太突然了，我一点准备都没有。"

豹哥笑出一口白牙，绿眼睛眯缝着，他说："突然袭击哪家强，青春年少得轻狂；醉把人间都看透，笑谈苗苗白月光。"

"这什么乱七八糟的。"苗苗是个有文化的人，不允许豹哥这么糟蹋中国传统文化。

"吟诗作对啊！"豹哥笑着说，"我这要不就不作诗，一作就根本停不下来。"

他把苗苗放下来，伸手牵住苗苗："我厉害吗？"

"一般。"虽然都说谈恋爱会蒙蔽人的双眼，进而蒙蔽人的审美、价值观，苗苗也确实真的喜欢豹哥，但是不得不说，豹哥那首诗作的是真的一般。

"我都得第一了，我还破我自己的记录了，"豹哥皱着眉，看着苗苗，一脸"你到底在想什么"的表情，"都这样了，你还说我一般？"

"哦，你说跑步啊！"苗苗恍然大悟，"误会误会，我还以为你说你作的诗呢，我心还在想，你得多大的勇气，才敢让人评价你的诗啊。那压根儿就不是诗。"

豹哥沉默了。

他眼神复杂地看着苗苗："我再给你一次机会，重新组织一下语言。"

"豹哥真棒！"苗苗立马说，"您是我见过的最棒的人！"

"作诗还是跑步？"豹哥问。

"都棒！"

"我看我还得再送你一点钙片，你的骨气呢？"豹哥笑得不行，他觉得苗苗能贱成这样，真的是一件好神奇的事儿。

"没有骨气那种东西，"苗苗说，"保命要紧。"

"一看就当不了间谍特种兵。"豹哥下了句评价，"没等敌人拷问呢，你自己率先全盘托出。"

"那倒也不是。"苗苗给自己找面子，"其实我也分情况，不是每次都尿。"

豹哥睁大眼睛，一脸纯真："哇！真的吗！好棒哦！"还配合地来了个海豹鼓掌。

苗苗气得半死。

过了一会儿，豹哥伸胳膊挤了挤苗苗的胳膊。

"刚才说哪儿去了，都把话题岔开了。"他说，"我短跑时候的飒爽英姿你看清楚了吗？"

"看清楚了。"苗苗没好气地讽刺他，"就差一个望远镜，不然连你内裤是什么颜色都看见了。"

结果豹哥这人听不懂讽刺，还特别自告奋勇地主动告诉苗苗："用不着望远镜，我今儿穿的黑色的。"

"谁真的要听这个啊！"苗苗大吼。

豹哥哈哈大笑："你看，你臊不着我的，哪一次你想臊我，不是你自己先撑不住红脸的？"

"是不如你厚脸皮。"苗苗瘪嘴，转头不看他。

欸——

等等——

那个人好像是，陈江？

苗苗本来只是随意地一转头，却没料到转头就看见陈江站在起跑线上，身边围着几个人在给他别号码牌。

嗯……感觉还是豹哥帅一点，连跑步时候的那种荧光绿的背心和号码牌都能完美掌控住。

如果豹哥不会说话就好了，光是那张脸，苗苗觉得她自己都可以看三十年。

豹哥本来以为苗苗只是小小地闹个别扭，转头不看他，过一会儿会自己转头回来。

然后出乎他的预料，苗苗居然一直盯着那边。

那边有什么好看的？

豹哥顺着苗苗的目光看过去。

欸——

那不是陈江吗！

那不就是上学期给苗苗告白的那个吗？

他那瘦唧唧的样儿，感觉电风扇的风都能给他吹骨折，就那小身板儿，居然来参加运动会，还是——短跑。

陈江居然跑短跑。

陈江居然跟他一起跑短跑。

这个认知让豹哥很不舒服。

情敌见面，分外眼红倒不至于，但反正看哪儿哪儿不行是至于的。

"一看就是外行，"豹哥在旁边酸唧唧地说，"那起跑姿势是什么呀，雏鹰起飞吗？"

苗苗回过头，豹哥在那儿嘀嘀咕咕啥呢？

"什么？"苗苗问豹哥。

"对面的女孩儿真好看！"豹哥心想，你若毁我翅膀，我就灭你天堂，我不看你就看美女，看你吃不吃醋。

"是吗？"苗苗看起来很激动，"哪儿哪儿！我看看！"

完全没达到吃醋效果的豹哥：我太苦了。

陈江跑了个第三，还算可以吧，苗苗觉得。

"可以个什么啊，一共五个人，他得第三，不就是倒数了？"豹哥一如既往地吐槽。

"话不能这么说，"苗苗说，"陈江毕竟不是专业的，没有受到专门的训练，跑成这样可以了。

豹哥盯着苗苗，盯了很久，也一直没说话，就那么盯着苗苗。

苗苗陡然反应过来。

"天啊！"苗苗哭笑不得，"你是在吃醋吗？"

"天啊！"豹哥模仿苗苗说话，"你终于看出来了吗？"

苗苗笑了好一阵，笑得直不起腰。

"豹哥，你也太低估你自己了。"苗苗说，"我对他压根儿一点想法都没有。"

苗苗还在笑："你居然吃他的醋。"

啧。

这不是一朝谈恋爱，二十五年少男心全部爆发嘛。

豹哥把苗苗的头掰到自己这边来，然后伸手揽住苗苗的肩膀，就这么把人架走了。

"下午有混合趣味游戏。"豹哥说，"本来不打算参加的，但是现在想了。"

苗苗没搞清楚："为什么啊？"

"想会会陈江。"

苗苗永远记得，那天下午的情况。

全场袋鼠跳，豹哥全程就盯着陈江一个人，赢不赢无所谓，关键是不能让陈江赢，他一会儿不小心撞一下陈江，一会儿不小心自己摔一下，刚好倒在陈江面前，挡住他的去路……

苗苗拿手捂住眼睛，不知道说什么好。

太幼稚了。

都说了对陈江没意思，而且明明也阴错阳差地算是当着豹哥的面拒绝过陈江，怎么还是耿耿于怀呢？

苗苗叹一口气。

这还没完，临了到终点的时候，祸害陈江一路的豹哥，在最后的时候，突然一改之前不会袋鼠跳、掌握不好平衡的样子，十分熟练地拎着袋子，把自己迅速拎到队伍前面，然后都没看明白是怎么蹦的，就几个闪身，他蹿到第一去了。

苗苗再叹一口气。

这还没完，后来的 4×100 米接力赛，豹哥跟人换了位置，调到了 B 组三棒，跟陈江——A 组三棒，刚好对上。

豹哥这一组中途掉了一次棒，所以比陈江那组慢了差不多一个人，也就是说，陈江跑的时候，豹哥连接力棒都没摸着。

陈江差不多还有三十米到终点的时候，豹哥才拿到接力棒。

然后，苗苗就看见，豹哥跟个旋风小陀螺似的，以一种肉眼可见的速度，追上陈江了。

苗苗目瞪口呆。

就是平时也知道豹哥是短跑的，也知道豹哥跑步很厉害，更知道豹哥拿过很多奖。

但是到底有多快呢？

这个是没有具体概念的。

今天有了。

陈江在苗苗院里真的是跑得可以的了，每次校内的运动会，都会派他去。

可是，今天跟豹哥一比，这么鲜明的差距……

凭实力碾压。

苗苗算是明白这话是什么意思了。

所有的项目完事儿，豹哥轻轻松松跟什么都没发生似的，手插着兜就往看台走，准备去找苗苗。

突然，一只手拦住了他。

是陈江。

豹哥挑眉，一双绿眼睛清澈又淡漠。

"有事儿？"豹哥问。

"我是不是……哪里得罪，你了？"陈江这句话说得有些喘。事实上，现在场上所有人都挺喘的，只有豹哥一个人，跟个不知道累的怪物似的，还十分轻松。

"我想想啊。"

豹哥手撑着下巴，装模作样地想了想。

"别说，还真有。"豹哥一副刚想起来的样子，俯身凑到陈江耳边，声音压得很低，一改刚才闲散模样，"迟苗苗是我女朋友。"

话说到这儿，陈江自然明白了豹哥的意思。

"放心吧。"陈江笑了笑，"我不至于都知道她有男朋友了还死乞白赖地想要和她在一起。"

豹哥摇摇头。

"不是这个意思，不是说你'选择'不来掺和我们，而是你根本掺和不了。"

豹哥在"选择"两个字儿上加了重音。

"这话太自以为是了吧。"陈江笑着说，"你要是真的这么有信心，你下午何必还跟我计较呢？"

"说起来很复杂。"豹哥又恢复成懒懒的调子，"但总结一下也成：我主要就是单纯地看你不顺眼。"

回到看台，坐在苗苗身边，刚刚还嚣张得不得了的豹哥，在苗苗身边无缝转换成大型犬。

"我厉害吗？"豹哥眼巴巴地看着苗苗。

"厉害。"苗苗由衷地夸赞。

"而且不只是短跑哦，"豹哥详细地分析，"刚刚我也长跑了，我依然是第一，可见那些什么短跑的没耐力的说法，都是假的，我真的耐力超群。二十一世纪耐力王。"

苗苗无语凝噎。

她觉得世界太玄幻了。

五月春暖花开，学校后面的植物园又开始生机勃勃，蝴蝶蜜蜂嗡嗡地直往人脸上窜。随着毕业时间的临近，大四学生之间都弥漫着一股即将毕业离校的躁动气息。

豹哥不同，豹哥开始补考了。

他硬生生补了9门课。有的考试时间还重叠了，他上半场答体育社会学，下半场答马列主义，中间还穿插着运动生理学和体育保健学。

地狱般的两天过去，豹哥脑子晕得可以让宇航员来体验了。

"我必须补点儿糖分了。"豹哥一出考场，看见苗苗在门口等着，也不顾那么多人，直接就瘫到苗苗身上，高大的身子严丝合缝压住苗苗。

苗苗拍拍豹哥的头："辛苦了。"

她给豹哥喂一颗糖："柠檬味儿的，这个最好吃。"

豹哥无力地撑起眼皮："我手好酸。大学四年来第一次写这么多字儿。"

苗苗就给豹哥揉手，一边揉一边哄他："不疼了不疼了。"

"也不知道许鉴那边怎么样了。"豹哥现在考完试了，身边女朋友也好好的，无事一身轻，终于记起许鉴了。

程小虹母亲去世后，许鉴就休学带程小虹旅行去了。这快一个月了，也没来什么消息。

苗苗说："挺好的，昨天我给小虹打电话，她说在威尼斯呢。"

"跑得还挺远。"豹哥在苗苗身上趴够了，直起身子，牵着苗苗的手往教学楼走，"哼，说是带程小虹去散心，一开始可能真是散心，现在估计醉翁之意不在酒了。"

苗苗说："你对许鉴有点信心。"

"我对他没信心。"豹哥又从苗苗衣兜里掏出一颗糖，自己剥开吃了，"我是对程小虹有信心。"

"啊？"苗苗没明白，"什么意思？"

"我信程小虹不会允许自己一直消沉。"豹哥说。

苗苗点点头，同意豹哥的话。

"这倒是。"苗苗也剥开一颗糖，塞到自己嘴里，"我没见过比小虹更理智、更会安排自己人生的人了。"

出了教学楼，豹哥就等着这一刻似的，手脚利索地把苗苗推到墙角，双手按着她的肩膀，俯身特别大力地亲了一口苗苗的脑门儿。

"你快夸夸我。"豹哥眼睛亮晶晶地看着苗苗，"我这次9门肯定都会过。我终于可以毕业了！"

豹哥这话说得有些咬牙切齿。

"你特别棒！"苗苗笑着说，踮起脚去摸豹哥的头顶，"怎么有这么厉害的人啊！"

"这么厉害的人想得到你的奖励，可以吗？"

"可以啊。"苗苗说，"想要什么？"

"我想去看海。"

"好啊。"

"加勒比海。"

"您自己去吧。"苗苗伸手朝外，请豹哥走。

豹哥哈哈大笑，他揽过苗苗的肩："想让你主动亲一下我。"

豹哥美滋滋地回到寝室，看见里面乱糟糟的，平时也乱，但这个乱有点过分了。

问发生了什么，室友说快毕业了，零零碎碎一些乱七八糟的东西也该卖了，趁现在卖的人少，抢先占领市场先机。

豹哥人逢喜事脾气好，现在看自己桌子前也被弄得一团糟，不生气，反而利索地爬上床，给地上留空间。

下午，这群傻子回来了。

豹哥这两天太累了，迷迷糊糊睡醒，看他们脸上写满了愤怒，问怎么了。

寝室老大说："别提了，还抢占市场先机呢，卖的人少呢，遇上这俩龟儿子，我真是服了。"

事情是这样的：

老大道："水壶！欸，有人买水壶吗？大四学长便宜卖了啊！"

老二一看，自己也有水壶，于是跟着一起喊："对，卖水壶了！

两块钱，买就送本儿！"

老四道："我也卖！一块钱就行，我也送本儿！"

老二不甘示弱："我五毛！一毛也行！见钱就卖，还送全新的四级真题，一点没写的！"

老大气得手指都抖了。

"你们这是扰乱市场秩序！"

"我们要求不高，能卖出去就行。"老二和老四微微一笑。

东西确实全都卖出去了，摊儿一摆上，食堂阿姨们蜂拥而上，立马就抢购一空。

"阿姨，您现在手里拿的外套，我买的时候可贵了，"老二说，"以前给我盛地三鲜的时候，是不是应该少抖两下勺子？"

阿姨笑得合不拢嘴："哎哟，对，可后悔了。"

总之，经过几个人的打包便宜处理，豹哥现在所在的寝室特别空旷，晚上老二喝了一罐啤酒，往床下的垃圾桶一扔，感觉听到了回声。

"我怎么有种我的大学生活结束得太仓促的感觉？"老二愣愣地说。

"我感觉也是。"老三掀开蚊帐，探出一个头，"我们是不是卖东西卖得有点太早了？"

几个人就这个话题热烈讨论了一番，十分怀念从前。

见豹哥蚊帐里有光亮，知道还没睡，但他居然一直没进入话题一起讨论。

"豹哥，说两句啊？"

"啊？"豹哥愣了一下，"说什么？"

"刚才我们讨论了这么久，你没听？"

"没有啊。我跟苗苗聊天呢。"

三个人一起沉默了。

"我觉得我现在就毕业离校也行。"老大说。

老二、老三一起默默点头。

豹哥是在跟苗苗聊拍毕业照和毕业体检的事情。

"你们学院通知什么时候拍毕业照了没？"豹哥问苗苗。

"没有。"

"我们院儿是 26 号。"豹哥说，"大清早六点就要在主楼前面集合。"

"那么早？"

"人多嘛，体院儿的人又只听教练的话，教练又不可能那么早来，所以每次列队都列俩小时。"豹哥解释道。

"哦，对哈。"苗苗笑得眼睛眯起来，"忘了，你是学校常驻人口了。"

"毕竟是拍了三次毕业照的人。"豹哥耸肩，很无奈。

"那个毕业体检是怎么弄的啊？一拨一拨定好了还是谁先去谁先检查？"苗苗对毕业的相关事情特别好奇，问豹哥。

"一拨一拨定好了的，但你先去的话，队排上了也会给你体检。有的人定的是 9 点，但 10 点才到。时间就那么空着也不可能。"豹哥说，"应该是这样。我没体检过。"

"啊？你不是读了三次大四吗？"

"那我不是没毕业成功吗？"豹哥反问道，"拍毕业照是留个纪念。体检那么多人涌一起，我去干吗。"

"我们院儿说的是 15 号体检，你们呢？"

"我们也是 15 号。"

"欸，那我们可以一起去欸。"苗苗高兴地说，"太好了。"

一切都很顺利，只是中间出了点岔子 —— 豹哥补考居然挂了一科。

挂的不是别的，正是"毛概"。

就是"毛概"，从上学期开始，苗苗就在给豹哥补的"毛概"。

这是一种什么概念，相当于拿一个漏勺去捞锅里的一个鸡蛋一样的事儿，是个人都能把蛋捞起来。

但是豹哥没有捞起来，他不仅没捞起来，他还隔着漏勺把自己烫着了。

苗苗是个很称职的小老师，得知补考成绩出来了，她第一时间打电话来问豹哥结果怎么样。

豹哥强压住内心的恐慌，装出一副不知道发生了什么的样子："啊？出补考成绩了？哈哈哈，我都不知道，我去看看啊。"

苗苗很热心："你那儿网速可以吗？我们寝室现在小虹也不在，就我一个人，网速可快可快了。"

豹哥从这一句话里听出了苗苗的言外之意，帮他查成绩。

那能让苗苗帮忙查成绩吗？

疯了吗？

豹哥连忙说："不用，不用！我这儿网也特别快，你看，我这教务平台，一点也不卡。"

"是吗？"苗苗笑呵呵的，"那快看看过了没？"

豹哥咽了一下口水。

"我觉得我比你还紧张，"苗苗压抑住内心的小激动，"这我还是第一次给人当老师呢，考得怎么样啊？"

豹哥闭上眼。

这可不是他故意撒谎的，苗苗都这么说了，他要是说出实情，自己"毛概"考了 54 分，那不是很打击苗苗的信心吗？那怎么行！

"考得特好，全过了。"豹哥说，言语之间充满了做作的惊喜，"尤其是'毛概'！天啊！我居然考了 87 分！都是苗苗你教得好啊！"

"哇！"苗苗听起来确实很激动，"我'毛概'都没考这么高分！你太厉害了！"

完了。

吹牛吹大发了。

豹哥连忙往回圆："可能是因为补考卷儿比较简单吧，我怎么可能考得比你好呢？"

苗苗很大方："欸，没事！青出于蓝胜于蓝嘛，我看着你比我考得好，其实我很欣慰啊！"

豹哥还能怎么样，他只能在电话这头尴尬而不失礼貌地微笑。

从上学期开始，就在补的"毛概"，居然，给挂了。

也许是豹哥的表情太过于悲壮，引起了寝室老大的注意。

寝室老大把自己的目光从自己一众娃娃里抬起来，关心地看着豹哥，关心地问："家里着火了吗？"

豹哥生无可恋："放心，着火我肯定先烧死你那些娃娃。"

老大赶紧护住自己的娃娃："没想到你堂堂习武之人，脑子里想的却是这么龌龊的事儿！"

豹哥叹一口气，没心思跟老大耍贫嘴，他把手机倒扣放在桌子上，脑子只有一句话：这可怎么办啊！

老大伸腿把椅子蹬到豹哥面前，很是专业地说："我最近在选修微动作心理学。把手机倒扣这个事儿可不是小事儿，这说明了手机上有自己不想面对的东西——"

老大一脸惊喜："你分手了？"

一石激起千层浪，各自窝在床上打游戏的大老爷们儿，默契地拉开床帘，惊喜地问豹哥："你分手了？"

豹哥一人一本书砸脑袋上："人性的丑恶面，我算是在你们身上看见了。不能盼着我一点儿好。"

老二揉揉头："还没分手啊？唉，我看你们可能是要谈到毕业了。"

豹哥说："何止毕业，我跟苗苗属于一辈子的事儿。"

"'一辈子'是个哲学概念，有时候，一分钟也可以展开为一辈子的长度，有时候——"

豹哥听得耳朵疼，他不耐烦地吼了一句："我'毛概'都挂了！

你们还跟我讨论一辈子一分钟，我现在只想在一分钟内掐死你们，让你们从此后悔一辈子。"

众人纷纷闭嘴。

过了一会儿，豹哥咳了咳，不自在地说："我'毛概'又挂了的事儿，别跟苗苗说啊。"

老幺不愧是个没脑子的，不负众望地问了一句："为什么啊？"

于是，他又得到了豹哥恼羞成怒的一拳："我不要面子的吗？小破孩儿天天长个脑子跟玩似的，能不能开动开动你的小脑筋！还为什么，我为了苍生的平安吗？"

豹哥于是一个人偷偷摸摸地开始了复习大计。

这次考试得交钱了，豹哥交了考试费，整天诚诚恳恳地蹲在图书馆背书，短短一周，把那本二手"毛概"翻得跟十八手似的。

这么用心准备考试的豹哥，感动了寝室一众人，于是大家纷纷对豹哥喊"加油"，与此同时，欢快地开了一局欢乐斗地主。

豹哥本来认真学习来着，后来发现斗地主的三个人太蠢了，三个二都下了，双王也下了，现在一张"二"就是最大的牌，这么显而易见，他一个旁听者都想明白的事儿，换到老幺那儿就行不通了。

老幺出了一对三，地主出一对七，老幺不要了。

豹哥忍无可忍："你就一对小三，你出个屁啊？你又不能管上后家的牌。"

老幺有些羞涩地挠挠头："我记牌不怎么行。"

"别乱给自己找理由，这跟记牌一点儿关系也没有。"豹哥推开老幺，自己接手老幺的牌，认认真真地开始反击。

十六局斗完，豹哥看着自己 512 的积分，很是满意。

没满意三秒，他突然僵硬地回头："我刚才是在干什么来着？"

"斗地主啊。"

寝室里的人异口同声。

"我明明应该在背'毛概'！"豹哥仰天长啸。

好在一切黑暗都有尽头，一切苦难都可以熬过去，豹哥带着一个充斥着"毛概理论"的脑袋，灌了满满一杯咖啡，精神抖擞地走进考场。

太阳当空照，花儿对我笑，小鸟说早早早，你为什么要补考。我背着大书包，快步当作跑，走进考场抬头瞧，监考却是老相好——

老相好？

苗苗？

豹哥瞪大眼睛。

豹哥不可置信地捂住嘴。

豹哥反应迅速地转身，打算直接离开。

"秦锐。"

身后传来平静的声音。

豹哥嘴角微微抽搐，机械地转回身子，对着苗苗平静的脸庞，挤出一个苦涩的笑。

"早上好呀。"

苗苗手里正在数卷子，看起来真的特别平静。

"早上好。"她回答豹哥。

豹哥咽了一下口水："这个事儿，关于我为什么会出现在这里，这个事儿，我可以解释——"

苗苗静静地看着豹哥："挂了'毛概'。"

"这事儿我也可以解释，就是这个'毛概'吧——"

苗苗还是静静地看着豹哥："还不告诉我。"

"不是不告诉你，这事儿我也可以解释——"

"没什么可解释的。"苗苗数完卷子，两只手握着卷子，在讲台上重重地磕了一下，看起来是在正常地齐卷子，但只有豹哥因为这动静，平白无故地颤抖了一下。

"你坐着吧，一会儿好好答题。"苗苗平静地说。

豹哥欲哭无泪："苗苗我错了，你别这样，我背的东西都给吓忘了……"

"我有那么吓人吗？"苗苗温柔地一笑，然后手猛地指向豹哥的座位，"赶紧去给我坐着！"

豹哥一激灵，连忙齐步正步走向座位，乖乖地拿出笔和准考证，讨好地对苗苗笑了笑。

大庭广众的，真的是一点面子也没有。

豹哥委屈地瘪瘪嘴，他可怜巴巴地挠自己的准考证，悔不当初，为什么在一开始的时候不好好学习呢！

单身不努力，恋爱徒伤悲！

监考的时候，苗苗来回在教室里溜达，十分严格，从技术层面上杜绝了作弊的可能。

豹哥很早就答完了题，他却不交卷走人，而是把卷子一扣，俩手撑在下巴上，好看的绿眼睛就跟着苗苗走。

苗苗去教室左边，他就看左边；苗苗去教室右边，他就看右边。

目光那个缠绵，表情那个痴迷。

苗苗咳了咳："答完了题的同学，可以交卷走了啊。"

豹哥摇摇头，豹哥听不见，豹哥只想和苗苗比翼双飞。

苗苗实在被盯得受不了了，她走过来，敲敲豹哥的桌子："再看我记你扰乱考场秩序了啊。"

豹哥笑得跟个二傻子似的："你舍得吗？"

苗苗铁面无私："听完你这个问话，我舍得了。"

豹哥一副小媳妇样儿，委屈巴巴地嘀咕："我爱上了好无情一个女的。"

苗苗高傲地扬起下巴，走了，继续巡视考场。

豹哥收拾完书包，把卷子交到讲台上的苗苗手上，苗苗接过他的卷子，与此同时也接过一张字条：

小阳台等你。

苗苗攥紧小字条。

这莫名其妙的"偷情"的感觉是怎么回事……

豹哥的"毛概"最终还是过了。

苗苗押着豹哥查的成绩，确定是过了，可以拿到毕业证了，她才放开豹哥。

"好了，现在就安安静静地等 15 号的毕业体检吧。"

14 号晚上，豹哥约了滴滴司机，让他早上来接一下去医院。

"岳鹿大学毕业体检是不是？"司机大哥说，"那得早点，以前有学生五点半就往医院走了。"

"那不至于。"豹哥说，"我们七点走吧。"

"你七点去，体检上得九点，每个检查的地方再排个队，你下午五点能回来都够呛。"

豹哥惊了："这么盛况吗？"

"你以为呢。"司机大哥笑着说。

"嗯，那我们六点半走吧。"豹哥想了想。

"行，"司机大哥答应了，"明早上六点半，我要是没给你打电话，你就给我打电话，不然到时候都起不来，耽误事儿。"

豹哥乐得不行，这司机大哥还挺逗。

第二天一早，豹哥早早地就起床了，给苗苗打了电话让她起床，然后又给司机大哥打电话。

老大揉着眼睛问他怎么起这么早。

"抽血不是要空腹吗？"豹哥说，"早点去，早点抽完，不然苗苗饿肚子了就。"

老大把被子盖过头："你赶紧走吧，碍眼。"

豹哥和苗苗去得算早的，结果医院大厅里面已经乌泱泱站了一堆人。

"这么多人啊？"苗苗目瞪口呆。

"是时候向你展示展示中国的人口了。"豹哥揽过苗苗往队伍末端走，"走吧，排着去了。"

躺着做 B 超的时候，豹哥和苗苗只隔了一个帘子，医生转身的时候，不小心把帘子带起来一个角。

豹哥和苗苗对视了一眼。

上午十一点，闷热，嘈杂，空调的运转声"嗡嗡嗡"缠绕在上空。

可是豹哥什么也听不见。

他好像到了一个空空的白色房间。

他和苗苗对视时，一滴水落了下来。

那滴水掉在地板上，细粒的水珠迸溅起来，然后以一朵花的形状重新摔下来。水滴以迅雷不及掩耳之势迅速蔓延，空房间前所未有地饱胀，水越涨越高，最后漫出来了。

豹哥率先对苗苗笑了笑。

苗苗也笑了一下。

空房间所有的水，对准豹哥的头，毫不犹豫地浇下来。

心脏像是被裹上了一层软乎乎的糖浆，糖浆顺着血液循环缓缓地流遍全身，连指甲缝儿都甜甜的。

时间不会停止的，夜风随着时间一层一层盖上屋外的叶子，窸窸窣窣的声响里，时间的缝隙里，月光洒在叶子上。闭上眼睛，豹哥嘴角慢慢地翘起来，连带着翘起时间的无涯荒野。

时间是以怎样的速度转动着，命运是以怎样的无情运行着……这些他都不知道，但是他，他好像可以一直一直喜欢面前这个女孩儿。

喜欢很久很久，石头被海水冲刷没了，森林又从海底冒出头了，人类成为一种远古的生物了——直到那个时候，他还是喜欢面前这个女孩儿。

出了医院，豹哥突然牵住苗苗的手。

"我今年二十五岁了。"他说。

"我知道。"苗苗点头。豹哥留级三年嘛，全校人都知道。

"我刚才躺着，转头就看见了你。"豹哥若有所思，"突然就觉得，如果以后每一天醒来，转头都能看见你——那该多好。"

一毕业，苗苗就被豹哥拉去结婚了。

结婚之前当然是要见双方家长。

豹哥把苗苗带到家里，好好地介绍了一番。

苗苗特别紧张，生怕自己说错话、做错事儿。

结果到了豹哥家，豹哥车还没停好，豹哥爷爷就听见动静出门来了。

苗苗很喜欢豹哥爷爷，上次在学校谈得也很开心，现在看见熟悉的面孔，苗苗心里放松了一点。

"乖闺女，来了啊。"豹哥爷爷递给苗苗一个橘子，"秦锐说你就喜欢吃橘子，爷爷老早就给你准备好了，买了好几箱橘子放着的，你想吃，管够。"

苗苗点点头："嗯！"

她觉得心里暖暖的。

豹哥捏捏她的脸："给你说了我们家人听说是因为你我才清考过了能毕业的，他们喜欢你喜欢得不得了。"

苗苗说："可是——"

"别可是了。"豹哥说，"我们一家子全家都是开武馆的，最佩服的就是读书人，你脸上就写着'读书人'仨字儿，地位高着呢。"

事实上，豹哥还真说对了。

爷爷就不说了，红包都给了。

豹哥的爸爸妈妈对苗苗这个未来儿媳妇也十分认可，对待苗苗比对待豹哥还亲。

豹哥想到了苗苗会很受自己家里人喜欢，但没想到会这么受喜欢。

他心里怪不是滋味。

"你跟程小虹进展怎么样了？"在家里空前受到冷落的豹哥，孤独地给远在异国他乡的许鉴打电话问近况。

许鉴想了想，下午对她说"喜欢一个人就是要倾其所有对她好"这句话，按照往常的规律来看，程小虹肯定会给他一个白眼，但是今天程小虹只是静静地看了他几秒，然后也没说话，别开目光好像发呆去了。

这……是不是意味着……自己走进程小虹内心了？许鉴暗自猜测，默默窃喜。

"我感觉好像挺顺利的。"许鉴说。

"你这话从你遇见程小虹开始就在说了，"豹哥一点没留面子地打击许鉴，"现在我跟苗苗都要结婚了，你们俩还在'进展顺利'，也不知道顺利在哪儿了。"

许鉴大吼："我们是正常速度！相遇相识相知相互理解有感觉然后逐渐升华成爱情的！"

豹哥把手机拿得离自己远了一些。

"你说苗苗为什么那么招人喜欢呢？"豹哥突然问许鉴。

许鉴还在那儿想着怎么给豹哥解释自己的进度，然后就听见豹哥传来一个十分莫名其妙，隐隐约约还有点撒狗粮意思的疑问。

"您看我招人喜欢吗？"许鉴谦虚地问豹哥。

"您看我这巴掌适合拍死你不？"豹哥也很懂礼貌。

啧。

"你看，知道这个问题有多难回答了吧。"许鉴循循善诱，"你突然问我这个问题，我也只想回你一个'啧'字儿。"

"你在开张飞的玩笑吗？"豹哥问许鉴，"你跟苗苗有可比性吗？"

许鉴直接挂了电话。

谈恋爱了不起吗？他很快也会拥有甜甜的爱情了。

喊。

晚上，豹哥不知道听了哪个二愣子的建议，突然娇滴滴地抱着苗苗，头在苗苗的肩颈处摩擦，一副金毛犬的样子，撒娇说自己吃醋了。

苗苗顶着一脸被雷劈的表情——豹哥真是随时随地为她打开新世界啊。

她呆呆地安慰豹哥："过年的时候你去我家里，我妈对待你比对待亲儿子还亲，现在你知道我的感受了吧？"

"不知道。"豹哥继续撒娇，"你快哄哄我。"

两个人正腻腻歪歪呢，卧室门边传来声响。

豹哥额角一跳。

要是刚才他那副样子被人看到……

豹哥几步过去拉开门，就看到自己平时威严得不得了的爷爷满脸尴尬地站在那里。

"晚上好，我说我是来散步的，你们信不信。"

豹哥一脸目瞪口呆。

豹哥爷爷哈哈一笑："年轻人，有激情是好事儿。"

他一边说一边往后退，一副检查家电的样子："欸，这灯泡不太亮了，该换了该换了……"

"爷爷。"豹哥面无表情地叫住爷爷，"我要是您就干脆承认了。"

"我承认什么！"豹哥爷爷像是被踩住了尾巴，虚张声势地大吼，"你没当过家，不知道柴米油盐的贵，这个灯泡啊，它的寿命其实是有限的，我这不是看它有点暗然后来换换嘛！"

豹哥本来还是扶着门的姿势，听这话，直接乐了。

他抱着手站在门口："那新的灯泡呢？"

"啊？"

"不是说来换灯泡吗？"豹哥问，"灯泡呢？"

豹哥爷爷拍拍脑门儿："哎呀！忘了！"

豹哥扶住额头："您早点休息吧。晚安。"

"嘿嘿。"豹哥爷爷觉得自己临场反应真棒，把自己鬼灵精的孙子都给哄过去了，心底陡然升起自豪之情，说话也十分过来人的样子给豹哥传授经验。

"男孩子还是要保持自己的形象。"豹哥爷爷语重心长地教育豹哥，"动不动就趴在女孩儿身上撒娇算怎么回事，应该让女孩儿趴在你身上撒娇。"

豹哥本来都准备关门睡觉了。

听见这话，他转过身来。

"爷爷，我信了。"豹哥说，"您刚才真的没偷听偷看，您真的是在换灯泡。"

豹哥爷爷干笑两声，尴尬地哼着歌走了。

回到房间，苗苗趴在床上看电视，电视上放着综艺，没什么好笑的，但是苗苗却笑得眼睛都眯起来了。

"你是我见过的第一个都二十二岁了还看《快乐大本营》而且还真实地被逗笑的人。"豹哥走过去把苗苗抱到怀里。

"你管我。"苗苗伸手推开豹哥的头，"挡着我看电视了。"

豹哥固执地把头凑到苗苗面前，拧着眉，问："我好看还是电视好看？"

"我最近特别喜欢喝水，要不你去跟生命之源竞争竞争？"苗苗叹一口气，无奈地问豹哥。

豹哥把头埋在苗苗的颈侧，笑声闷闷地传出来："我太高兴了。"

"想到我们就要结婚了，就觉得好高兴。"豹哥把头抬起来，环着苗苗腰的手也移到脸侧，他捏捏苗苗的脸，"高兴劲儿要溢出来了，看见谁占你注意力占多了一点就很烦。想让你时时刻刻只看我，想让你一辈子每分每秒只对我着迷。"

哎哟。

苗苗伸手理了理自己的刘海，她张了几次嘴，也不知道该说什么："你……你从哪儿学的这些话？"

"你是不是害羞了？"豹哥啄了一下苗苗的鼻尖，"然后在故意转移话题。"

月亮悄悄地从云后面露出脸蛋。

风从敞开的窗户钻进来。

豹哥和苗苗拥吻着。

如果有人拍下这一段，并且用特别慢的速度播放，就可以看见每一个短瞬间的细微步骤变化。

睫毛的颤抖，眼角的闪烁，嘴角的微微勾起，缠绵辗转的嘴唇，握在一起的手，被风吹起的发尾和衣摆。

程小虹满脸怒气地打开门。

"现在是凌晨三点，你没事儿敲我门干吗？"

许鉴却管不了那么多。

他把程小虹推进房间里面，脚一蹬关上门。

屋里黑漆漆的，许鉴没伸手摸开灯的开关，他两只手紧紧扣着程小虹的肩膀，凭着直觉，对准程小虹的嘴唇就亲了下去。

整个过程发生得十分迅猛。

程小虹都没反应过来，等她意识回笼，挣扎着推开许鉴的时候，才察觉到许鉴一身的酒味儿。

难怪呢，平时乖得跟鹌鹑似的人，会突然做出这种举动。

她伸手摸到开关，开了灯。

房间一瞬间大亮，许鉴眼睛红红的，有些委屈地看着她。

"你给我过去坐着！"程小虹叹一口气，也说不出指责的话了。她指着窗边的椅子，"清醒清醒我们再说话。"

许鉴听话地坐过去，嘴里嘟囔着："我清醒着呢。"

"是吗？"程小虹说，"那你跟我说一下竹林七贤是哪七贤。"

许鉴皱着眉想半天，最后茫然地抬头："不知道。"

程小虹摊手："看吧。"

"可是，就算我没喝酒是在正常状态下，我也不知道……那个啥七来着？"许鉴挠挠脑袋。

"你看，你也说了，你现在不是正常状态。"程小虹走过去倒了一杯水，端给许鉴。

"我觉得不公平。"许鉴没接水，他伸手拉住程小虹，抬头看着她，"你对我一点也不公平。"

程小虹笑了："说什么酒话呢？"

"没说酒话。"许鉴不满地说，"你就是不公平。"

"你对我的偏见太重了。你不相信我可以喜欢你很久很久，你不给我机会证明，你……你反正就是不公平。"许鉴费劲儿地组织语言，本来想说得有文采一点，但是喝了酒的脑子转得有点慢，他最后也没文采出来。

"我怎么就偏见了。"程小虹手握紧杯子。

"你叫我'大少爷'。"许鉴控诉道，"你让我先管好我自己吧。我想帮你，你还嘲讽我是警察叔叔。"

"不是哈，警察叔叔是伟大的。"程小虹纠正许鉴。

"反正你就是嘲讽我了，我说我要帮你，你说从小到大只有警察叔叔那么对你说过。"许鉴虽然喝醉了，但是逻辑却异常地清晰。

"你大半夜不睡觉就是来跟我翻旧账的？"

"不是。"许鉴吸了吸鼻子，"我是想来告诉你，可以试着信我一下。"

"我在努力变好了。"许鉴低着头，声音里带着浓浓的鼻音，"我过了四级，在认真地看书，你不是研究俄国文学吗，我连《城堡》和《罪与罚》都看上了，里面的人名晕死我了，但是我还是看完了。"

程小虹哑然失笑，她拍拍许鉴的头："你看懂了吗？"

"没有。"许鉴顿了一下，不甘心地回答。

程小虹觉得自己好像走进了一座被橘色晕染了的迷宫。她急着寻找出口，但又下意识地留恋迷宫的温暖。

"我之前练冰球其实没那么努力。但是我好像除了冰球什么都不会。如果我打冰球，举起了冠军的奖杯，你是不是就会觉得我可靠一点？"

程小虹不知道该怎么说。

面前的少年问得太认真。

眼神太专注。

"我想变得可靠一点。"许鉴拉住程小虹的睡衣衣摆，"想成为可以被你依靠的男人。想被你喜欢，想让你喜欢我像我喜欢你一样。"

"那会儿豹哥给我打电话，他和苗苗都要结婚了。"许鉴委屈地说，"我跟你认识那会儿，他也刚认识苗苗。现在他俩都要结婚了，我、我们还什么都没有——"

"反正，你喜不喜欢我就给个准话吧！"许鉴突然大声道，"你最好是喜欢我，不然……"

程小虹挑眉："不然什么？"

"不然……我就继续缠着你，"许鉴又一瞬间松了力道，可怜兮兮地说，"缠你一辈子。"

威尼斯的夜晚很安静，白天所有喧嚣的游客都睡下了，河道安静地围绕在大小建筑外围，月光和灯光一起揉碎在河里，像闪闪发亮的银河，船桨打翻一池银河，银河摇摇摆摆一会儿，然后慢慢地又拼凑成一开始的模样。

"一辈子？"程小虹怔怔地问。

"嗯。一辈子。"许鉴肯定地点头。

"那你缠着吧。"程小虹走过去，打开房间门，示意许鉴离开，"我睡了。"

最长久的爱情是永远没得到。

程小虹冷静地想，就让许鉴一直觉得自己没得到吧，那样他就会在她身边留得久一点了。

誓言有什么用呢？

有谁会信年轻男孩子的誓言呢？

程小虹把自己摔到床上。

小虹，我是妈妈。

你看到这封信的时候，我应该已经走了。

终于啊，我每天躺在医院里都烦死了。身体破旧，我还得将就它，想想就很累。

死亡好像对我而言更舒服，脱离身体的拖累，像玻璃缸里的金鱼一样不受侵扰。沉浸在大片的水域里，静而柔软，绵而悠长。

所以你不要难过。

妈妈是去享福了。

说什么"我拖累你"之类的话，你估计很不爱听，还会用好看的眼睛瞪我。我闺女的眼睛真好看，我闺女哪儿都好看，刚生下来的时候可丑了，我还伤心了好一阵儿，怎么长得一点也不像我，后来你越来越漂亮，越来越好看，我却更伤心了。

这么好看的你，成绩还好，看起来很冷淡，但其实心肠很好，这么乖的女儿，怎么就摊上了我这样的妈。

别的妈妈都是想方设法给自己女儿筹划未来，为她排忧解难；我却刚好相反，我这个妈妈总是想方设法阻碍你奔向更广阔的未来，为你增添烦恼和压力。

你考上了全市最好的高中，人家还给你学费全免，但你没去，为了方便照顾我，就近选了一所高中读。我女儿特别争气，即使是随便的一个高中，依旧考了全市的英语状元，那些好学校接二连三地给你打电话，我听护士说了，有个外国语学校都找到医院来了，说可以让你免费去读，以后还可以免费出国。

哎哟，我高兴坏了。

妈妈学习成绩一直不好，小时候家里条件也一般，最羡慕那些放假就出国玩或者去国外读书的同学了。

妈妈小时候还许过愿呢，以后一定要让自己的女儿出国，让自己的女儿被人羡慕，而不是去羡慕别人。

谁知道我女儿这么优秀，虽然有我这样一个没什么用，帮不了什么忙的妈妈，但就只是靠着自己也有学校来请你过去，请你出国。

我一直等你告诉我这个消息，我都托护士帮我查了，出国要办护照，要办签证，听说国外的插头跟我们中国不一样，你得去买转换插头，你还要去换钱，听说外国大学的寝室特别贵，你要自己出去租房子，还有啊，国外你吃完了饭得给别人小费……

我迫不及待地想要把这些事儿告诉你。

只等你跟我说。

可是我等完了整个高三暑假，你也没开口。

九月的时候，你跟往常一样离开，然后下午五点多的样子来医院。我笑着问你是不是该报到了。

你说已经报完了。

我问在哪儿啊？

你说离医院比以前高中要远一点，但还是在本市，你还是可以每天来看我。

你都不知道，那一瞬间，我多想直接拔掉输液管，从窗户跳下去。

我不仅是全世界最没用的妈妈，我还是全世界最麻烦的妈妈。

别的妈妈都是想方设法给自己女儿筹划未来，为她排忧解难；我却刚好相反，我这个妈妈总是想方设法阻碍你奔向更广阔的未来，为你增添烦恼和压力。

你明明还只是个孩子，却得在同龄人玩耍嬉闹的时间去打工，做兼职。

你站在超市柜台后面，穿着员工制服，微笑着说"您好，欢迎光临"

的时候，如果抬头看见立在你面前的人是你同学……你该怎么办啊。

你自尊心那么强，被同学看见你打工的样子，你会偷偷躲起来哭吗？

你会不会在那一瞬间特别特别恨我这个妈妈。

自己身体不给力就算了，还找了个那么不靠谱的老公，把烂摊子全部甩给你，自己拍拍屁股就走人了。

我每次看见你对爱情嗤之以鼻的样子，我都很自责。

妈妈想告诉你，虽然妈妈这段爱情以失败告终，但是它开始得很美。

你爸爸骑着当时整个小镇里唯一的一辆自行车，从街角突然转弯过来，我正打算过街，于是跟他实打实地撞在一起。他笑着跟我说对不起，然后伸手把我扶起来。

我膝盖被撞破了，他把我拉到自行车后座："我送你去诊所！"

原来坐自行车是这种感觉，好像要飞起来，风从未那么热烈地往我怀里钻，自行车碾过碎石子儿，"咔哒"的响声，跟我的心跳合二为一，明明是普通的一天，但我却好像看见了彩虹。

这就是你名字的真实来历。

不是妈妈随便取的哦。

里面其实藏着很多真心和美好的回忆。

而且妈妈这段爱情还把你带给我了。

想到我的小虹，我就觉得还可以再坚持一下。

去爱吧。

人这一辈子很苦的，有很多无可奈何，有很多失之交臂，有很多悔不当初，也会有很多个痛哭流涕的夜晚。

所以更应该去爱，去冲动，去发疯，去不顾后果，反正最后都是一个结局，不如壮烈主动一点。

你看透了很多东西，不代表你就不去体验那些东西。

好歹去试试，看看有没有别的可能；看看有没有可能是你太早下了结论。

不要怕，妈妈一直陪着你呢。

不管我的女儿最后选择了什么，迎来了什么，我都会一直陪着你哦。

你也要努力，不要忘掉妈妈。

少熬夜，多睡觉，那样才能尽可能多地在梦里见到妈妈。

好好吃饭，不要随便啃一块面包就当作一餐解决了。妈妈现在离开了，你的负担应该就减少很多了吧，不要再像从前一样省吃俭用，计算着用钱。该坐出租车的时候，就不要去挤公交车。当然，也不要大手大脚，妈妈怕你一次性把钱花光了，万一出现什么紧急情况，你就没办法了。

要学会笑，不要总是冷着一张脸。人们都喜欢亲切温柔的女孩儿，我的女儿明明也温柔，但总是被误解成冷冰冰的人……唉，我真想有个高音喇叭，把我女儿的好说给全世界人听。

要学会表达自己。不是所有人都是妈妈，不是所有人都能理解你的想法，人和人之间很容易就有隔阂的，你要学会说出来。因为隔阂很容易有，但也很容易没有，只要你肯说出来，只要你肯沟通。

买点化妆品。我每次看别的女孩儿都涂着口红，打扮得漂漂亮亮的，我就在想，我女儿就是没打扮，要是打扮起来肯定最美。

你其实特别臭美，我知道，小时候见别的小姑娘有小辫子，非得让我给你也扎一个；别的女孩儿穿个花裙子，你路过服装店，看着橱窗的花裙子，眼睛立马就亮了……

你是从什么时候开始装作一副对这些不感兴趣的样子呢？现在好了，你不用压抑了，想臭美就臭美，想穿花裙子就穿花裙子，想买什么就买什么，我一想到我女儿的美丽样子，我在天上也会开心得流下眼泪。

哎呀，还有好多话想说呢，但是又不知道该说什么了。

我也很困了，想好好地睡一觉。

我的女儿，我的小虹，妈妈总觉得还有好多好多话没说完，但是我实在没力气了。

总之，不要孤单，不要怕哦，妈妈一直一直一直陪着你呢。

程小虹手里握着这封信，不管第几次读它，她都会哭。

是不是可以有更好的结果呢？

如果她不把疲惫写在脸上，妈妈是不是就可以坚持得更久一点？

如果她不把一切都扛在身上，不自以为是地牺牲，妈妈是不是就不会一直重复自己"没用""麻烦"？

要是时光可以倒流就好了。

她一定可以做得更好。

原来要学会依靠自己的妈妈，要学会跟自己的妈妈讨论困惑，要学会向妈妈倾诉自己的烦恼和压力，要让妈妈觉得她还"有用"，还可以为自己做些什么。

她一路上自顾自地迅速成长，忘了自己每一次被生活逼出来的成长，都是亲手插在妈妈身上的一把刀。

"许鉴，我改变主意了。"第二天，程小虹见到许鉴就说道。

"啊？"许鉴一愣，手里捧着酒店送的热姜茶醒酒。

"我不要你缠我一辈子。"程小虹想到妈妈信里写的"去爱吧"，她看着许鉴的眼睛，"你现在清醒没有？"

"醒了醒了！"许鉴放下茶，一下子跳起来，蹦到程小虹面前，声音有些抖地说。

"你让我给你个机会证明你自己，"程小虹别扭地躲开许鉴火热的目光，"我给。"

许鉴大声喊了一嗓子，不顾周围人的目光，拦腰抱起程小虹，在酒店大厅里转圈儿。

"我真的会喜欢你一辈子的！"

程小虹被许鉴整个措手不及，连忙搂住许鉴的脖子："你神经病啊！放我下来！"

"不放！"许鉴抱着程小虹，停止了转圈，他低头看着怀里的程小虹，他终于抓住春天了，千辛万苦也值得。

许鉴噘着嘴儿要亲程小虹。

程小虹脸通红，一巴掌朝许鉴拍了过去。

"这里人那么多！"程小虹面红耳赤地吼许鉴。

"那我们回房间！"许鉴说完就抱着程小虹往电梯走。

"滚！"程小虹两只手一起揪许鉴的耳朵，"你听不听话？"

"听的听的！"许鉴尾巴摇得特别欢快，"一辈子都听！"

只有年轻的男孩子喜欢许诺，只有年轻的男孩子喜欢在所有誓言后加上"一辈子"。

谁会信年轻男孩子的誓言呢？

大概只有年轻男孩子自己吧。

蠢死了。

但是一起犯下蠢也不错。

苗苗想象自己的婚礼肯定与众不同，毕竟以豹哥第一次约会把她挂悬崖上，送生日礼物送一什么仙人的墨宝这种节奏，她结婚就算在外太空，她都能有心理准备。

但却没想到，豹哥给了她一场特别普通的，好像并没有费什么心思的婚礼。

包了个酒店，请了很多人，大家在门口写礼金，拿红包，进来到大厅坐下，然后等着开饭。

不是说这种婚礼不好，苗苗就是没想到，一向不走寻常路的豹哥，这次居然这么正常，她都有点蒙。

婚礼主持人居然是许鉴。

他刚从威尼斯回来，据说终于把程小虹拿下了，回来的时候喜气洋洋，对着去机场接他的豹哥，差点当场吟诗一首，被豹哥踢了一脚才恢复正常。

"如果说爱情是美丽的鲜花，那么婚姻则是甜蜜的果实，如果说爱情是初春的小雨，那么婚姻便是雨后灿烂的阳光。在这样一个美妙的季节里，一对真心相恋的爱人，从相识、相知、到相恋，走过了一段浪漫的爱的旅程。亲爱的朋友们——下面让我们一起把目光转向不远处，在那里，一位美丽的新娘，正挽着一位精神矍铄的男人缓缓向我们走来！是她！我们新郎钟爱的女人！是她！带给我们新郎……"

豹哥深呼吸一口气。

他现在很想打死台上那个一惊一乍的许鉴。

当初也是一时大意，同意了让他来做主持这个大胆的请求，现在豹哥很后悔，用四个字来形容的话，就是"悔不当初"。

好不容易跟苗苗牵上手，并排站在台上，看见苗苗一张脸也被许鉴吓得惨白。

"朋友们，婚姻是相互的理解和信任，更是彼此的托付和珍惜。婚姻是爱与爱的交融，情与情的交换，更是心灵与心灵的碰撞，生命与生命的相连。婚姻，传颂着一个美丽的爱情故事，交织出一个美好的爱情誓言。婚姻——"

豹哥忍不了了，他当着所有人的面，捶了许鉴一拳。

"给我速度点儿！那么磨叽呢，网上随便抄的词儿显你文采是吧？"

苗苗扑哧就笑了。

一直以来莫名的紧张感就这样被打散。

她放松下来，像过去的任何一次一样，伸手拽住豹哥的衣角。

"哎哟，宝贝儿今天可不能绞我衣角，这么重要的日子呢，一会儿拍照不好看。"豹哥小声凑到苗苗耳边说。

苗苗听话地松开了手。

豹哥又反悔了，他抓着苗苗的手，放到自己衣角上。

"没事儿，绞吧，媳妇儿开心最重要。"豹哥说。

"欸嘿嘿嘿嘿！"许鉴跟嗓子进头发丝儿似的，嘿嘿半天，"还没戴戒指呢！这位新郎怎么就开始叫'媳妇'了？"

全场哄堂大笑。

饶是豹哥，也臊着了。他耳朵红着，气急败坏地要踢许鉴。

许鉴这么多年冰球不是白打了，几个闪身躲开。

哟嚯，这是在挑衅我啊！

豹哥是能被挑衅的存在吗？

多年以后，苗苗回忆起自己的婚礼，还是只有一个印象：我老公跟他兄弟在台上打起来了。

不愧是豹哥，就算再正常的东西，到他手里也变得不太一样。

新婚之夜。

苗苗躺在豹哥怀里问他："我以为你会整个完全与众不同的只有我们两个人的婚礼。"

豹哥抱紧苗苗："婚礼的话，想俗一点，给你最多的鲜花，最热闹的人群，想让你享受最世俗的快乐，接受所有人的祝福，被所有人羡慕。"

苗苗笑得像吃了世界上最甜的蜜。

她往上窜了一下身子，亲了一口豹哥的下巴。

"嘴呢？"豹哥挑眉，慵懒地看着苗苗。

苗苗笑着把自己的唇印上去。

豹哥叼住苗苗圆润的唇珠，恶狠狠地咬了咬，然后又温柔地含住，把苗苗的呼痛吞进嘴里。

第二天早上，豹哥很早就醒了。

他转头一看，苗苗安安稳稳地睡在自己旁边。

豹哥满意地笑了笑，半撑起自己的身子，目光犹如画笔，顺着苗苗的五官细细勾勒线条。

勾勒着勾勒着就勾不住了。

他盯着苗苗的唇珠，心痒痒地凑上去亲。

正在这时，苗苗醒了，睁开了眼睛。

豹哥顿了一下。

两人的目光在空中交汇，居然很不好意思。

"醒了？"豹哥问。

"醒了。"苗苗回答。

"那亲一个？"豹哥商量地问。

"亲一个吧。"苗苗点点头。

苗苗就看着豹哥。本来挺自然一个活动，被苗苗这么一盯，豹哥觉得臊得慌。

"你把眼睛闭上。"豹哥命令苗苗。

"好。"苗苗又点点头，听话地闭上眼睛。与此同时，手指微微弯了一下，暴露了她的紧张。

豹哥抬手，比苗苗大了一号的手掌握住苗苗的手，然后嘴唇沿着之前的方向，继续往下亲了上去。

亲完了，豹哥抱着苗苗去洗漱，到了洗漱台才发现苗苗没穿鞋，于是苗苗就站在豹哥脚背上洗漱。

苗苗一边洗脸，豹哥就贴在她后面给她挤牙膏，把牙刷放到漱口杯上，然后才给自己挤。

洗漱完了，豹哥拿手臂箍住苗苗的腰，半提半抱地把人拎回卧室，放到床上。

苗苗心里暖暖的。有个力气大的男朋友，哦，不，老公，果然很爽。

"你最近吃得有点多啊。"豹哥甩了甩手，"感觉你胖了呢？"

苗苗心里凉凉的。

她从床上抬起头，瞪了豹哥三秒，然后一个鲤鱼打挺坐起来，张牙舞爪地朝豹哥扑过去。

"你不爱我了！新婚第一天你就嫌弃我！"

豹哥一只手制住苗苗，把她重新按回被子里，然后转身回卫生间，一边刮胡子，一边说："爱着呢爱着呢。秦锐天长地久喜欢迟苗苗。"

如果说结婚前后豹哥最大的变化，应该就是越来越黏人了。

苗苗喜欢睡软蓬蓬的鸭绒枕，她每次在枕头上睡得好好的，半夜被豹哥搬到他手臂上枕着。不是苗苗不愿意枕豹哥的手，主要是真的太硬了，全是肌肉，她睡着跟枕了一块木头似的。

她跟豹哥隐晦地提过："这样下去，你会得肩周炎，我会得颈椎病的……"

豹哥说："什么意思？亲亲老公爱的抱抱不舒服吗？"

我亲亲抱抱你个大头鬼啊。

苗苗苦不堪言，刚巧程小虹来看她，她就把这事儿讲了。

程小虹微微一笑："豹哥这么可爱啊？"

"可爱什么啊！"苗苗皱着脸，"我失眠好几天了，感觉再来就得落枕了。"

三天后。

豹哥怒气冲冲地回到家。

"迟苗苗！"

苗苗身子一抖："哈？"

"你离程小虹远一点！"

"小虹怎么了？"

"她嘴太长了！"豹哥气得抓头发，"她跟许鉴说我太黏人了，睡觉必须抱着你，许鉴那比拿剪刀剪了的裤腰带还松的嘴，他知道，全世界就都知道了。刚刚我去武馆里办事儿，里面的学员看我都憋着笑的！"

苗苗抿抿嘴唇，心虚地把目光移开。

豹哥看见苗苗的样子，一挑眉。

"但我有个问题。"豹哥温柔地把苗苗喊过来，"苗苗，来。"

"干、干吗啊？"

"亲亲老公有疑惑想让你解答嘛。"豹哥笑眯眯地招手。

"不了吧，"苗苗谨慎地往后退，"就这样也能解答困惑。"

"迟苗苗。"豹哥平静地喊了一声。

苗苗差点儿站军姿喊到。

她立马窜到豹哥面前。

"我就很困惑啊，程小虹是怎么知道我们睡觉姿势的呢？"豹哥慢悠悠地在沙发上坐下。

苗苗乖得不得了，她蹭过去，蹲在豹哥前面，讨好地抱住了豹哥的腰，然后可怜兮兮地认错："你原谅我吧。"

"可以啊。"豹哥笑得很温柔，"我这么大度的人。"

一点也不大度好吗！

苗苗都可以想象自己今晚上的惨状了……

许鉴的儿子五岁的时候，好像终于后知后觉反应过来一个问题。

"爸爸，我是从哪儿来的？"

许鉴差点哭出来，他从程小虹怀孕开始，就一直等待着自己的孩子问这个问题，这么久了，儿子一直没问过。今天终于问出来了。

"这个问题，爸爸要好好地跟你谈一谈。"许鉴抱起儿子，"这个故事得从爸爸大四的时候说起，那个时候你妈妈站那儿唱歌，我路过那儿，一眼就看中你妈妈了，然后爸爸就奋起直追，过程很轻松，因为你妈妈其实早就对我芳心暗许了，然后——"

"许小帅，你爸骗你呢。"豹哥本来坐在一边晒太阳的，实在听不下去许鉴吹牛了，毫不留情地揭穿道，"他当年追你妈费了老大劲儿了，后来还跑去威尼斯了，就那地儿，一天能产生八千对情侣，结果你爸你妈在那儿待两周最后还得靠着酒才能把关系确定下来，你说你妈当年得多嫌弃你爸。"

"你胡说！"许鉴红着脸，伸手捂住自己儿子的耳朵，"你别听你秦叔叔乱说，他老婆离家出走了，心情不好发狗脾气呢。"

"苗苗没有离家出走！"豹哥坐起身子，随手抓起抱枕朝许鉴扔过去，"她在家里好好待着的呢！"

许鉴躲开抱枕："嗯？"

豹哥咬咬牙，说漏嘴了。

"你不是说苗苗想她爸妈回家了吗？"许鉴放下儿子，笑得贼兮兮地凑上前，"豹哥，你被苗苗赶出来了吧？"

"呵！"豹哥轻蔑一笑，"怎么可能！苗苗迷我迷得不行，怎么可能赶我出来？"

"那你回家啊！"许鉴摊手，"你回啊！你在我家待着算怎么回事？"

"我……"豹哥别开目光，"我是想着太久没见你了，跟你沟通沟通感情。"

"不需要。"许鉴特别有种地说，"我们俩没什么感情可沟通的。"

豹哥握紧拳头："我们从小一起长大……"

"所以这段缘分就停留在那儿吧，"许鉴继续有种地说，"现在我们各自有了家庭和事业，没必要回忆从前，没意思。"

豹哥咬着牙，指了指许鉴："你给我等着。"

许鉴耸耸肩："我等着呢，千年等一回，等你到白眉。"

豹哥微微一笑，风度翩翩地走到厨房。

那里程小虹正在炸鸡柳。

"许鉴给许小帅说当年是你先追的他。"豹哥手撑着厨房门，慢悠悠地说。

程小虹手一顿。

"还说你死皮赖脸追着他，非得让他答应你，不答应你就哭。"豹哥手指敲了敲厨房门，"奇怪，我怎么记着是他追你来着？我记错了？"

豹哥继续添油加醋："看不出来啊，你原来这么热情似火。"

"砰——"

菜刀重重地落到菜板上。

豹哥不自觉咽了一下口水，有些心虚地看了一眼身后。

"他说得没错。"程小虹转过身来，笑得很温柔，"是我先追的他。"

晚上。

许鉴跪在床角，可怜兮兮地拽着一点点被子："老婆，我错了。"

"你怎么会错呢？"程小虹用力把被子抽走，"我疯狂追求你，你做什么我看着都对。"

许鉴欲哭无泪："我真的没那么说！是豹哥自己婚姻不顺，因此想离间我们的感情！"

许鉴重新伸手去够被子："我真的没说别的！"

"是吗？"程小虹笑了笑，"那你想明白你还说什么了之后，再来吧。"

许鉴看着紧闭的卧室门，不死心地伸手扭了扭门锁，确定是锁着的。

他孤独地朝书房走去。

与此同时，豹哥也在可怜兮兮地挠自己家门。

"苗苗，我错了……"豹哥哼哼道，"你让我进去吧。"

"不听不听，王八念经。"里面传来一句自动回复。

豹哥抽抽鼻子："苗苗，你不要用这个来回答我，我想听你的声音。"

"不听不听，王八念经。"

"苗苗，我真的错了。我好想你啊，我们都一周没见了，你不想我吗？"

"不听不听，王八念经。"

"苗苗，我今天被人欺负了……"豹哥使出杀手锏。

"不听不听，王八念经——"

自动回复还在响，但是门却被打开了。

苗苗抱着手站在门口，俯视挠门的豹哥。

"苗苗！"豹哥一个猛子跳起来，抱起苗苗，"想死我了！"

"你放我下来！"苗苗伸手拍豹哥的头，"你每次都这样！"

"我错了，我真的错了。"豹哥把苗苗往屋里抱，朝后伸腿关上门，"我们的求婚纪念日，我怎么可能忘，前段时间太忙了，一时没想起来……"

"你少来！"苗苗不认账，"当年毕业体检出了医院门，说得可好听了，什么希望每天早上醒来都能看见我，屁！人影都见不着一个！"

"这不是最近我们武馆拓展业务，搞了个健身房嘛，我这老板不得去盯着点儿。"豹哥亲了一口苗苗，"好媳妇儿，我错了，你应该这么想，我这么忙都是为了你和面面啊！"

"面面天天问我爸爸去哪儿了！"苗苗继续控诉豹哥。

"我明天就给她唱一首《爸爸去哪儿》！"豹哥把苗苗扔到床上，"再说了，我这一周不在是因为你不让我进家门嗷。"

"那是我错了？"苗苗眼睛一瞪。

这么多年了，她眼睛还是那么圆，瞪起来像两颗圆圆的杏仁儿，她的唇珠还是圆嘟嘟地立在嘴唇上，随时随地看起来都像在索吻。

"我错了。"豹哥压上苗苗，嘴唇印上她的额头，"被你关在门外的第二天，我就该直接砸门进来。"

《易·系辞下》里说："日往则月来，月往则日来。日月相推而明生焉。寒往则暑来，暑往则寒来，寒暑相推而岁成焉。"

岁月漫长，日子细碎，无数的失落伴随着无数的欢喜，海海人生，永远不知道上天会在什么时候兜头对着你浇下一盆凉水，但是没关系——

　　因为只要被人喜欢，就可以拥有无限大的力量，足够去抵抗生活的恶意。

　　而众所周知，秦锐天长地久喜欢迟苗苗。

番外

彩蛋来啦！

1

风儿无情地吹
幸福要怎么给
你不相信我
我为你憔悴
我为你伤悲
我为你喝醉
一杯又一杯

豹哥 de 诗

2

我是一只大老虎
天生就有硬铁骨
犹记当年我多酷
如今却做小妻奴
可怜可叹我好苦
何当共剪西窗烛

You make me feel so happy, You make me feel so special.
Whenever I'm with you.
-----This love is too good to be true.

4

是谁送你来到我心海

是谁让我情窦开呀开

夜夜想你念你心思难猜

日日缠你爱你心绪摇摆

3

莫愁前路无知己

豹哥在线追娇妻

乱花渐欲迷人眼

风里雨里小浪蹄

君问归期未有期

还有多久追到你

你是我的玫瑰你是我的花

我是你的草原我是你的马

天大地大

你的目光就是我的家

5

我带你飞

我无怨无悔

我天下第一帅

你天下第一美

你我天下第一配

You made me feel so happy; You make me feel so special.
Whenever I'm with you.
······This love is too good to be true.

/266/

1

枝蔓尚且沉睡

花朵却顺着毛细血管兀自生长

苗妹 de 诗

幻想按图索骥

爱情蓄势待发

怕你做期待的帮凶

更怕你让我失落

2

老虎守着晚秋柿子树

3

云是彩虹

未来是光亮的水珠

漂亮地搭载爱人

晶莹又清澈，透明又轻盈

隧道忽明忽暗

归期未定

时间推杯换盏

日子于是长出裂痕

没人能理解柿子树的退缩

雾气纠缠铁轨

柿子树因此而变得独特

无数个现在汇成未来

无数滴水珠汇成大海

4

月亮就在脊柱上方

心跳逆着沟壑闯进胸膛

要扎实拥有你

也要日夜怀念你

如墨光阴任你采撷

值得与否由我总结

飞鸟扑扇翅膀

她承认爱情早就满载而归

苗妹
de 诗

5

蝴蝶停在睫毛向往远航

柿子树开花

夜色与晨曦半分江山

秦锐喜欢迟苗苗

从花落花开到草枯草长

从宇宙初始到地老天荒

我被狗咬过三回。

三只不同的狗，三个不同的地点，但都是同一种狗：黑白斑点狗。

后来我每次看见黑白斑点狗，都不自觉地腿打战。

我质问我爸："为什么我会被咬三回，你们大人都干吗去了？"

我爸说："你小时候就跟憋三年好不容易出来放风的狗一样，可劲儿蹿，稍微不注意就不见了，每次跟你说那儿有狗，你听过吗？还可勇猛了，拎着棍儿就上，狗一看你有棍儿，不咬你咬谁？"

说这一大串，总结一下大概就是三个字：你活该。

可是很奇怪。

我被狗咬过三回了，但其实不太记得后续。被咬的一刹那很疼、很恐慌，觉得狗的牙齿都进骨头了，吓得嗷嗷直叫。可是之后呢，打针的程序，有没有请假，有没有疼，一切都记不太清了。

豹哥在这文里也被狗咬了，我回忆半天也没回忆起来当时我被狗咬了之后发生了什么，于是只好认命地百度，逛帖子和知乎，试图写得科学真实一点。

说出来谁信，被狗咬了三回的人，不记得被狗咬的感觉和过程了，还得借助网络查资料。

我是汉语言文学专业的。

当时报这个专业，是因为它不用学数学，我激动坏了，一看分好像也能上，于是兴高采烈就填上了。

我爸妈在我填完了之后问我："这个专业出来能干吗啊？"

我说："作者啊，编辑啊，记者啊，最不济还有老师啊。"

他们点点头："行。能养活自己就成。"

对比跟我同年龄一个表哥，他们家不眠不休研究了两天一晚，打电话问遍了自己所有朋友，对比专业、学校、预测工作，投资回报比……我们家草率得如同不是填专业，而是决定中午吃豆芽还是菠菜。

事实证明，我填这个专业确实太草率了。

我也是读了两年才发现，这个专业居然要学四学期的中国古代文学，要学两学期的现代汉语，两学期的古代汉语，要学语言学概论，还要学古典文献学……

我一开始就期待的外国文学，是从大三开始学的，而且只有两学期。

后来我选修英国女性文学简史的时候，认识了一个西语院的同学，她把她课表给我一看，欧美文学、拉丁美洲文学、日本文学……

我说："我原来应该选这个专业，还能免费学学英语。现在我英语都忘完了。"

回寝室后，我失魂落魄地把这一段儿讲给室友们听，着重表达了我的悔不当初。

野狼为我出谋划策："你要不这样，退学了然后重新高考，重新选专业。"

"滚。"我也言简意赅。

理论上来说，人生有很多个两年可以重来。

我读了两年大学了，要真的狠得下心，也可以退学重新高考，重新选专业。

但是一想到重新回到高三，那些逼仄昏沉的晚自习，抬头就是明亮到刺眼的白炽灯，黑板上永远乱糟糟的数学老师的板书，左侧是密密麻麻的课表和作业，右侧是高考倒计时……

我觉得，错了就错了吧，可能是上天的旨意。

随缘，指不定有什么收获呢。

于是又接着过了两年。

大四毕业的时候，我因为古代汉语挂了，得毕业清考。考试的那天，看见一个同学跟我一起考，反正离开考还有一段时间，就聊了一会儿。

他说他考完中国古代文学（二），一会儿要去隔壁教室考中国古代文学（三），然后去五楼考语言学概论，下午还要接着考西方审美文化和文学概论。

我惊着了。

"辛苦了。"我对他竖了个拇指。

"能者多劳吧。"他摆摆手，埋头喝了一口浓到成黑色的咖啡。

我第一次见人把屁话说得这么清新脱俗，好像他挂科是证明他能耐一样。

我考完抬头，他已经不见了，应该是赶场到下一场考试了。

走出人文楼，却看见他坐在阶梯上吹风。

"你答完了？"我问他。

"没呢。"他烦躁地挠挠头，"写那么多字，麻烦死了。"

"然后就不答了？"我目瞪口呆。

他笑笑，在包里掏了半天，掏出一个小本子。

"你写小说是吧？来，给我签个名，以后就指着卖你签名发财了。"

"谁说我写小说？"我装傻，"我只喜欢看，不喜欢写。"

"屁咧，上次在图书馆看见你在那儿打字了。"他嗤笑一声，"写小说又不是卖黄片儿，你羞耻个什么劲儿？"

我这个人就这样，正该好好说话，让对话流畅进行的时候，我就不知道该说什么了。经常哑口无言，于是傻呵呵干笑，掩盖自己的无所适从。

这个时候也这样，我摸摸后脑勺，不知道该怎么回他，只好接过笔，打算签个名。

"你洗头了吗？"他居然嫌弃地把笔收回去了，"我看你刚刚摸了头，别给我笔再弄油了。"

嘿，我当时那个羞愧那个恼怒啊。

反正他坐在阶梯上，我站着，怎么看怎么好踢，我呵呵一笑："跟你的娇臀说再见吧。"

我一脚踢了上去，然后就眼睁睁看着他掉下了楼梯。

他骂了句脏话，揉着屁股和腰站起来，说："得亏这里只有四节楼梯，不然真的废了。"

我没料到他一点力都没留，居然真被我踹下去了。

"你没事儿吧？"我紧张地问。

"你也太危险了。"他说，"我就跟你要个签名，怎么还有生命危险。"

后来，我也没给他签名。

因为——

"看你这样子也成不了大气候，脾气太暴躁。"他摇摇头，把本子和笔装进书包，"我还是物色个有潜力的，换个人要签名。"

后来，他不知道从哪儿知道了我的笔名，在网上自己搜书，买了我的小说，收到了还给我发了一张买家秀。

"我拿到签名卡了！你画的那是啥啊！也太丑了！"

从出生到现在，我从来没这么认真地思考过这个问题：一个像他那样的人，是怎么做到的？——居然安稳活到了现在。

我不让他看。

"这书就瞎写的，你看啥啊，别看了。"

他不顾我的反对，毅然决然地看完了。

我一再反对他看，但真看完了，又忍不住去问他："怎么样啊感觉？"

"那女主跟你真的一个德行。"

我炸了。

"放屁！我至于专门写个小说纪念我自己吗？"

"我又没说别的，你烟花啊，说炸就炸。"

我每一次打嘴仗都会输。这是一件很匪夷所思的事儿，因为我在小说里其实屁话特别多，感觉好像很能说会道的样子。

运动会一向是大一大二的主场，大四的除了个别学生干部到场，其余人都可以自由安排。

他是什么玩意儿组织的什么负责人，不知道，反正要出席运动会，结果这货在运动会开始的前一天给我发消息，说自己在西北考察呢，回不来，让我替他去一下。

"你啥时候去的西北？你考察啥？"

"你是我谁啊，问这么多。"他这句是发的语音，带着笑，背景音嘈杂，我想象应该是西北荒漠的大风，像海啸一样扑到地上，然后顺着电波全灌进我耳朵了。

我一如既往地语塞，不知道回啥。

只好使出惯用伎俩，发了一长串"哈哈哈哈哈"。

他这次回的文字："你哈哈啥，娃哈哈不找你去打广告真是可惜了。"

最后，他忍痛给我发了个三毛七的红包，央求我帮他去运动会。

"你这数额不如不发。"我一点没客气地讽刺他。

"欸，不能这么说，"他假惺惺地说，"这是今天的温度，我给你发了个大气层似的红包，你不觉得很浪漫吗？"

"你给我发个两百的红包，最浪漫。"

"俗。"他痛心疾首，然后又恢复了正常的语调，"赶紧去啊，回来给你带好吃的。"

我还挺想吃西北的好吃的……

于是就答应了。

去了运动会，其实也没干什么，就是呆呆地坐在主席台，看大一大二的小年轻们在田径场挥洒青春，看台上的女孩们永远不缺热情，呐喊尖叫加油声盘旋在体育场上空。

午后阳光氤氲，塑胶操场的味道闷闷地窜到鼻子前面。

我心想，本来我可以躺在凉爽的寝室里，吃雪糕，追剧，看小说，打游戏……

吃什么西北的好吃的，我减肥！一开始就不该答应！

野狼还算有良心，她去学校门口的大茶杯买了两杯冰奶茶和一盒西瓜给我，我接过她手里的奶茶和西瓜的时候，差点猛虎落泪。

她喝着其中一杯奶茶，和我挤在座位上，问："有没有帅学弟？"

我这才注意到，她今天脸上画了全妆，眼线都画上了，大嘴唇红彤彤的，还有点亮，阳光下看起来特像刚吃完麻辣烫没擦嘴。

"你走错了。"我面无表情地把她往左边转了个方向，"那边是大一的学弟。"

"欸，不能这样。"她还挺羞涩，"大一的还是太嫩了。"

我指了指右边："那边大二，你滚吧。"

她笑呵呵地说了句"好嘞"，然后过去了，美其名曰找学妹叙叙旧。

毕业体检，我们寝室去得特别早，但最后全部弄完还是大中午了。

野狼自己睡到自然醒，然后慢悠悠地来医院，最后弄完居然跟我们前后脚到寝室。问了才知道，她一路见缝就钻，几乎没怎么排队。

这种人真的应该被谴责。

我们其余三个人一整天没给她好脸色。

晚上，她一个人下去取外卖，非得拽着我，我说你平时不是不怕黑吗？

"这我今天不是插队了吗，"她挽着我的胳膊，"怕遭报应。"

体检完，我们寝约定着整个毕业旅行，一开始定在长白山，后来嫌来回麻烦，最后只是在本市的一个帽儿山来了个一天游。

来回火车上，我们四个拍照，我前天晚上熬了个通宵，脸色差得可以直接演鬼。

金姐看不下去，说："你赶紧抹点口红吧，求求你了。"

到了帽儿山，我看着它尖尖的顶："这种山也值得做景点？我大四川全是帽儿山。"

说这话的时候，我是十分不屑的。

后来大概爬了四分之一不到的样子，我服了。

彻底服了。

"你大四川不全是帽儿山吗？"野狼一脸做作的单纯，"哎呀呀，你怎么爬这么点儿就累了啊？"

后来我在她们轮流的搀扶下，终于到了山顶。

途中，金姐和狗总顶不住小哥哥的诱惑，傻乎乎地去跟着攀岩了。

"来吧！给你们的青春留下回忆！老了也能说说当年！"

"不了。我们不攀岩，老了也有故事。"我和野狼异口同声。

不仅如此，我们还劝金姐和狗总也三思。

她们思了，然后决定——

管他的哦，上，反正也不知道毕业了能干啥，死这儿还算轰轰烈烈了。

这话确实没法儿接。

我和野狼劝阻无效，最后只好握着她们的手："宝，你们注意安全。我们不想来的时候四个人，回去的时候只有两个人了。"

我们真的很担心，站在山腰看台上，我和野狼被风吹成傻子。没事儿找事儿录了个视频，对着群山和天空，大喊："金姐！狗总！希望你们平安归来！"

金姐和狗总还是很有种的，她们真攀岩攀过来了，虽然过程确实惊心动魄：狗总攀着攀着往下一看，直接哭了，教练绕着人回到她身边，慢慢带着她，一步一步地走。金姐全程不敢往别处看，最后累了，趴在岩壁上，摘了一朵面前的小花花，放在上衣口袋里，当作纪念。

山顶是个小平台，两边竖着栏杆，乍一看像一座桥。

上面挂了很多锁，有的看起来很新，有的已经生锈了。锁上的内容不外乎"一生一世""健康平安"。

我大概扫了一眼就走了，因为对围观别人的心愿或痴人说梦没兴趣。

转过山顶，是一小段玻璃栈道。

玻璃栈道的尽头有一棵树，上面挂满了牌子，又是一些陈词滥调的期翼和希望。

我看到有个牌子，右边中规中矩写了"健康"之类的话，然后在左边，明显是新一点的字迹：兄弟，借牌一用，谢了。

我乐得不行，拿手机拍了下来，心想小说里可以用到。

"勒内·夏尔说：'理解得越多就越痛苦，知道得越多就越撕裂，'继续往上走，就会看到'同痛苦相对称的清澈，与绝望相均衡的坚韧。'"他把这段字给我打过来，"你现在有点后面的意思了，没那么计较和纠结了。"

"这就是你看完书的感受？"我问他。

"不然？"

"你不觉得我作者简介那儿的照片贼好看吗？"我笑嘻嘻地说。

他回了我一个微笑的表情。

为什么不能正儿八经地跟人聊天，为什么害怕被人看穿，老是蹩脚地转移话题，老是插科打诨，总是被人以为什么都不在乎。

不知道怎么长的，反正就长成了这个样子。

如果人生是一碗白米饭，我一定是里面那只浑水摸鱼，不希望得到任何人注意的米虫。

但米虫也有坚持的东西。

我不喜欢老是说什么"梦想"，不喜欢四处宣传自己的失败来博取同情心，不喜欢抱怨申诉辩解哀求发牢骚。

相比这些，我觉得真实地去做一点事儿更酷。

豹哥作为我的"亲生儿子"，自然也带上了这种特质。

他觉得解释是一件多余的事儿，看行动和结果比较好。

所以他看上苗苗了，直接省去了告白、说明白话的阶段，直接去接近，去占有，撒泼打滚丢掉脸面也要得到喜欢的人。

这样在别的方面可能还行，在恋爱上这么做当然不太好——容易被当成流氓，或者对谁都撩一下的风流浪子。人类需要表达爱，然后才能进行下一步。

所以苗苗其实早在豹哥往综合楼前的水洼上铺几块砖，牵着她的手走过来的时候，就喜欢上豹哥了，但她揣着一颗惴惴不安的心，怕自己被耍，怕自己先说喜欢会被嘲笑，怕自己陷得太快太深，于是放纵自己装傻，看起来"迟钝"地跟豹哥周旋。

好在豹哥足够幸运，他有足够多的时间，来向苗苗证明自己的真心。

我很喜欢豹哥。

他其实没什么固定的性格，一会儿霸道，一会儿装可怜，一会儿强势，一会儿又很听话，一会儿幼稚，一会儿冲动，一会儿嘴特别贱，一会儿嘴又很甜，一会儿看起来不着调，一会儿又能定下心去完成什么。

人一辈子谁也不知道到底该怎么过才是正确的一生。但是反正一辈子那么长，所以有无数重新来过的机会，不应该怕失败，不应该怕被拒绝、被讨厌。

豹哥如果想做什么事，那就会光明正大地去做，他清晰简单，不拐弯抹角，不瞻前顾后，他就像永不沉没的大船，面朝汹涌的大海，背靠湛蓝的天空，晴朗得让人动容。

我在豹哥身上学到了很多。

写豹哥的时候，我几乎没费什么力气，因为现实里就有个差不多（还是差了很多）的人。

"你知道吗，××跟着国家考古队去挖坟了。"野狼跟我说，"这个男的真的绝了，他是唯一一个不是考古专业而且大学都没毕业特招进去的。"

我觉得惊讶，但又觉得没什么可惊讶的。

一个挂十一门课的人，一个留级三年的人，一个补考的时候嫌写太多字儿麻烦所以直接拍屁股走人不写了的人，一个知道自己想要什么，一个看起来没正形其实闷不做声干大事儿的人。

他在我们这一届挺有名的，因为大三的时候，他大半夜因为想见当时的女朋友，所以直接翻墙去寝室找她，被宿管阿姨逮着了。后来年级集会，站在讲台上，苦兮兮地念检讨。

我那时候读大一，没能亲临那场面。

这一直是我的遗憾。

"如果是我，读一半发现自己专业报错了，我绝对会掉头重念。"他说。

"放屁。你个挂十一门课的人说这话有人信吗？"

"我那是不想动笔，但是我挺喜欢我们专业的。其实考试卷子答案我都知道。"他说，"我要是动笔写了，还有你们得奖学金的份儿？"

"就算不要脸，也得有个限度吧。"我说。

"'人生天地之间，若白驹之过隙，忽然而已。'小朋友，你就大胆地往前走，没事儿就不要回头。"他说。

这个人说话很没有逻辑，转话题转得突如其来，与此同时又很爱说着说着就扯两句名言……

但我这次难得没嫌弃他，我说："走着呢。"

"走着就行。"他回道。

谢谢若若姐。没接触真人之前，真是死都没想到，本人那么可爱，那么少女心，一点都没有前辈架子，活泼灵动亲切温柔。会因为男主好玩的设定而跟我一起尖叫，发萌萌的猫咪表情，早上碰见了互相赠与一个大大的微笑，美好的一天开始啦！第一次见面我特紧张，但是慢慢地就放松了，因为若若姐在很真诚地跟我对话，"要时刻观察现实，多去体验生活，行万里路，写出更好的东西，要有现实感。""立意要深远，时刻记得自己的书面向青春期孩子，里面的内容可能会影响他们一生，要传递正能量。"受益匪浅，何德何能。若若姐每天忙得要命，按理说应该没空理我，但是这本小说却得到了很详细的指导和修改意见，这是我怎么也没想到的，也因此更加更加感激。我又要说"何德何能"了，哈哈哈哈。唉，实在不擅长表达，那就干脆落实到行动，慢慢来吧。

谢谢"娄躁"。本命年的你今年过得也是十分坎坷了，我常常想安慰你，但又不太会怎么安慰一个人，于是只好笨拙地逗你开心，你也很给面子，虽然现实生活一团糟，但是听到我蹩脚的笑话还是会"哈哈哈哈哈哈"个没完。大灾之后，必有重喜，我真的建议你去买个彩票，万一中了呢？（中了奖记得给我买胶片相机和薯片。）虽然很肉麻，但肉麻的话书里不说这辈子都不会说了——来长沙之后，得亏有娄躁，带我认路，给我做饭，我羞涩紧张不敢见人的时候，她领着我站我旁边然后我就会有勇气一点，半夜想吃蛋炒饭于是想叫她起来给我做，但最后还是忍住了。娄躁知道后很认真地说："你叫啊，反正那会儿我也没睡觉。"还有很多生活中感动的瞬间，列出来估计这后记是完成不了了……就此打住吧，再抒情下去我就不能面对她了。

谢谢雪人姐姐。编辑界的何老师，浓缩的全是精华。第一天到公司的时候，娄躁跟我指："那坐着的就是雪人姐姐。"我一看对面没人，"哦哦，那是她座位，她今天没来是吧？"娄躁哈哈大笑，走过去拍雪人姐姐的肩，

"正月初三侮辱你的身高，她站对面说没看见你。"我刚到公司没事儿干，雪人姐姐就借给我一本小说，说先看着吧。很大程度上缓解了我的紧张和无所适从，感恩的心，感谢雪人姐姐。哦，对了，我是不太明白长得矮是种怎样的体验的，毕竟我净身高173cm。

还有橘子、琵琶和迟暮。谢谢橘子给我做的炒胡萝卜片和炒粉，真的好吃，还想再吃三十年。谢谢迟暮做的茄盒，这么高难度的菜能做成功，我真的很想吃她做的别的菜，希望她早日减肥成功，早日回归厨房。琵琶不食人间烟火，我觉得我这辈子能吃着她的饭都够呛，算了，我还是指望我自己早点学会做饭吧。

2019年我做了很多愚蠢的决定，但是其中绝对不包括来大鱼。很幸运来到这里，特别温暖有爱的公司，每个人不论年纪都是萌萌的可爱少女。《绿山墙的安妮》里这么写：

我的愿望是："现在当个快乐的女孩，中年时当个快乐的阿姨，老年时当个快乐的老太婆。"

我也是到了大鱼才真实地知道这句话的意思。要一辈子可爱，永远揣有善意和温柔。

最后，谢谢我的母上大人。我所有的坏脾气和不讲道理，都留给了我尊贵的母上大人。成长的路上有很多关卡，我做错了一些事，伤过她的心；她也做错了一些事，伤过我的心，但是所谓家人，就是互相妥协的存在。我第一本小说出来，我妈买了两本，拿到家里认认真真地看完了，对我说："我觉得你写得特别好。我幺女真棒。"要是以前，她绝对说不出这种话——我成长的过程中缺少鼓励，因此后来才会迫切需要别人的认可。她现在后知后觉意识到应该对孩子把爱说出来，所以会忍着羞耻夸我，我也忍着羞耻回应她。其实我俩都挺别扭，但是那有什么关系呢，我们在为了更好的亲子关系努力，这本身就是意义。

谢谢我的老爸。天天乐呵呵的，疯疯癫癫的，扯犊子的话一套一套的，但是真实地要表达情感了却一句都说不出来。我觉得我很大一部分性格直接来源我老爸。爱写一些莫名其妙的打油诗，异常执着于押韵，搞得我跟我姐现在说话写东西也动不动讲究个押韵，真的是影响深远。一辈子说着要戒烟，最后一辈子没戒了；就跟我从有性别意识开始就嚷嚷着减肥，这么多年了，也没减成功一个模式。

谢谢我的老姐，因为比我大 12 岁，所以很多事情都走在我前面，我经历的困顿、疑惑，她都经历过，因此我才没同龄人那么慌那么迷茫，因为我的老姐用亲身经历告诉我：一切都会过去的。好好地活着，感受生命的细小脉络，这样就不会觉得人生虚无。

我现在在长沙，有的时候会想家，于是买了两只小乌龟，因为成都家里也养着两只乌龟，买回来特别小，养了十几年，现在有手掌那么大了。希望我的两只小乌龟也能好好地长大，争取给我送终。

漫漫人生路，多的是挫折和磨难——

祝你雨过就天晴，"萌"混就过关！

下本书见啦！